Avec ou sans mots doux…

Du même auteur
aux Éditions J'ai lu

JUSTE DE L'AMOUR

0.5 – Avec ou sans robe...
Numérique

1 – Avec ou sans fleurs...
N° 10928

CARI

QUINN

JUSTE DE L'AMOUR – 2

Avec ou sans mots doux…

Traduit de l'anglais (États-Unis)
par Patricia Girault

J'AI LU

POUR elle

Si vous souhaitez être informée en avant-première
de nos parutions et tout savoir sur vos auteures préférées,
retrouvez-nous ici :

www.jailupourelle.com

Abonnez-vous à notre newsletter
et rejoignez-nous sur Facebook !

Titre original
NO ROMANCE REQUIRED

Éditeur original
Entangled Publishing, LLC, Fort Collins
Edited by Heather Howland and Shannon Godwin

À ma mère,
qui fut la première à rire à mes blagues.

À Taryn Elliott,
la meilleure meilleure amie
et partenaire d'écriture qu'on puisse avoir.

1

Cory Santangelo vérifia l'heure à sa montre. Une fois de plus. Il avait interdit à la presse locale de venir au gala de ce soir car il avait obtenu l'exclusivité chez un concurrent. Mauvais calcul, visiblement. Quand on payait grassement le meilleur photographe du plus gros journal de l'État pour qu'il couvre l'événement incognito, on comptait sur lui pour arriver au moins à l'heure. Avant la fin de la soirée, en tout cas.

Bon sang, il aurait rameuté les paparazzis, s'il avait su que son photographe allait lui poser un lapin.

Cela dit, tout n'était pas perdu. La foule des invités venus assister au gala annuel de Value Hardware s'était considérablement dispersée, mais on pouvait compter sur les fêtards inconditionnels pour rester jusqu'à ce que la dernière goutte de champagne soit bue. La soirée était peut-être organisée au profit de Helping Hands, une association qui venait en aide aux plus démunis ou aux personnes traversant une mauvaise passe, mais pour ces généreux donateurs, c'était aussi l'occasion de passer un moment dans un cadre somptueux. D'où le bal et surtout les enchères, qui rapportaient toujours de belles sommes à l'association. Encore plus cette année, avec cette idylle littéralement née sous les yeux des invités, entre deux offres pour un bibelot.

Le petit frère de Cory, Dillon, avait craqué pour une jolie fleuriste qui entrait justement dans la catégorie des personnes traversant une mauvaise passe. Alexa Conroy avait déjà du mal à joindre les deux bouts, mais la pauvre avait en plus dû se battre contre l'empire du mal local – empire incidemment dirigé par Cory – pour sauver sa boutique du centre de Haven, petite bourgade de Pennsylvanie. Lex et Dillon s'étaient enfuis de la soirée à moto quelques instants plus tôt, après s'être donnés en spectacle devant tout le monde dans une scène digne d'un mélo, avec au programme mots doux chuchotés, baisers ardents et même une hallucinante guerre des enchères pour un tableau intitulé – comme c'est mignon – *Coup de foudre*.

À l'heure qu'il était, Dill devait déjà connaître bibliquement sa nouvelle copine, et Cory était content pour lui, vraiment.

Surtout qu'il avait bien l'intention de surfer à fond sur la vague de publicité générée par la soirée. Il avait cru que le point d'orgue du gala serait la récompense remise à Dillon pour son travail de bénévole au sein de Helping Hands. Mais le coup du feuilleton à l'eau de rose, c'était de l'or en barre : l'asso de Dillon et Value Hardware étaient quasiment assurés d'avoir bonne presse pendant un certain temps, malgré l'embargo médiatique décrété par son bon samaritain de frère.

Mais ça, c'était dans l'hypothèse où le foutu photographe se pointait un jour.

Cory dégaina son Smartphone pour l'appeler. Pas de réseau. Évidemment. Il allait devoir passer au plan B. Mieux, il allait devoir demander à sa secrétaire de passer au plan B.

— Cory, attends.

Il pivota et vit sa mère et son beau-père s'avancer pour l'embrasser. Inévitablement, son estomac se noua quand sa mère se mit à lui parler de la soirée, et combien elle la trouvait réussie. Il détestait ça. Ces temps-ci, leurs conversations portaient un peu trop sur des sujets qu'il n'avait pas du tout envie d'aborder, encore moins avec ses parents.

— N'est-ce pas merveilleux pour Dill et Alexa ? renchérit-elle, avant de soupirer. Ton père et moi commencions à penser qu'il ne trouverait jamais l'amour.

Et voilà, c'est parti.

— Est-ce que ce n'est pas le genre de chose qui arrive quand ça doit arriver ?

— Bien sûr, mais on peut toujours donner un coup de pouce au destin, non ?

Elle lui fit un grand sourire et lui pinça la joue comme s'il avait encore huit ans. Se sentant rougir, Cory jeta un coup d'œil discret autour de lui pour vérifier que personne ne l'avait vue faire.

— Tout le problème, c'est de rencontrer les bonnes personnes, mon chéri. Ce que tu ne fais pas assez. Il faut que tu sortes davantage, que tu vives des expériences...

— Je vis des tas d'expériences. Mais merci pour le conseil, rétorqua-t-il en déposant un rapide baiser sur le front de sa mère et en agitant le portable sous le nez de son beau-père, qui se tenait derrière elle, stoïque. Désolé, les affaires m'appellent.

— En parlant d'affaires...

Raymond Santangelo plaça un bras ferme autour des épaules de Cory, l'empêchant de battre en retraite comme prévu. Il l'attira dans un coin plus tranquille, et ils se retrouvèrent tous les trois entre un ficus en pot et un Dillon en carton grandeur nature avec BÉNÉVOLE DE L'ANNÉE inscrit au-dessus de sa tête.

Mon Dieu.

Sa mère l'observait avec attention, la tête légèrement penchée.

— Depuis combien de temps tu n'as pas fait de rencontre ?

Cory ouvrit la bouche, puis la referma.

— Pardon ?

Avec un soupir, sa mère passa la main dans son beau carré auburn.

— Tu n'as pas oublié ce que c'est, tout de même, mon cœur ?

— Le mot « rencontre » ne fait pas partie de mon vocabulaire en ce moment.

Cory regarda ostensiblement sa montre, tout en cherchant une issue à ce traquenard. Peut-être qu'en piquant un sprint...

Raymond ne semblait pas s'émouvoir le moins du monde de l'attitude fuyante de Cory. Il caressa sa barbe, qu'il portait courte, puis secoua la tête.

— Nous déménageons dans un mois. Dillon et toi, vous allez vous retrouver seuls. Même si, bien sûr, on restera joignables par téléphone et par mail.

— Et aussi par Skype ! renchérit sa mère gaiement.

Ah, Skype. Ce satané Dillon lui avait montré comment utiliser au mieux cette technologie révolutionnaire. Cory ne manquerait pas de remercier son frère pour ça.

— Je ne suis plus un enfant, répliqua Cory en regardant son beau-père droit dans les yeux. Je pense avoir amplement démontré que je suis mature et capable de me prendre en main. Évidemment que vous allez nous manquer. (Il accorda un bref regard à sa mère en prononçant ces mots.) Mais ce déménagement est la meilleure chose à faire pour ta santé, papa, et Dillon et moi, on est plus que compétents pour reprendre les rênes.

Le reste ne valait vraiment pas la peine d'être discuté.

— Tu ne feras rien de bon dans l'entreprise si tu n'es pas d'abord bon envers toi-même. Et permets-moi de te le dire, fiston, les cernes que tu as sous les yeux et ta fâcheuse tendance à rembarrer les gens ne jouent pas en ta faveur. (Voyant que Cory allait lui faire une réponse bien sentie, son beau-père secoua de nouveau la tête et fourra une main dans la poche.) Écoute, on savait que cette conversation serait loin d'être facile. On ne veut pas que tu te sentes agressé, loin de là, mais figure-toi qu'on a tout intérêt à ce que tu sois heureux.

Cory serra les mâchoires.

— Pour le bien de la boîte.

— Non, s'empressa de répondre sa mère, dont le visage s'adoucit et les yeux se remplirent de larmes. Tu crois vraiment que nous ne pensons qu'à ça ?

Cory refusa d'entendre le ton implorant de sa voix. Il ne voulait pas la blesser, ni qu'elle se fasse du mauvais sang, mais pourquoi exigeaient-ils autant de lui, eux aussi ? Entre leur retraite imminente et le lancement du magazine, il avait tout sauf le temps de sortir avec une fille. Ses rares moments libres, il les passait à régler un million de détails pour le compte du magasin. Où exactement était-il censé caser ces rencontres *providentielles* dans son planning ?

— En tout et pour tout, j'ai une heure pour moi par jour. (Du bout des doigts, Cory exerça une pression sur ses paupières. De l'autre main, il montra le téléphone à ses parents.) On peut finir cette discussion un autre jour ? Il faut vraiment que je...

— Pas si vite.

Il aurait dû se douter que ça ne pouvait être aussi simple. En silence, il attendit.

Raymond croisa les bras sur sa poitrine. Malgré son sourire chaleureux et sa bienveillance proverbiale, il pouvait se montrer d'une froideur à faire pâlir d'envie un glacier.

— Les clients du magasin se sentent mal à l'aise quand ils ont affaire à toi. J'ai même reçu deux plaintes cette semaine.

— À propos de quoi ? aboya Cory, incapable de contenir son indignation.

— À propos de toi. Dès que quelqu'un a le malheur de te saluer, tu te défoules sur lui. Tu penses peut-être qu'il n'y a pas de lien entre la relation qu'on tisse avec un client et les résultats en fin de mois, mais tu te trompes. Dans une économie telle que la nôtre, pour une entreprise telle que la nôtre, seule cette touche personnelle nous démarque des autres. Et si tu ne nous aides pas, tu pourrais bien finir par nous causer du tort. (Les mâchoires de Raymond tressautèrent.) Ça, fiston, ce n'est pas admissible. Tu dois aussi prendre tes responsabilités en dehors du magasin. Y compris en cherchant de nouvelles méthodes pour évacuer ton stress.

Cory le fixa, convaincu d'avoir mal entendu.

— Tu parles de sexe, là ?

— Il ne s'agit pas du simple soulagement physique, intervint Corinne Santangelo. (Cory hallucinait de voir sa mère évoquer aussi placidement la vie sexuelle de son fils adulte.) À qui peux-tu t'adresser quand tu as besoin de parler ?

— Je n'ai pas besoin de parler, répliqua Cory en bravant les deux regards scrutateurs. Mais j'ai des amis, bien sûr, si l'envie m'en prenait.

Voyant de la pitié dans les yeux de sa mère, il se détourna. Son beau-père semblait un peu plus circonspect, mais c'était tout. Ils savaient parfaitement qu'il avait peu d'amis. Au quotidien, en dehors de sa famille et de ses associés, ses conversations personnelles se résumaient à ses prises de bec avec Victoria Townsend, la jeune femme qui s'occupait du magazine avec lui.

— Les amis, c'est bien. Une femme qui t'aime, c'est mieux.

La douceur du ton employé par Raymond n'atténuait en rien son regard inflexible. Il ne lâchait rien. Si c'était comme ça, Cory ne capitulerait pas non plus.

— Ça fait belle lurette que je ne suis plus puceau. J'ai presque trente ans, bon sang, pas douze. Je sais tout ça.

Cory passa une main agacée dans ses cheveux. Il ne contestait même pas ce qu'ils disaient – pour les autres. Partager un dîner ou une nuit avec quelqu'un pouvait l'intéresser mais, en général, une liaison était surtout synonyme de complications inutiles.

— Tu connais déjà tellement de femmes charmantes, mon chéri.

Cory se tenait prêt pour la suite. Quelle que soit l'idée que sa mère avait en tête, il allait devoir refuser net. Sinon, il romprait le serment tacite qui existe depuis des siècles entre mères et fils, s'agissant des conseils en amour.

— Que penses-tu de Melinda Townsend ? Elle serait parfaite pour toi.

Tu parles, lui aussi l'avait cru, à tel point qu'il avait tenté quelque chose à plusieurs reprises avec elle. Il voulait juste une compagne à emmener en soirée, rien de plus, rien de moins. Mais chaque fois, il s'était fait remettre à sa place par la sœur aînée de Victoria.

Ignorant la question, Cory lança un faible sourire à ses parents. Avec un peu de chance, ils ne le trouveraient pas si hostile que ça.

— Je vous remercie de votre sollicitude. Et je vais y réfléchir, promis.

Enfin, dans un an ou deux, quand il ne serait plus vexé comme un pou. Sans blague, ils le prenaient à ce point pour un *loser* qu'il devait compter sur papa et maman afin de trouver quelqu'un ?

— Considère ça comme une directive davantage qu'un conseil. Je ne laisserai pas mon fils aîné s'épuiser au travail. Depuis bien trop longtemps, tu sacrifies l'amour et une famille au profit des tableurs Excel et des argumentaires pour perceuses électriques. C'est fini, tout ça. Tu as peut-être des intérêts dans Value Hardware, mais c'est moi qui choisirai mon remplaçant. Et si je dois t'enlever le poste de P-DG pour protéger ta santé physique et mentale, je le ferai. Est-ce clair ?

Cory eut soudain la nausée. *Ne pas lui laisser diriger Value Hardware ? Sérieusement ?*

— La prochaine fois que nous en parlerons, j'attends de toi que tu n'éludes pas le problème. Et crois-moi, Cory, nous en reparlerons. Bientôt. (Raymond se tourna vers sa femme, prenant soin de troquer son regard noir contre un doux battement de cils.) Dis-moi, cela fait dix minutes que Mark Pendergast nous fait de grands signes. On va voir ce qu'il veut ?

Bouche bée, Cory les observa se diriger vers Mark, l'un des plus gros bienfaiteurs de l'association. En chemin, sa mère lui adressa un dernier regard empli de compassion.

Carrément surréaliste, la scène.

Smartphone en main, il sortit dans la douce nuit de fin d'été. Il était furieux, mais déterminé à ne pas se laisser pourrir le reste de la soirée par les réseaux téléphoniques défaillants, les photographes incompétents et les parents envahissants. Il n'était pas question de péter les plombs en public, alors autant prendre l'air.

Beaucoup, beaucoup d'air.

Sa mère et son beau-père allaient le rendre dingue, et il n'y avait rien à faire sinon l'accepter. Avec un fils casé, ils allaient redoubler d'efforts pour trouver une promise au second.

Mais lui donner des directives ? Là, ils dépassaient les bornes.

Il menait sa brillante carrière seul. Et il ne demandait pas mieux que de continuer ainsi. Pourquoi s'entêtaient-ils à ne pas comprendre ?

Ils n'avaient aucune raison de remettre sa méthode en question. Les affaires marchaient bien. Les bénéfices de Value Hardware étaient en hausse, et le projet d'ouverture de deux magasins avant le printemps était sur les rails. *Simply Home*, le magazine qui allait encore renforcer la position de la chaîne familiale dans le domaine de la maison – et pas seulement du bricolage – était son bébé.

La retraite de ses parents arrivait à grands pas. Bientôt – et même si, de fait, il jouait le rôle de P-DG depuis quelques années déjà – il pourrait orienter l'entreprise dans la direction qui correspondait vraiment à sa vision. Dillon aurait son rôle à jouer, bien sûr, et ses parents leur mot à dire ; mais une fois expédiés en Arizona, Dieu merci, il serait le seul et unique commandant à bord du navire.

Enfin.

Qu'ils aillent se faire voir, avec leurs directives. Personne ne lui enlèverait ça.

Il vérifia l'écran du portable. Toujours pas de réseau. S'il voulait joindre le photographe, il allait devoir prendre sa voiture et rouler un peu.

De toute façon, la soirée touchait à sa fin. Maintenant qu'il était sorti, pourquoi ne pas s'en aller vraiment ? Une montagne de boulot l'attendait, et la seule façon de vraiment garder son calme, c'était de quitter les lieux.

Sa voiture était garée dans une petite rue adjacente, à une place parfaite pour arriver et repartir en toute discrétion. La liberté était à portée de main. Si ses parents lui demandaient pourquoi il était parti si précipitamment, il leur dirait qu'il avait décidé de rentrer pour s'inscrire tout de suite sur eHarmony.com. Pourquoi retarder encore le moment de trouver le grand amour ? Autant commencer à chercher le soir même, vu que selon ses prévisions, il allait mettre des années à dénicher la partenaire idéale. Voire des décennies. La probabilité de trouver une fille prête à accepter son emploi du temps délirant était quasi nulle. De toutes celles qu'il avait rencontrées jusqu'alors, aucune n'avait eu un seuil de tolérance aussi élevé, en tout cas.

Il traversa l'imposant porche en direction du superbe parc plongé dans l'obscurité et commença à en faire le tour. La dernière chose qu'il avait envie de ressasser ce soir, c'était le vide abyssal de sa vie sentimentale. Non, le meilleur moyen de se détendre – à part exprimer le fond de sa pensée à ce bon à rien de photographe –, c'était de passer en revue la liste de ses succès. Elle était déjà longue, et elle s'agrandirait encore. Il lui arrivait de ressentir une certaine insatisfaction dans sa vie, et quoi de plus normal. Il était humain, après tout. Mais aucun manque qu'il ne puisse compenser en se penchant sur le chiffre d'affaires semestriel du magasin.

Dillon était différent, et il avait trouvé sa moitié. Alexa et lui seraient heureux – du moins jusqu'à ce que l'inévitable monotonie de la vie à deux s'installe – et Cory avait contribué à leur bonheur en annulant une partie des dettes d'Alexa. L'argent guérissait la plupart des maux, pour peu qu'on sache à qui le donner, et qu'on en possède. C'était son cas.

Les bruits de la soirée étaient portés par le vent : des éclats de rire, des bribes de conversation, le tintement des flûtes à champagne. Ils s'estompèrent à mesure qu'il approchait de la sortie située à l'arrière du parc, et bientôt il n'entendit plus rien hormis le contact de ses chaussures italiennes sur le gazon fraîchement arrosé. L'air était saturé d'odeurs de terre. De menthe aussi, qui devait provenir de ce massif de fleurs violettes, là-bas, et tout ce vert partout. Du vert que Dillon et Alexa sauraient bichonner, alors que lui était tout juste bon à prolonger leur agonie. Il n'avait jamais pigé comment on pouvait garder une plante en vie plus de quelques semaines. Le seul truc vert qu'il savait bichonner, c'était les billets qui venaient gonfler son compte en banque déjà énorme.

Au fond du parc se trouvait un petit belvédère, bordé sur trois côtés par une haie épaisse, et sur le quatrième par un vieux portail qui donnait sur la rue où il était garé. Il était entré par là pour ne pas se faire repérer. Vu la renommée de sa famille, il ne passait jamais très longtemps inaperçu à Haven. Mais il ne cessait jamais non plus de rechercher la sécurité que l'anonymat lui procurait. Heureusement, il avait un frère qui, sans le vouloir, monopolisait l'attention, et en général c'était sur lui que les projecteurs étaient braqués. Comme ce soir-là, par exemple. Le nouveau flirt de Dillon allait alimenter les ragots pendant des semaines dans leur petite ville. Et si ça incitait les gens à venir au magasin, c'était encore mieux.

Dommage qu'il n'ait pas réussi à immortaliser l'instant en photo.

Bah, le plus important, c'était de se concentrer sur ses priorités à lui.

En passant à proximité du belvédère, il aperçut une mince silhouette adossée à la balustrade. Il n'y voyait pas grand-chose dans le noir, hormis la longue chevelure blonde qui tombait en cascade sur son dos nu. Mais en approchant, il distingua d'autres détails. Elle portait ce qui ressemblait à une écharpe dorée, sauf que ladite écharpe était nouée sur les hanches et s'arrêtait en haut des cuisses. Mais tout juste. Il aurait été très exagéré de parler de « robe », dans ce cas précis.

Il accéléra le pas, dans l'idée de continuer sans s'arrêter, puis il entendit sa voix. Douce comme le miel, elle lui enveloppa les sens. Ses genoux se bloquèrent, stoppant net sa progression. Il *connaissait* ce timbre.

C'était celui de Victoria, l'architecte d'intérieur qui était sa consultante pour le magazine. Elle avait beau l'horripiler, elle était terriblement efficace et possédait davantage de créativité dans un seul de ses ongles vernis que Cory dans son cerveau tout entier. C'était précisément pour cela qu'il l'avait engagée.

Et l'agacement, dans tout ça ? Il connaissait Vicky depuis le lycée, et depuis le lycée, ils se chamaillaient. Ils ne pouvaient quasiment pas se parler sans que ça se termine en dispute. Ce genre de communication musclée ne conviendrait probablement pas à tout le monde, mais bizarrement ça leur allait très bien.

— Tu es sûr que ça va, Bry ? Non, je sais. Oui.

Elle ne parla plus pendant un moment, mais elle ne tenait pas en place. Elle joua avec ses mèches aux reflets caramel, bomba la poitrine et alla même jusqu'à s'étirer, accentuant les rondeurs de sa croupe à peine dissimulée.

Cory finit par détourner le regard, mais la vision de cette partie plus que pulpeuse de son anatomie le fit bander si fort et si vite qu'il n'eut même pas le temps de la maudire. Merde. Victoria ne lui donnait pas d'érection, d'habitude. Elle ne lui avait *jamais* donné d'érection. C'était statistiquement impossible.

Il était surmené, voilà tout. Encore énervé par la conversation qu'il venait d'avoir avec ses parents, et son photographe qui l'avait planté…

En parlant du loup, si Victoria avait du réseau, il devrait en avoir aussi. Aussitôt, Cory dégaina son téléphone. *Bingo*. Trois barres s'affichaient sur son écran.

Alors pourquoi continuait-il à écouter le coup de fil de Vicky au lieu de passer le sien ?

— Je m'inquiète pour toi, c'est tout, était-elle en train de dire. Si ça te fait mal, il va falloir lever le pied. Et ce n'est pas en te tapant trois blondes en même temps que tu vas te reposer.

Son éclat de rire joyeux fit sourire Cory malgré son érection de tous les diables.

— Stop, stop ! Sache que je me bouche les oreilles, frérot. Bon, mais je suis sérieuse, tu sais. Tu devrais prendre mieux soin de toi. J'ai besoin de mon grand frère, moi. Il faut que tu sois fort et en bonne santé.

Le ton implorant qu'il perçut vers la fin incita Cory à faire quelques pas vers elle, avant de se reprendre. Qu'est-ce qu'il allait faire, au juste ? La réconforter ? Tailler une bavette avec son frère ? Il ne savait même pas quel était le problème. Et même s'il avait su, ça ne lui ressemblait tout simplement pas de consoler. Personne n'avait envie de se blottir pour pleurer un bon coup contre un P-DG qui avait le portable vissé à l'oreille.

Oh, merde, elle était vraiment en train de pleurer ?

Elle avait raccroché et scrutait la nuit autour d'elle. Les épaules tombantes, elle renifla à plusieurs reprises, mais sembla se reprendre quand le téléphone se remit à sonner. En tout cas, assez pour prendre l'appel.

— Salut, Jill. Ouais. Je suis coincée à cette soirée pourrie.

Cory fronça les sourcils. Comment ça ? Son gala n'était pas pourri. Bon d'accord, techniquement c'était celui de Dillon, mais quand même. C'était pour une œuvre de bienfaisance, merde.

— Je te jure, c'est nul de chez nul. Enfin, à part l'aspect caritatif, bien sûr. J'ai fait un chèque à l'asso, et j'ai aussi donné deux ou trois trucs pour qu'ils les vendent aux enchères. Mais pour le reste… Il y avait plus de poivrons que de pâtes dans la salade de pâtes. Des verts *et* des rouges. Et je ne te parle même pas de la déco sur les tables. Je crois que c'est quelqu'un du magasin qui s'en est occupé. Entre toi, moi et Alexa, on aurait pu faire tellement mieux. Je te promets, je suis dégoûtée.

Cory plissa les yeux, son inquiétude fondant comme neige au soleil. Évidemment, si ce n'était pas *elle* qui était en charge de la déco, c'était forcément moche.

— Non, t'as raison. Je suis juste de mauvaise humeur. (Victoria se massa le front, et son élégante montre en or brilla à la lueur des guirlandes qui éclairaient le belvédère.) J'ai un truc à régler demain. Oui, ça. Si tu savais comme j'en ai marre d'être tout le temps fatiguée. D'avoir tout le temps la trouille.

Il tiqua à l'idée que Victoria ait peur de quelque chose. Impossible. Il n'y avait pas plus téméraire qu'elle.

— Je te jure, je n'en peux plus de devoir me cacher tout le temps, ajouta-t-elle à voix basse.

Mais de quoi parlait-elle exactement ? Peut-être avait-elle un amant secret ? Il savait qu'il n'aurait pas dû écouter sa conversation. Il savait aussi qu'il était incapable de partir, désormais.

Elle bavarda quelques instants de plus, puis raccrocha et glissa son portable dans un minuscule sac à main. Le lourd soupir qu'elle poussa fut porté quelques secondes par la brise tiède, flottant jusqu'à lui comme sa voix un peu plus tôt. C'est là qu'elle se retourna, l'air pressée, puis leva les yeux, le vit et se figea sur place.

— Qu'est-ce que tu fous là ?

Voyant l'exaspération se peindre sur son beau visage, Cory se sentit soulagé. Il n'avait pas envie d'endosser le rôle du confident, et encore moins depuis qu'elle avait insulté sa salade de pâtes – les poivrons l'assaisonnaient parfaitement, n'en déplaise à mademoiselle – et sa déco. Son gala tout court, en fait.

— Une randonnée nocturne, ça se voit, non ? (Il lui fit un sourire pincé et tira d'un coup sec sur les revers de son smoking.) Il ne reste plus que les mochetés à l'intérieur, alors j'ai décidé de sortir et de marcher jusqu'au château d'eau. Je me suis dit que j'allais peut-être y faire des rencontres.

Cory avait délibérément appuyé sur un point sensible. Des années plus tôt, Victoria s'était fait surprendre alors qu'elle s'envoyait en l'air avec le capitaine de l'équipe de foot américain dans le château d'eau du lycée, et les gens en riaient encore, à Haven. C'est comme ça, dans les petites villes. Si vous avez le malheur de faire un truc qui marque les esprits – ou mieux encore, qui vous rend célèbre –, préparez-vous à en entendre parler jusqu'à ce que tous les témoins de l'incident aient passé l'arme à gauche.

Mais Cory avait une raison précise d'assener ce coup bas. Il préférait de loin l'agacer plutôt que l'entendre renifler.

Vicky pencha la tête et reprit avec ironie :

— Oh ? Pas de jolies filles pendues à ton cou, ce soir ?

— Non.

Il fourra les mains dans les poches, puis la rejoignit sous le belvédère. *Et pourquoi pas ?* se dit-il. Ses joutes verbales avec Victoria lui donnaient toujours une montée d'adrénaline. Son travail attendrait.

— Toi aussi tu n'as pas de cavalier, à ce que je vois.

— Sûrement parce que je n'ai *demandé* à personne de l'être.

Le diamant du piercing qu'elle avait dans le nez étincelait de mille feux, et s'accordait curieusement bien avec son expression irritée.

Sourcil levé, Cory s'approcha d'elle sans même s'en rendre compte. Elle sentait la terre, une odeur mystérieuse, comme celle qu'exhalait le parc autour d'eux. Ce parfum boisé avait toujours éveillé ses sens et l'imprégnait d'elle à chaque fois, malgré lui.

— Mais par contre, tu présumes que moi je l'ai fait.

— Bah, c'est juste que tu fais partie de ces types rasoirs - pardon, *conventionnels* - qui feraient tout pour éviter d'être seuls en soirée. (Elle sourit largement.) Que penseraient les gens, sinon ?

— Tu crois vraiment que je me soucie de l'opinion publique ?

— Oh que oui.

Avant même de comprendre ce qu'il faisait, il avança encore, et son bassin effleura celui de Victoria. Elle se raidit, puis leva des yeux ensorcelants vers lui.

— J'y crois pas, tu as une…

— Ne dis rien.

Il avait fait une erreur tactique en s'approchant autant. Il lui attrapa le bras, espérant la faire taire.

Il pouvait toujours rêver.

— Oh, mais au contraire, parlons-en. Donc, tu as une érection. Et une belle, en plus.

Elle tapota sa bouche pulpeuse d'un doigt, tout en observant la zone en question. Cory était tellement excité que ç'en devint douloureux.

— Serait-ce possible que tu sois attiré par moi, une vraie fille, en chair et en os ? C'est une première pour toi, non ?

L'angle d'attaque ressemblait à s'y méprendre à celui de ses parents. Cette idée qu'il était incapable de se trouver une femme le faisait bondir. Il serait même allé jusqu'à dire qu'il pouvait avoir toutes les femmes qu'il voulait, et qu'elles ne perdraient pas au change, en plus.

Même celle-ci.

Juchée sur des talons vertigineusement hauts, Vicky envahit son espace vital et se planta à deux centimètres de son visage.

— Mais comment rivaliser avec toutes ces tentatrices que tu as dans ta vie ? Tu sais, les prévisions de recettes, les courbes de tendance, sans oublier les diagrammes avec ces longues barres toutes dures...

D'un pas vers elle, Cory la fit taire. Son corps tout entier palpitait d'un désir violemment réprimé. Pour *elle*. C'était elle qui l'avait poussé jusque-là. Qui l'avait poussé depuis bien trop longtemps. Pourquoi ne pas prendre ce qui lui faisait envie, pour une fois ? Sans compter que si elle continuait à parler, son cerveau allait exploser.

C'est alors qu'il lui cloua le bec de la seule façon qui lui vint à l'idée : il l'embrassa.

Les lèvres de Cory étaient collées aux siennes. Elles se révélaient tendres, tout en exerçant une légère pression. Sa langue, au goût de fruit, de menthe et de *lui*, s'enroulait sans relâche autour de la sienne. Elle était joueuse, et Vicky aurait voulu qu'elle s'aventure tout de suite vers ces tétons qui n'attendaient qu'elle. Son entrejambe n'était plus qu'un brasier. Mais pas la peine d'aller chercher les extincteurs : elle mouillait déjà comme une folle.

Merde alors, qu'est-ce qu'elle avait envie de lui !

Brusquement, l'idiot la repoussa pour s'essuyer la bouche du revers de la main. C'était un geste curieusement sensuel, cette façon de s'ôter le goût de leur baiser tandis que ses yeux gris aguicheurs disaient à Victoria qu'il voulait au contraire se repaître d'elle. Lentement. Totalement. Jusqu'à ce qu'elle meure de plaisir.

Elle avait déjà fait la moitié du chemin.

Seulement, elle savait qu'il ne fallait pas se fier aux apparences. Cory était peut-être divinement beau et honteusement sexy, mais c'était aussi un bourreau de travail dont les élans d'affection se bornaient à une carte d'anniversaire achetée à la dernière minute au centre commercial du coin. Elle avait beau ne pas être comme les écervelées qui recherchent davantage une béquille qu'un homme, elle avait tout de même des sentiments. Elle livrait une bataille quotidienne contre les fantômes de son passé, et la plupart du temps elle gagnait – à force de persévérer et de faire attention à elle. Mais cela impliquait aussi d'avoir le moins de contact possible avec les éléments perturbateurs qui émaillaient sa vie.

Comme par exemple Cory Santangelo. Ses cheveux bruns ondulés, ses yeux gris métallique et son corps scandaleusement excitant faisaient de lui une dangereuse tentation. Sans parler de son esprit brillant et de son sens de la repartie. Là, c'était fatal.

Se mettre avec un mec comme lui – même si c'était purement sexuel – revenait à foncer droit dans le mur, surtout pour une fille qui avait des problèmes avec sa mère et ne désirait rien tant qu'une histoire sérieuse avec un homme qui... saurait ce que « histoire sérieuse » veut dire. Sans compter que cela mettrait sûrement en péril leur relation professionnelle.

Seulement, si elle était honnête deux minutes, elle savait qu'elle n'avait jamais été très maligne en matière d'hommes. Alors pourquoi devrait-il en être autrement ce soir-là ?

Vicky avança d'un pas, dans l'intention de l'explorer un peu plus. Il la retint d'un doigt appuyé entre ses seins. Des seins qu'il observa longuement, d'un regard chaud comme une caresse, avant de parler :

— Victoria, non.

Pour qui la prenait-il ? Un chiot mal élevé ? Le ton sec de Cory faillit bien refroidir l'ardeur dans son bas-ventre. Mais elle se remit à avancer en poussant contre la main de Cory, et lui fit un sourire triomphal lorsqu'il vint effleurer le renflement de ses seins offerts. Du moins, jusqu'à ce qu'il la glace d'effroi avec son expression d'indifférence suprême.

Elle était peut-être excitée et le pénis de Cory aussi, mais *quid* de son cerveau ? Que dalle. Pas concerné du tout. Il avait beau être encore essoufflé après leur baiser, il n'avait pas envie d'avoir envie d'elle, et ce ne serait certainement pas son corps qui aurait le dernier mot.

Soit. Qu'il aille se faire foutre.

Elle empoigna son sac à main et pivota.

— Tu sais quoi ? Laisse tomber. On va juste oublier ce qui vient de se passer. Ta vertu est sauve, et tu n'as rien à craindre de moi, promis. Je te dis bonsoir.

Elle n'avait pas fait deux pas qu'il la prit par la taille et la fit se retourner vivement. Tandis qu'il la défiait du regard, un ahurissant kaléidoscope d'émotions se déploya sur son visage. La colère, l'inquiétude, l'amusement. Le désir. Plus que tout, le désir. Cory ayant cessé de brider ce sentiment, celui-ci exsudait presque de tous les pores de sa peau et venait se mêler à son fichu parfum de riche qui affolait Victoria chaque fois qu'elle le respirait.

Ce n'était pas pour autant qu'il méritait de connaître son secret, à savoir qu'elle avait plus ou moins le béguin pour lui depuis le lycée, mais le genre de béguin qu'on peut avoir pour Bradley Cooper. Le mec qui nous rend toute chose et qu'on mettrait sans hésiter dans notre lit, mais dont on sait très bien que ça n'arrivera jamais. Cory était son Brad Pitt à elle, période *Légendes d'automne*. Il avait...

... les mains sur sa croupe. Une main ferme sur chaque fesse, et il n'était pas près de les enlever.

Tant mieux, parce qu'elle ne voulait surtout pas qu'elles s'éloignent.

— Tu préfères ça ? chuchota-t-il contre sa joue.

Et il l'attira tout contre lui, jusqu'à ce que chaque partie de son corps coïncide parfaitement avec le sien. Les parties intéressantes, en tout cas. Elle laissa échapper un son à mi-chemin entre le gémissement et le soupir lorsqu'elle perçut à travers leurs vêtements un membre long et dur. Son cerveau se vida, son regard se fit vague.

— Oui, couina-t-elle en se forçant à le fixer. Mais je ne veux pas abuser de toi. Tu es peut-être ivre.

Il lui lança une œillade furieuse et sa respiration se fit laborieuse, comme s'il venait de courir trois tours de stade.

Puis il pencha la tête tout près, si près que Vicky sentit les fraises qu'il avait mangées en dessert. Elle-même avait fait l'impasse dessus, préférant noyer son chagrin dans un champagne hors de prix – son chagrin en pensant à sa prochaine visite à la maison de repos pour voir sa mère, mais aussi son inquiétude vis-à-vis de son frère, un joueur de foot américain professionnel qui s'était blessé au genou. Visiblement, elle allait quand même finir par goûter aux bons fruits d'été. S'il voulait juste se pencher un tout petit peu plus...

— Tu es une sacrée allumeuse, dit-il à la place. Comment ça se fait que je ne l'avais jamais remarqué ?

— Parce que je ne t'ai jamais allumé. La relation que nous avons toi et moi est sérieuse, pour ne pas dire sinistre.

— Sauf quand tu m'envoies à la figure des vases qui coûtent un bras.

Elle gardait un bon souvenir de cet épisode.

— Si tu arrêtais de refuser tout ce que je te propose, on arriverait peut-être à quelque chose. Toi : homme d'affaires. Moi : créatrice. Tu ne m'as pas engagée pour que je te dégote une table basse qui ferait joli en couverture. Mon job était de créer le magazine de toutes pièces, donc de superviser les séances photo *et* les articles. Sauf que tu en viens à vérifier le placement du moindre coussin. Surtout, n'hésite pas à laisser faire les pros, hein.

— Tu as tenté de me refourguer un canapé vert.

Victoria leva les yeux au ciel, faisant de son mieux pour ignorer le corps brûlant pressé contre elle. Elle avait eu le malheur de lui suggérer un canapé d'angle un tantinet moderne et, depuis, il le lui ressortait chaque fois.

— Il n'était pas juste vert. Il était vert olive.

— Vert ou pas, il était très moche, répliqua-t-il en la faisant reculer sans le moindre tact vers la balustrade et le banc capitonné qui en faisait le tour.

Lorsqu'elle buta contre le bois, elle empoigna la rampe à deux mains pour ne pas tomber. Elle allait se redresser lorsqu'elle remarqua l'intensité du regard de Cory, et prit conscience de l'image éminemment érotique qu'elle devait renvoyer. Dos cambré et poitrine en avant, tendue contre le tissu.

Totalement à sa merci.

— C'est comme ça que tu comptes te venger ? dit-elle en penchant la tête de côté, ce qui fit tomber une mèche dans son œil. Je vais peut-être te résister.

Enfin il sourit, si l'on pouvait qualifier ainsi le léger mouvement des lèvres qu'il esquissa.

— J'y compte bien.

Rapide comme un serpent à sonnette, il releva sa robe et plaqua deux mains immenses sur ses cuisses. Les paumes de Cory étaient ardentes sur la peau de Victoria ; elles la consumaient. Il poussa un grognement en apercevant le string en dentelle. Puis il lui écarta les jambes et s'avança pour se mettre à genoux sur le banc. Comme il était plus grand qu'elle, il se trouvait à un angle parfait pour donner un coup de reins puissant, dans un mouvement brutal qui la surprit. Elle haleta, frustrée par tous ces vêtements qui venaient se mettre entre eux. Son string ne constituait pas vraiment une barrière, mais le smoking de Cory, si. Il recommença, accompagnant son geste d'un grondement bas et âpre. Elle y répondit en haletant plus fort.

Elle s'agrippa autant qu'elle put et s'arc-bouta éperdument contre lui, l'implorant en silence de continuer, de lui donner au moins ça s'il ne voulait pas aller plus loin. Elle était déjà trempée, et le membre qui se pressait contre elle l'irritait à travers la robe. Seigneur, qu'est-ce qu'il était imposant, et plus dur encore que le bois de la rampe à laquelle elle se cramponnait de toutes ses forces.

Mais quand même, ce n'était pas assez. Comment cela aurait-il pu ? L'effet de friction était fantastique, mais il y avait décidément bien trop d'épaisseurs entre eux. Même l'éclat fiévreux de son regard ne pouvait effacer cela.

— Merde, c'est qui l'allumeur, maintenant ? dit-elle d'une voix rauque en se mordant la lèvre, tant elle se sentait insatisfaite.

Pour toute réponse, Cory redoubla d'efforts entre ses cuisses. Tout à coup il lui écarta les jambes encore plus, s'arquant au-dessus d'elle sans jamais la quitter des yeux, comme s'il enregistrait ses réactions pour pouvoir se les remémorer plus tard. Ça ne l'aurait pas vraiment surprise. Elle aurait bien aimé lui donner un petit quelque chose en retour mais, dans cette position, il lui était difficile d'entreprendre quoi que ce soit. À part se frotter contre lui de haut en bas, ce qu'il semblait apprécier. Beaucoup, même.

Il pesait toujours plus lourdement sur elle, se penchant si près que Victoria sentit cette haleine sucrée sur ses lèvres entrouvertes. Elle n'arrivait plus à aspirer assez d'air, alors il lui offrait le sien. Ses poumons éprouvés se contractèrent. Elle rejeta violemment la tête en arrière, et sa vision se brouilla lorsque Cory atteignit le point idéal pour exciter divinement son clitoris déjà gonflé. Les ongles de Vicky égratignèrent le bois si fort qu'une écharde se coinça dans l'un de ses doigts. Ça lui était bien égal. Il allait plus vite à présent, et elle aussi. Elle s'inclina au maximum pour lui permettre, s'il voulait bien juste baisser la tête de quelques centimètres, d'accueillir dans sa bouche l'un de ses mamelons douloureux.

C'est ce qu'il finit par faire, passant sa langue et ses dents sur les pointes ultrasensibles à travers sa robe.

L'excitation qui n'en finissait plus de monter en Victoria explosa, balayant tout sur son passage. Elle ne cria pas, ne gémit pas. Elle s'obligea simplement à ne plus fixer ces fichues guirlandes – qui clignotaient furieusement – pour se perdre dans les prunelles de Cory. Elle ne voyait plus que ses pupilles, si larges et profondes qu'elle aurait pu plonger dedans pour y rester toujours.

Cory Santangelo l'avait fait jouir à quelques mètres d'un gala organisé par sa famille, et qui battait encore son plein. C'était de la folie. Mais dans le meilleur sens du terme.

Elle sourit. Cette soirée merdique s'était autrement mieux terminée qu'elle ne l'aurait cru.

Un silence total s'abattit sur eux ; seul leur concours d'essoufflement résonnait dans la nuit. Victoria allait tendre le bras vers son pantalon pour lui rendre la pareille lorsque Cory s'écarta brusquement, le visage fermé. Il secoua la tête et repoussa sa main comme il l'aurait fait avec un moustique.

— Non. Ça suffit.

Les questions se bousculèrent dans son esprit. Le refus. Les supplications, même. Elle n'était pas prête à voir cette parenthèse enchantée se refermer si vite, pas après la journée qu'elle venait de passer. Encore moins quand elle savait qu'une longue nuit solitaire l'attendait. Mais s'il lui restait bien quelque chose, c'était un peu d'amour-propre. Elle s'était déjà jetée aux pieds de ce mec – avec l'assistance d'un taux conséquent d'alcool dans le sang – et elle estimait s'être suffisamment humiliée pour la soirée.

Elle lâcha la balustrade et s'affala sur le banc capitonné. Ses cuisses tremblaient encore. Mais son cœur ? Dieu merci, il se refroidissait déjà, grandement aidé par l'indifférence de Cory.

— Dans ce cas, va-t'en.

Il recula de deux pas, se rendant manifestement compte qu'il se comportait comme… un vrai connard. Même si un mot aussi peu raffiné n'aurait jamais franchi ses lèvres.

— On a passé un bon moment, mais c'est terminé.

— Waouh, c'est beau. Tu crois que je devrais prendre ma harpe pour t'accompagner, ou bien tu préfères sortir l'instrument riquiqui que tu caches dans ton caleçon ?

Il serra les mâchoires.

— Tu es sûre que ça va ?

Attends, il se sentait vraiment concerné, là ?

— J'en suis sûre, oui, rétorqua-t-elle en imitant son ton glacial. Tout baigne. J'ai eu ce que je voulais, non ? (Elle s'obligea à lui sourire brièvement en agitant une main.) Amuse-toi bien sous la douche, surtout.

Là-dessus, il n'y avait pas l'ombre d'un doute. Il n'aurait pas pu simuler une érection aussi monumentale, même s'il avait réussi à lui faire croire pendant quelques instants qu'il était capable de la voir comme une femme, et pas seulement une fichue épine qu'il avait dans le pied.

Il l'observa un instant de plus, puis hocha la tête comme l'aurait fait le roi de l'univers. Ça, c'était Cory tout craché.

— Très bien. À lundi, alors.

— C'est ça.

Elle avait tellement hâte de le retrouver pour leur session de travail bihebdomadaire dans son bureau de ministre. Une vraie partie de plaisir, chaque fois.

Sauf qu'il ne partait toujours pas. Il continua à l'examiner, et la peau échauffée de Vicky commença à la picoter sous l'effet de la gêne. La chair palpitante entre ses cuisses ne l'aidait pas vraiment à garder un calme olympien, mais elle pouvait y remédier.

En se tirant de là.

Elle attrapa son sac, se leva, et se raidit en entendant Cory s'éloigner. Elle se retourna seulement lorsqu'elle fut certaine qu'il était parti. Puis elle se fit un vague chignon avec un élastique qu'elle avait dans ses affaires et quitta les lieux avant d'aggraver encore son cas.

Cory prit son petit déjeuner du dimanche au bureau, comme il en avait l'habitude. En temps normal, il aurait aussi dormi quelques heures la nuit précédente mais, après le gala, cela avait été mission impossible.

Et encore, le mot était faible.

Dès que son cerveau s'égarait du côté du belvédère et de ce qui s'y était passé, il se forçait à retourner aux chiffres qu'il avait sous les yeux. Le début de la matinée s'écoula ainsi. De temps en temps, il allait se balader dans le magasin, histoire de faire comme s'il était sociable, même s'il déléguait volontiers cet aspect-là du boulot à son frère et à ses parents. Seulement, Dillon n'avait pas encore pointé le bout de son nez après sa réconciliation avec Alexa, et Corinne et Raymond étaient allés faire des achats pour préparer leur déménagement à l'autre bout du pays.

En clair, il ne restait que lui.

Il s'enthousiasmait encore moins que d'habitude à l'idée d'être avenant avec les clients, mais il s'obligea à descendre l'allée centrale pour demander des nouvelles de sa sciatique à Joe Wilson et de son dernier petit-fils à Mac Connor. Il vendit également un nouveau souffleur de feuilles – même si cela faisait aussi partie du boulot de Dillon – et, plus généralement, il essaya de faire comme s'il n'était pas du tout énervé et n'avait pas du tout envie de commettre un meurtre.

Sur la personne de Victoria Violet Townsend.

En quelques petites minutes, elle avait failli lui faire faire une chose qu'il ne s'était jamais autorisée auparavant. À savoir, perdre complètement les pédales.

Heureusement pour lui, le fait d'être aux premières loges pour voir son orgasme – pour le sentir à travers sa robe, même – avait éteint le violent incendie de sa libido. Les chevilles de Cory avaient peut-être enflé, et son sexe était peut-être devenu plus dur que la mèche de perceuse dont il venait de vanter les mérites à un client, mais son cerveau s'était réenclenché à temps pour les sauver tous deux de la débâcle.

Enfin, ça et le manque de préservatifs. Un détail qu'il n'aurait jamais avoué à Vicky, même sous la torture. Il s'était tellement laissé emporter qu'il ne s'était pas rendu compte de ce qu'il faisait : il était venu creuser un trou sans apporter de pelle. Finalement c'était un mal pour un bien, étant donné qu'ils se détestaient. Ils travaillaient aussi ensemble, ce qui au premier abord paraissait contradictoire, surtout qu'il l'avait choisie parmi d'autres candidats plus qualifiés qu'elle. Mais les temps étaient durs ; il devait rogner sur les coûts et

Victoria avait un avantage sur les autres. Il avait pensé qu'elle ne serait pas cher payée.

Du moins, c'est ce qu'il avait cru, comme un idiot.

La nuit passée lui avait prouvé qu'il s'était planté en beauté, parce que s'il existait un championnat du monde d'orgasme, elle aurait décroché la médaille d'or. Il n'avait jamais rien vu de si beau de toute sa vie.

Il faillit s'étrangler de rire en se dirigeant vers son bureau au fond du magasin, après avoir salué Doc Cranston. Pas cher payée ? Mon œil. Elle avait demandé des honoraires exorbitants pour ce job, et il avait sorti le carnet de chèques parce qu'il avait été suffisamment bête pour ne pas blinder le contrat avant de signer en bas de la page. Moralité ? Ne jamais présumer de rien avec Vicky, et toujours tout consigner par écrit.

Après avoir travaillé quelques heures de plus, il fit un autre tour dans les rayons puisque Dillon – le veinard – n'avait toujours pas refait surface, et il ne put s'empêcher de remarquer qu'on était bien amical avec lui, tout à coup. Il eut droit à quantité de sourires, et même à deux ou trois « Youhouh ! » qu'il ne comprit pas vraiment. Il mit ça sur le compte de la bonne réputation dont jouissait toujours sa famille après le gala, et retourna à son bureau avec à l'esprit le magasin qui devait ouvrir à Carlton et la discussion avec le nouveau représentant du personnel qu'il ne pouvait plus repousser. Cory n'avait pas exactement hâte. Peterson semblait être un dur à cuire, et il avait autre chose à faire que prendre parti dans les conflits entre employés.

Il vérifia l'heure à sa montre, puis sur le portable. Il allait peut-être remettre à plus tard, en fait. Il devait encore passer un coup de fil à ce poseur de lapin de photographe et exiger un remboursement, vu qu'il n'était jamais venu. Bon sang, comme s'il avait le temps pour toutes ces interruptions futiles !

La porte du bureau s'ouvrit si fort qu'elle cogna le mur, faisant lever la tête à Cory. Pour un homme qui venait probablement de laisser sa nouvelle copine avec un torticolis après une débauche de sexe, Dillon n'avait pas l'air si rayonnant que ça.

— T'as lu le journal, Cory ? demanda-t-il en brandissant l'objet en question. Tu ferais bien, sinon. Et tout de suite.

Une vague appréhension s'empara de Cory tandis qu'il prenait sa tasse de café. Habituellement il buvait du déca, mais il passait à quelque chose de plus fort dès qu'il avait un surcroît de travail. C'est-à-dire tout le temps, depuis quelques semaines.

— Laisse-moi deviner, ta petite amie a fait mettre un énième encart publicitaire ? Si Alexa pense que c'est une bonne idée d'investir dans des pubs tape-à-l'œil pour contrer la concurrence qu'on lui fait, c'est son problème. Moi, je ne dépense pas notre argent comme ça.

Dillon flanqua le journal sur son sous-main. L'angoisse finit de nouer l'estomac de Cory lorsqu'il découvrit qu'il était en photo dans la rubrique consacrée aux potins. Et il y était en bonne compagnie.

— T'as raison de faire des économies, frérot, parce que tu vas devoir casquer si tu veux limiter les dégâts.

2

Agrippant les accoudoirs de son fauteuil, Cory serra les mâchoires pour s'empêcher de déverser un torrent d'injures à voix haute. Comme Dillon, il avait les yeux rivés sur les photos en noir et blanc – d'une étonnante netteté – insérées au beau milieu de la rubrique « vie locale » du quotidien, autrement dit la page des cancans. Sous un titre super bien trouvé, même si ça lui faisait mal de l'admettre :

Se retrousser les manches pour la bonne cause ? Plutôt deux fois qu'une !

Quelque chose lui disait qu'il n'allait pas récupérer son acompte, finalement. Alors comme ça, il voulait « voir le gala dans tous les journaux » ? Eh bien, il était servi. Il aurait peut-être dû être plus précis quant au contenu de l'article.

Il faillit balancer une réponse bien sentie à Dillon, mais se ravisa. Désolé, plus de budget pour limiter les dégâts. Il avait déjà tout dépensé en photographes. En photographes qui, visiblement, préféraient grimper dans les arbres pour prendre des clichés de lui en train de se frotter contre Victoria comme un ado en rut, plutôt que d'immortaliser des invités souriants devant le logo de Helping Hands.

Au moins, le type ne savait pas que c'était Cory qui l'avait engagé au départ. Dillon non plus d'ailleurs, lui qui n'hésitait pas à faire de la pub pour inciter les gens à s'impliquer dans l'asso et à donner, mais imposait un silence radio total dès que le gala annuel approchait, tout ça parce que monsieur ne voulait pas que ça devienne un cirque où les gens viendraient uniquement pour être vus.

Ou, dans ce cas précis, se livrer à des attentats à la pudeur.

— Je constate que tu n'as pas encore hurlé, commenta Dillon en posant les mains à plat sur le bureau. T'étais au courant ?

— Non, bien sûr que non.

Cory n'arrivait pas à détourner son attention des photos. Il sentait bien que l'indignation ressentie en voyant sa vie privée ainsi exposée se transformait en tout à fait autre chose, et il n'aimait pas ça. Du tout. La belle affaire si, sur le premier cliché, Vicky avait la tête tournée vers l'objectif, les yeux à demi fermés et sa bouche pulpeuse laissant visiblement échapper un gémissement. Ou si sa bouche à *lui* était littéralement scotchée à la base du cou de la belle, et semblait bien décidée à y rester. Ou si sur la seconde photo ils se regardaient les yeux dans les yeux, comme s'ils communiquaient dans une autre langue – celle des corps, et de ses coups de boutoir manifestes dans celui de Victoria.

Tout cela était hors de propos.

— Je ne rêve pas, c'est bien Vicky ? En tout cas ça lui ressemble beaucoup, même si le visage est un peu flou. T'as mis un truc dans son verre ou quoi ? Ou peut-être que c'est elle. Je me disais bien, aussi, qu'elle en pinçait pour toi. Mais la vache, quand m…

Cory leva brutalement la tête, même si ses yeux mouraient d'envie de revenir au journal.

— Oui, merci pour la clarification. Je crois que tout le monde aura compris ce que Victoria et moi étions en train de faire. (Quand il se rendit compte de ce qu'il venait de dire, il s'écarta violemment du bureau, comme si celui-ci venait de prendre feu.) Et merde.

Ce n'était pas juste le fait qu'un paparazzi les ait surpris dans une position équivoque qui le dérangeait. Victoria et lui travaillaient ensemble, et Value Hardware était une affaire familiale. Jamais le moindre parfum de scandale n'avait flotté autour de Cory, et le jour où cela commencerait n'était pas venu.

Même si, en vérité, il avait déjà commencé – et n'avait même pas fini. En plus, bon sang.

Sans compter la réputation de Vicky. Elle avait dû se battre pour se faire un nom dans un domaine où elle était novice et dans une ville vieux jeu, où c'était souvent les esprits étriqués qui avaient le dernier mot, et toujours eux qui tiraient les prix vers le bas. Ça allait clairement la desservir. Comment affirmer maintenant qu'elle avait décroché ce job pour le magazine parce qu'elle le méritait, alors que tout Haven avait vu Cory la peloter ? Les commères du coin allaient lui trouver quelques surnoms gratinés, et lui, on allait le traiter de...

— Mec, t'es carrément devenu un étalon. Vous êtes dans toutes les conversations. Même au guichet de la banque, sans blague. Tout le monde croyait que tu étais l'homme qu'aucune femme n'arriverait à conquérir, et voilà que tu te fais surprendre le pantalon aux chevilles avec Vicky, ton ennemie jurée.

— C'est un peu exagéré, tout de même, répliqua Cory tout en se rengorgeant.

Comment aurait-il pu bouder son plaisir devant un tel compliment, alors qu'il n'avait pas pris le temps de s'intéresser au sexe ou à quoi que ce soit d'approchant depuis au moins un an ?

Et même s'ils s'étaient cantonnés à la version soft.

— Elles sont chaudes comme la braise, ces photos, intervint Dillon en tournant le journal pour mieux voir. Sérieux, Vicky a carrément l'air…

— Ferme-la. Tu t'es trouvé une femme. Tu ne vas pas en plus me piquer la mienne.

En s'entendant parler ainsi, Cory recula d'un pas supplémentaire. Deux fois en deux jours il avait dit et fait des choses insensées. Victoria n'était pas à lui, et il n'avait même jamais vraiment eu de vues sur elle. Bien sûr, il lui était arrivé de fantasmer en la voyant débarquer en cuissardes, mais ça n'avait rien d'étonnant. Elle ne les portait plus beaucoup, mais il se souvenait – distinctement – de l'époque où elle les mettait.

— Ah, ah ! C'est bien ce que je pensais. Tu dois avoir un foutu sens de l'araignée, mon gars, parce que t'avais vraiment une épée de Damoclès au-dessus de toi.

— Traduction, s'il te plaît ?

Dillon secoua la tête comme si son frère était un peu simplet.

— Maman et papa sont sérieux quand ils disent que tu dois parvenir à un équilibre entre travail et vie privée. Ils ont même parlé de repousser leur déménagement en Arizona pour t'aider à trouver une copine.

Encore ce chantage à la noix, qu'il gardait dans un coin de sa tête depuis la veille au soir.

— Il n'en est pas question ! s'exclama Cory en bondissant pour lui prendre le journal des mains.

C'était décidé, il allait acheter tous les exemplaires qui circulaient en ville pour les mettre au coffre. Et en garder peut-être juste un pour le plafond de sa chambre.

— Ils ne vont rien repousser du tout. Papa a besoin d'aller vivre sous un autre climat s'il veut guérir son asthme, et tout va parfaitement bien ici. *Je* vais parfaitement bien.

Personne n'était jamais mort de frustration. En tout cas, pas à sa connaissance.

— Et maintenant, ils le savent. Tu cachais bien ton jeu, petit coquin.

Dillon lui fit un sourire espiègle, mais Cory vit bien l'admiration dans le regard de son frère. Dillon, le roi des coups d'un soir, était impressionné par *lui*, alors que seulement quelques jours plus tôt, au pub, il s'était payé sa tête parce que la dernière fois qu'il avait couché avec une fille, l'actuel président des États-Unis n'était pas encore en exercice. Il forçait un peu le trait, mais à peine.

— En fait, Vicky est ta petite amie en secret.

Pendant un instant, Cory dévisagea son frère. Puis il hocha lentement la tête.

— Tu m'as démasqué. Oui, Victoria est ma petite amie en secret.

Au moins jusqu'à ce que l'excitation retombe en ville, et que Vicky et lui aient retrouvé un semblant de respectabilité.

Il n'avait plus qu'à la convaincre d'accepter.

Vicky regarda du coin de l'œil l'homme qui se tenait sur le pas de sa porte. Ses cheveux très bruns étaient constellés de pluie. La faible lumière du porche renvoyait l'image d'un homme épuisé, soucieux – et sexy en diable.

Depuis le lycée, Cory jouait avec les nerfs de Vicky. Même à l'époque où il ne faisait pas vraiment partie de sa vie, la moindre interaction avec lui en soirée suffisait à la désarçonner. Et c'est exactement ce que les événements de samedi soir avaient causé, dans tous les sens possibles du terme. Sous ses airs d'intello coincé, cet homme était un mélange troublant de mégalomane et de Chippendale qui mettait les hormones de Vicky sens dessus dessous. Seulement, elle voulait bien être pendue s'il savait qu'elle ressentait ça.

Elle savait qu'elle était dans le pétrin, et depuis longtemps. Cory était bien trop accaparé par son boulot pour penser à sortir avec des filles. Bien trop pressé par le temps pour aimer quelqu'un. Et totalement dénué du gène de l'émotion, ce qui, forcément, l'empêchait de s'investir au-delà du coup tiré à la va-vite.

Avec elle, tout avait été si rapide qu'ils étaient même restés *habillés*.

Les rares fois où il trouvait un peu de temps à consacrer à une femme, c'était pour une nana classe et raffinée du genre de sa grande sœur. Cory avait invité plus d'une fois Melinda à dîner, et elle avait invariablement repoussé ses avances. Le truc de Melly, c'était les mauvais garçons, et Cory n'appartenait clairement pas à cette catégorie.

Mais après leur séance de frotti-frotta au clair de lune, Vicky en venait à se demander si les apparences n'étaient pas trompeuses.

Elle fit semblant de regarder sa montre.

— T'es au courant qu'il est dix heures du soir ?

— Je sais, le moment est mal choisi, mais il fallait que je te parle. Je t'ai appelée plusieurs fois cet après-midi. Et envoyé des SMS. (Il s'éclaircit la voix.) J'en déduis que tu n'as pas lu le journal, sinon j'aurais eu de tes nouvelles plus tôt. Vu que tu ne rates jamais une occasion de m'insulter copieusement.

Elle le regarda en clignant les yeux. Mais qu'est-ce qu'il racontait ? Un problème avec le magazine, peut-être ? Un concurrent de dernière minute qui se lançait sur leur créneau ?

— Non, je ne l'ai pas lu.

— Tu n'es pas allée sur Internet non plus ?

OK, ça devenait bizarre, là.

— Mon téléphone est resté éteint toute la journée. Je suis allée voir... (Elle fit une pause et déglutit, n'ayant aucune envie de s'aventurer sur ce terrain-là. Cory ne connaissait pas la situation de sa mère, et c'était très bien comme ça.) Je suis allée voir de la famille dans les environs.

Elle était rentrée quelques instants plus tôt, et avait à peine eu le temps de se doucher. Quand il avait sonné, elle avait mis un maillot de foot américain trop grand par-dessus sa culotte, et elle était vite allée ouvrir en pensant qu'il y avait peut-être un problème. Mais elle n'avait pas songé à… ça. À *lui*.

— Sans pantalon ? Pourquoi est-ce que je ne suis pas plus surpris que ça ?

Elle baissa les yeux et constata qu'elle montrait pas mal de peau nue, effectivement. Elle aurait peut-être dû aller enfiler un legging.

— J'étais habillée quand je suis sortie, gros malin. Là, je suis en pyjama.

Encore des sarcasmes. Ce type aurait pu enseigner cette matière à l'université. Si Vicky n'avait pas remarqué la façon dont son regard s'attardait sur ses jambes, elle aurait sûrement pris un air agacé.

— Merci pour la précision.

Elle l'observa plus longuement, notant au passage qu'il portait un pantalon beige et une chemise boutonnée jusqu'au cou. Probablement sa conception de la tenue décontractée du week-end.

— Et toi, qu'est-ce que t'as fait, monsieur le P-DG ?

— J'ai travaillé. Pendant que tu te…

— Tapais une équipe de base-ball, susurra-t-elle en espérant ranimer le regard vitreux de Cory.

Gagné.

— Oh, désolé de vous interrompre. Ils t'attendent à l'intérieur ou bien tu les as vraiment trop crevés ?

Le ton doucereux la hérissa, comme toujours quand il l'employait avec elle.

— Bon, tu entres, oui ? marmonna-t-elle en ouvrant grand sa porte.

Il pleuvait des cordes et, par-dessus le marché, il faisait sacrément froid pour la saison. Pas question de se retrouver avec un casse-pieds en hypothermie sur la conscience. Elle avait déjà suffisamment de choses à se reprocher.

Il se dirigea droit vers le salon.

— Je peux t'assurer que ce sera rapide. Si tu te sens de le faire, du moins.

Elle prit son temps pour le rejoindre sur le canapé. Il était venu chez elle plusieurs fois, étant donné que son atelier s'y trouvait, mais ça lui faisait quand même bizarre de le voir envahir son espace privé aussi tard. La lumière tamisée créait des ombres sensuelles sur ses mâchoires anguleuses et dans ses yeux argentés. C'était tellement plat de les décrire comme simplement gris, encore plus à voir la façon dont ils brillèrent lorsqu'elle prit place à côté de lui, dévoilant comme par hasard un bout de cuisse. Puisqu'elle ne pouvait pas cacher ses jambes dans cet accoutrement, autant en profiter pour se décaler, histoire de les mettre en valeur le plus possible.

— Je me sens surtout fatiguée, si tu veux savoir.

Et peut-être un peu excitée. L'air visiblement intéressé de Cory n'aidait pas non plus.

— Alors, si c'est à propos du magazine…

— Ce n'est pas ça.

Il ne la regarda pas vraiment en prononçant ces mots. À la place, ses yeux revinrent lentement aux cuisses de Victoria, et ils y restèrent. Elles étaient indéniablement jolies, galbées par des années de yoga. Mais tout de même, ça n'expliquait pas cette soudaine obsession. Les événements de la veille l'avaient peut-être touché, finalement.

Elle claqua des doigts et il releva la tête brusquement. Pendant un instant, il parut aussi surpris qu'elle.

— Houhou, c'est par là que ça se passe. J'ai eu ma dose de mateurs au gala d'hier soir.

— Et même plus, d'après ce que tu m'as dit.

Hélas, elle ne s'était jamais envoyée en l'air avec un joueur de base-ball, et encore moins avec une équipe entière.

— J'adorerais parler de ma sexualité débridée avec toi, monsieur le P-DG, mais je ne voudrais pas te choquer. Passons à autre chose, tu veux bien ?

Cory fit une sorte de rictus. En guise de sourire, sûrement. Il semblait totalement incapable d'en faire plus. En même temps, il avait bossé toute la journée.

— Tu serais étonnée de savoir toutes les choses que j'ai essayées dans ma vie.

Elle fit passer ses cheveux sur une épaule et opta pour la décontraction. Parler de choses un peu barrées avec Cory Santangelo était l'un des grands plaisirs de sa vie, même lorsqu'elle avait envie de se taper la tête contre les murs pour faire passer sa migraine. Le plus souvent, elle repartait de la maison de repos avec un mal de crâne monstrueux, et cette fois-ci n'avait pas dérogé à la règle.

— Là, tu piques ma curiosité. Qu'est-ce que c'était, ton urgence ? Et l'histoire avec le journal et Internet ?

Repensant tout à coup aux messages qu'il avait laissés sur sa boîte vocale, elle se pencha pour prendre son portable sur la table basse, mais s'arrêta net quand il posa une main sur son genou. Chose rare, Cory semblait mal à l'aise. Il se frotta la nuque, flinguant un peu plus sa coiffure d'ordinaire impeccable. Pas mal, les cheveux en bataille. Avec cette barbe naissante, on aurait pu croire qu'il sortait du lit.

Ouh là, terrain glissant.

— J'ai une proposition à te faire, et ça ne peut pas attendre.

Avant qu'elle ait eu le temps de lui répondre d'accélérer la cadence, alors, il ouvrit d'un bruit sec les serrures de son attaché-case – elle n'avait même pas remarqué qu'il en avait un – et en sortit le fameux journal. Il le déplia vivement, trouva la page en question et le lui tendit.

— Colonne du milieu, précisa-t-il sur un ton monocorde.

Elle lui prit la feuille de chou des mains, la parcourut rapidement et fut prise d'une crise cardiaque. Au sens figuré.

Sous ses yeux, Cory était en train de l'embrasser. De la toucher. De la faire gémir. Et le monde entier était au courant, puisque ça avait été immortalisé en noir et blanc.

— Pourquoi... Qu'est-ce que... bredouilla-t-elle, cherchant sa respiration. Mais enfin, c'est quoi ce truc ? Comment ça a pu arriver ?

— Des paparazzis, fit-il simplement, comme s'il évoquait la météo.

— Comment ça se fait que tu n'aies pas piqué ta crise ? (Elle porta la main à son cou pour toucher son pendentif en forme d'étoile de mer. D'habitude ça la calmait, mais là, il lui faisait l'effet d'être un étau.) Sans blague, tu ne trouves pas ça embarrassant ?

— De me faire surprendre en mauvaise posture ? Oui, c'est sûr, ce n'est pas idéal.

Cet homme était fou à lier. Bon à enfermer.

— Ce n'est pas *idéal* ? Tout le monde en ville pense que tu me détestes. Et maintenant ils savent que... qu'on...

— Détends toi, dit-il sur un ton indulgent, qui donna surtout envie à Vicky de le gifler. Certes, c'est fâcheux, mais il y a un moyen de tourner cette situation à notre avantage. (Il éclata d'un rire sans joie.) Figure-toi que j'ai eu amplement le temps de réfléchir à une solution, pendant tout ce temps où je n'ai pas réussi à te joindre.

Son arrogance commençait à lui taper sur le système. Sans compter qu'elle s'inquiétait légèrement du sort qu'il lui réservait.

— Crache le morceau, Santangelo. C'est quoi ton idée ?

— Mes parents déménagent le mois prochain. En Arizona, ajouta-t-il, comme si elle ne le savait pas déjà. (Cela faisait seulement une dizaine de fois qu'il le lui disait.) J'ai du travail par-dessus la tête avec le magazine qui est venu se greffer sur tout ça, et d'ailleurs c'est en partie pour cette raison que je t'ai engagée…

— Tu m'as engagée parce que je suis la meilleure.

— Nous collaborons déjà avec une consultante pour le magasin, elle aurait très bien pu se charger des séances photo. Ensuite je demandais à un maquettiste de s'occuper de la mise en page et le tour était joué, il n'y avait plus qu'à l'envoyer chez l'imprimeur.

— Mais pourquoi aurais-tu fait ça ? C'est bien plus efficace de m'avoir pour tout chapeauter de A à Z. La rationalisation du travail, tu connais ?

Il l'ignora royalement.

— Le problème, c'est que je dispose d'encore moins de temps à moi, et mes parents pensent que c'est mauvais pour mon image. D'après eux, je devrais en changer.

— Je vois ce qu'ils veulent dire, répondit-elle en essayant de garder son calme. Mais en quoi ça me concerne, exactement ?

— As-tu pensé à ce que ces photos pourraient avoir comme conséquences ? (Voyant qu'elle se contentait de l'observer, il poursuivit.) Notre collaboration sur le magazine. Il se pourrait que certains fassent des raccourcis peu flatteurs sur la façon dont tu as décroché le job, alors que des gens techniquement plus qualifiés que toi ont candidaté.

— Qui irait penser ça ? fit-elle, avant de ravaler un grognement.

Oh, seulement les deux tiers des habitants de cette ville. Maudit château d'eau. Mais ça ne voulait pas dire non plus qu'elle devait céder à tous les caprices de Cory.

— Bon d'accord, ça va jaser pendant quelques jours. Je suis une grande fille, je m'en sortirai. Quant au reste, c'est ton problème, alors va sonner à une autre porte, tu veux ?

Au moment où les mots franchirent ses lèvres, elle les regretta. Cory était son ami, enfin quelque chose dans ce genre-là – bon d'accord, c'était plutôt son meilleur ennemi –, et les fines rides autour de ses yeux épuisés paraissaient se multiplier depuis quelques instants. Elle n'allait quand même pas le laisser en plan.

— Il n'y a pas d'autre porte où sonner, répondit-il doucement.

Bizarrement, la nuque de Victoria se mit à la picoter. Cory se pencha en avant, avec un regard plus ardent qu'elle n'en avait jamais vu. Son corps ne perdit pas de temps à réagir. Mince, plus que deux secondes et ses tétons se dresseraient au garde-à-vous.

— Mes parents sont convaincus que ça me ferait du bien d'avoir une vie sociale. D'avoir une... femme. (Il dit cela comme si prononcer ce mot aurait pu lui donner de l'herpès.) Non pas que ce soit le désert total. Je parle de ma vie sociale, bien sûr.

— Oui, bien sûr. Je suis certaine qu'elles tombent comme des mouches.

Encore une fois, il l'ignora. C'était un peu une constante entre eux.

— Ce serait temporaire. Pour quelques semaines seulement. J'ai besoin de quelqu'un pour m'accompagner en soirée, quelqu'un qui ait l'air de bien m'aimer. Et si on se fie à ces photos, c'est le cas.

Vicky piqua un fard, idiote qu'elle était, tandis que Cory tirait sur son col – il étouffait, tout d'un coup.

— Ce ne sera pas grand-chose, concrètement. Mes parents suggéraient de demander à Melinda, mais c'était avant notre soudaine notoriété.

À la mention de sa sœur, son cerveau eut comme un blocage. *Oh non, pas ça.* Le couteau qu'il venait de lui planter dans le dos se dirigea droit vers les organes vitaux et trifouilla sans ménagement dedans. Melly avait beau résister à Cory, elle était clairement faite pour lui : une beauté glaciale, de la retenue en toutes circonstances, jamais un mot plus haut que l'autre. Vicky était tellement à l'opposé de tout ça. Et elle y serait toujours.

Seulement, c'était *elle* qui était sur les photos. Elle qu'il avait embrassée et caressée et rendue folle.

Cory et elle se disputaient tout le temps. Qu'avaient-ils en commun ? Il méprisait sa façon de s'habiller, son exubérance, ses « singeries », comme il disait, et pourtant il était capable de faire les trucs les plus cools qui soient, comme s'impliquer dans l'association de Dillon. Entre deux engueulades, il lui arrivait de la faire éclater de rire, et même de chasser sa mauvaise humeur. Ces moments étaient précieux. Et tellement rares.

Sans parler de cette chose qu'il avait commencée la veille au soir, et qu'elle avait désespérément envie de terminer. Dans son état, Vicky n'avait pas besoin de chercher plus loin que ça.

— Il doit bien y avoir une raison si tu ne sors pas avec des filles, fit-elle en examinant sa manucure avec détachement. Peut-être que tu te réserves simplement pour la bonne, et ce n'est clairement pas moi. Moi, je suis la vilaine fille repentie. Celle contre qui ta maman t'a mis en garde des centaines de fois.

— Je n'ai jamais dit que tu étais la bonne. (Le petit sourire suffisant qu'il lui lança réussit l'exploit de la piquer au vif et de l'exciter en même temps.) Et ma *maman* t'adore. Comme tu le sais très bien.

— Seulement parce qu'elle me connaît depuis ma plus tendre enfance. C'est pour ça que ça n'a pas marché aussi bien avec toi.

— Il est certain que contrairement à elle, je n'ai jamais vu comment tu te débrouillais à la corde à sauter.

Il n'y avait vraiment que Cory pour faire ce genre de remarque. Il n'avait peut-être pas l'air comme ça, mais il se souvenait de tout, jusqu'au fait que sa mère avait aidé la maîtresse de Victoria en classe, une année. Il aurait probablement été capable de décrire la robe qu'elle portait le jour où ils s'étaient parlé pour la première fois, à une boum organisée pour les élèves du collège et du lycée. Pas étonnant qu'il soit aussi exigeant au sujet de son magazine. Il avait un foutu ordinateur à la place du cerveau. Il était si intelligent que ç'en était sexy.

Du moins, parfois. Le reste du temps, elle avait juste envie de lui mettre un bon coup de pied dans le disque dur.

— Ou alors, c'est à cause de ta fascination pour Melinda. Depuis le début je suis hors jeu parce que tu me vois comme la petite sœur.

Pendant un instant, il parut gêné. Puis son visage s'éclaira.

— Melinda et moi, on irait bien ensemble. Toi et moi, non. Ce qui te rend…

Elle se lécha la lèvre inférieure, et un frisson lui parcourut l'échine en voyant la soudaine fascination de Cory pour sa bouche.

— Intéressante ?

— Synonyme d'ennuis.

Ah, les ennuis. Bien des fois dans sa vie on lui avait associé ce mot, jusqu'au jour où elle s'était enfin rachetée aux yeux de sa petite ville. Du moins, pour la plupart des gens. La vilaine fille d'autrefois était devenue une femme bien. Et elle comptait le rester, après un court mais fascinant détour par les bas-fonds.

Une image d'elle et lui dans la pénombre à quelques pas d'une soirée de bienfaisance lui traversa l'esprit, et elle sentit sa température monter.

— En fait, il te faut une fausse maîtresse, dit-elle, feignant la nonchalance.

Cory fit la grimace.

— Je préfère parler de chargée de mission pour l'entreprise, mais si tu veux.

— Et il te la faut, disons, maintenant.

Les photos dans le journal avaient pratiquement décidé de son sort pour lui. De *leur* sort.

L'ombre d'un sourire passa sur ses lèvres, et elles étaient tellement à croquer que ç'en était ridicule. Maintenant qu'elle savait à quel point, elle était incapable de regarder ailleurs.

— Disons, oui.

Elle avait du mal à croire ce qu'elle venait d'entendre. Par un petit miracle, il avait transformé ce qui à première vue était la pire chose qui puisse lui arriver – sa réputation toute neuve, si soigneusement cultivée, se retrouvant bafouée en public – en une proposition plus qu'alléchante. À tous les égards.

Ce serait incontestablement mieux s'ils passaient pour un couple sérieux, et pas juste deux excentriques explorant les plaisirs de la chair en plein air. La carrière de Victoria était trop importante pour qu'elle prenne ce risque. Même si la météo annonçait une nuit torride avec risque d'orgasmes multiples.

Étant donné qu'elle pouvait faire ça tout en étant utile à Cory, pourquoi ne pas tenter le coup ? Elle avait toujours été... curieuse de savoir à quoi il ressemblait, nu. Et clairement, il était au pied du mur. Aussi, vu comme il s'y était pris avec elle la veille au soir, le temps dans le secteur de sa libido avait toutes les chances de rester au beau fixe un petit moment. Ces photos et la proposition de Cory lui donnaient une chance inespérée d'entrer dans son intimité, et elle allait la saisir.

Elle signait même tout de suite.

Vicky arbora une mine radieuse.

— Tu as besoin d'une petite amie en CDD ? Tu l'as devant toi.

3

Cory déboutonna sa veste de costume, décontenancé par la lueur apparue dans les yeux noisette de Victoria. Il la trouvait un peu inquiétante, à vrai dire. Il se sentait presque comme… un objet.

Seigneur, il avait vraiment besoin de sommeil.

Son unique but en venant était de solliciter ses services, mais il avait eu comme un éclair de lucidité en voyant Victoria – et ses jambes interminables. Le problème était qu'il recherchait une femme qui s'acquitterait de sa mission le plus sobrement possible, alors que Vicky était une locomotive lancée à toute allure. Bruyante, bouillonnante, et très capable de faucher celui qui ne s'écartait pas de son passage à temps.

Ouvrir la porte à Cory en tenue plus que légère avait suffi. Et naturellement, ses seins rebondis épousaient parfaitement son tee-shirt, ses cheveux blonds bouclaient juste assez pour lui donner un air un peu sauvage, et la chaîne qu'elle portait soulignait la courbe soyeuse de son cou.

Continue à la faire parler. Et ne pense surtout pas à ce qui se passe en dessous de ses sourcils. Ni des tiens, d'ailleurs.

— Tu sais quoi ? Ce n'est peut-être pas une si bonne idée que ça, finalement. Au cas où tu ne l'aurais pas remarqué, on travaille ensemble. Le lancement du magazine est ma priorité absolue.

— Tout ce que ça démontre, c'est qu'on est capables de s'entendre quand il le faut. (Elle changea de position, ce qui fit briller le discret diamant qu'elle avait au nez.) Et puis, tu me proposes simplement de faire affaire, non ? Un marché comme un autre, quoi. Tu ne me demandes pas de faire semblant d'être ta future femme. Juste ta copine. J'y arriverai, je t'assure.

Juste ta copine. Ces mots n'auraient pas dû lui nouer l'estomac, et pourtant.

— Intéressant, le distinguo que tu fais. Fiancée, ça va trop loin. Petite amie, non.

Elle haussa les épaules.

— Je me fiche que tu trouves ça bizarre. La première option sous-entend qu'il y a un mariage dans les tuyaux. Jamais je ne mentirais pour ça, c'est trop sérieux. Le jour où un homme me mettra la bague au doigt, elle y restera, tu peux me croire.

La dernière chose que Cory avait envie d'imaginer, c'était Victoria le jour de son mariage. Non sans mal, il lui fit un sourire narquois. *Mea culpa.* Il avait fait une belle bourde en venant ici, et il devait rectifier le tir. Illico.

— Laissons les alliances où elles sont, si tu veux bien. Je pense quand même que tu ne vas pas remplir les conditions.

— Quelles conditions ?

C'est vrai ça, quelles conditions ? Il n'en avait pas, hormis le fait qu'elle ne soit pas trop exigeante, qu'elle sache se comporter en société et qu'elle ait un certain talent d'actrice. Elle devrait aussi être docile, sage et détendue. Toutes sortes de choses qui étaient à l'opposé de Victoria.

Elle était bien trop sexy. Il lui fallait quelqu'un pour distraire ses parents de leur idée saugrenue de jouer les entremetteurs, pas quelqu'un pour le distraire *lui* de son travail, avec ses minirobes, son joli petit cul et ce sourire suffisant qui lui donnait envie de l'embrasser fougueusement rien que pour le faire disparaître.

Une seconde. Le sexe. Voilà la solution. Jamais elle ne lui dirait oui après ça, et il pourrait s'en aller. Sans rancune, Vick. Il trouverait quelqu'un d'autre. Il la ferait sortir de son chapeau, même, s'il le fallait.

— La femme que je choisirai devra également accepter d'avoir des rapports sexuels avec moi. Je ne te parle pas forcément de toutes les positions énumérées dans le Kama-sutra, renchérit-il en voyant son air interdit, mais assez en tout cas pour donner de la véracité à l'ensemble. Plus on aura d'intimité, plus ce sera crédible.

Victoria semblait avoir le plus grand mal à fermer la bouche.

— Tu exiges de ta fausse petite amie qu'elle couche avec toi ? En contrepartie de certains avantages que tu étais sur le point de me révéler, c'est ça ?

— Euh, non.

Ça lui apprendrait à bosser tout le temps. Il avait l'impression d'avoir les sens aussi aiguisés qu'un vieux crayon tout mâchonné.

— Il s'agirait de rapports consentis, bien entendu. Mais tant que je n'aurai pas trouvé quelqu'un d'assez ouvert d'esprit pour l'envisager, je continuerai à chercher.

— Donc ce que tu veux, c'est une escort girl de luxe, conclut-elle avant de hocher la tête, ses yeux ambrés dangereusement brillants. Je vois.

— Ça m'étonnerait, la rembarra-t-il, en écartant à nouveau le col de sa chemise.

Il frisait l'apoplexie, et elle avait même tiré sur son maillot de foot pour cacher un peu de cette peau affriolante qu'il ne saurait voir. Mais il *voyait* le discret piercing sur le nez, cette nuque immense, cette gorge délicate...

Et s'il ne rentrait pas chez lui très vite, il allait commettre une grave erreur.

S'armant de courage, il mit délibérément un bras sur le dossier du canapé. N'avait-il pas insisté sur l'importance d'avoir une certaine intimité, s'il voulait que les gens mordent à l'hameçon ?

Lorsque ses doigts frôlèrent sa douce chevelure, elle sursauta comme s'il avait fourré la main dans le pantalon qu'elle avait oublié d'enfiler. Espérons au moins qu'elle avait pensé à sa culotte. Avec Victoria, on n'était jamais sûr de rien.

— Qu'est-ce que tu fais ? lui demanda-t-elle.

— Je te touche, répondit-il avec langueur, alors qu'il avait les nerfs tendus comme une arbalète. Si tu veux être ma petite amie, tu ne peux pas te raidir à chaque fois que je pose la main sur toi. Ou trois doigts, en l'occurrence. (Il pressa l'auriculaire contre le haut de sa colonne vertébrale et prit note du frisson qui s'ensuivit.) Quatre, maintenant.

— Et pourquoi pas les dix ?

Au même moment, elle rejeta les cheveux en arrière, et les mèches couleur miel vinrent caresser la main de Cory comme des rubans de soie. Le chatouiller. Lui donner envie d'enfouir le visage dedans. Ses boucles. Elle.

Bon sang, il commencerait par mordiller cet endroit bien précis entre son cou et son épaule, cet endroit sombre et douillet juste au-dessus du col de son tee-shirt. Ensuite il le soulèverait, centimètre par centimètre, et se délecterait de la vue de ses seins, de la courbe de son ventre, de ses cuisses fermes, avant de goûter au reste de son corps.

Avant de pouvoir s'arrêter, le désir et l'épuisement l'emmenèrent là où il n'avait pas prévu d'aller. Il tendit l'autre bras, plongea la main dans toute cette douceur et l'attira contre lui. Plus rien n'existait hormis ces grands yeux noisette et ces lèvres offertes…

Victoria se secoua énergiquement, comme si elle sortait d'un état de transe.

— Oui. (Voyant que Cory l'observait sans rien dire, elle lui sourit d'un air entendu.) Banco.

Non. Ça ne pouvait tout simplement pas arriver.

Premièrement, elle était presque... une amie. Enfin, disons qu'il leur était arrivé d'avoir des conversations amicales. Cory avait des associés, évidemment, et il y avait un certain nombre de personnes en ville avec qui il pouvait discuter de toutes sortes de sujets pour passer le temps. Mais des personnes qu'il connaissait depuis l'adolescence et à qui il pouvait confier les yeux fermés son projet le plus important ? Non. Il n'y en avait même aucune.

Deuxièmement, il avait envie de lui faire des choses qui étaient probablement interdites par la loi dans au moins trente États.

Troisièmement, il bandait tellement qu'il n'arrivait plus à penser, et encore moins à trouver une bonne raison de ne pas faire une chose qu'il avait une envie intense de faire. Ou plutôt, quelqu'un qu'il avait envie de *se* faire.

Elle le regardait fixement, attendant sa réponse. S'il se plantait sur ce coup, elle deviendrait comme tant d'autres femmes dans sa vie : une ex déterminée à l'ignorer superbement quand elle le croiserait en soirée, à moins qu'elle n'ait une coupe de champagne à la main. Auquel cas la coupe aurait une chance sur deux de terminer sa course sur la tête de Cory.

À dessein, il tira sur le pli de son pantalon pour soulager son érection. C'était le genre de geste un peu osé que Dillon aurait probablement fait sans complexe avant de rencontrer Alexa. Peut-être même après. Pour compléter le tout, il lui sourit lentement, et ne se sentit pas peu flatté lorsqu'il vit les pupilles de Victoria se dilater.

On garde son calme, cow-boy.

— Écoute, Victoria, je sais que c'est moi qui t'ai proposé cet arrangement un peu spécial, mais plus j'y pense, plus je crains que ça ne fonctionne pas. On est trop incompatibles, toi et moi, par plein d'aspects.

Elle fixa la main qu'il gardait posée sur sa cuisse.

— Lesquels ?

Plutôt que de lui faire une liste longue comme le bras, il la gratifia d'un clin d'œil.

— Je ne pense pas que tu arriverais à me suivre.

Là, au moins, c'était la vérité. Il brûlait d'envie de lui faire des choses qu'elle n'approuverait jamais. Une obsédée du contrôle comme Victoria qui accepterait de déposer les armes une fois au lit ? Il ne fallait pas rêver. Encore plus improbable que de sortir indemne de ce plan farfelu tout droit sorti de son cerveau désespéré. Non, il valait mieux lui faire comprendre – le plus clairement possible – qu'il n'y avait pas plus mal assorti qu'eux comme couple.

Et avant de pondre d'autres idées de génie comme celle-là, il allait s'obliger à dormir un peu, bon sang.

Elle s'humecta les lèvres, puis le fixa. Pas de doute, ses intentions à elle étaient limpides.

— Je ne sais pas pourquoi mais j'en doute, monsieur le P-DG, lui lança-t-elle avec une moue. Et puis, ce n'est pas comme si tu fantasmais de m'attacher et de me verser de la cire chaude sur tout le corps, n'est-ce pas ?

Elle éclata d'un rire voilé et sexy. Légèrement nerveux, aussi. Le fait qu'il réussisse à la troubler encore après toutes ces années ne fit qu'attiser le feu qui se consumait en lui.

La cerise sur le gâteau ? Sans le savoir, elle avait deviné *exactement* ce qu'il avait envie de lui faire.

Cory serra le poing sur sa cuisse, un réflexe pour le moins révélateur. Il soutint son regard une minute. Deux. La révélation de Victoria eut lieu sous ses yeux. C'était presque palpable, comme un pouls se révélant tout à coup.

Enfin, elle murmura :

— Oh.

Puis elle déglutit péniblement, et il observa le mouvement de sa gorge, attiré par les soubresauts de sa peau comme les papillons de nuit par la lumière qui va les brûler.

— C'est d'accord, murmura-t-elle encore.

Cory avait déjà une foule d'objections sur le bout de la langue. Il les goûta, et elles étaient aussi amères que du vin de pissenlit. Il ferma les paupières pour s'empêcher de les formuler. Ça pourrait être si simple. Arranger tous ses problèmes d'un coup, les photos, ses parents, sa libido coupable et insatiable…

Il agrippa le coussin du canapé en voyant Victoria se pencher vers lui, se sentant piégé dans la lueur dorée de ses yeux. Il avait tellement envie d'elle qu'il n'arrivait plus à respirer, n'arrivait plus à refouler cette tension sexuelle qui s'était accumulée entre eux pendant toutes ces années. Il ne le voulait pas non plus.

Ce qu'il voulait, pour une fois, c'était se faciliter la vie.

Maudits soient ses parents de l'avoir mis dans cette position. C'était leur faute au départ s'il avait quitté le gala plus tôt que prévu. S'il était parti ne serait-ce qu'un quart d'heure plus tard, il n'aurait pas croisé Victoria et tout ce mélodrame sur papier glacé aurait été évité. Il ferait mieux de simplement foncer et voir ce qui se passerait. Elle serait sa fausse petite amie – même si, franchement, qui croirait qu'ils formaient un couple ? – et peut-être sa vraie maîtresse, et ensuite, une fois ses parents dans l'avion pour l'Arizona, il retournerait à sa vie normale. À son travail. Et tout ça ne serait plus qu'un vague souvenir, qu'il ne chérirait pas tant que ça.

Mais il s'agit de Victoria.

La fillette qui, la toute première fois qu'il l'avait vue, portait des nattes et agrafait des feuilles d'automne sur le tableau d'affichage de la bibliothèque. L'adolescente qui dansait toute seule au milieu du gymnase parce qu'elle se fichait bien qu'on l'observe. La femme superbement attirante, aussi sexy en maillot de foot qu'en minirobe de soirée dorée.

Au tout dernier moment, il se leva en titubant. Il regarda sa montre et tenta vainement de lire l'heure qu'elle indiquait, tant ses pulsions troublaient sa vision.

— J'ai des coups de fil à passer, réussit-il à dire.

— Si tard que ça ? C'est presque l'heure de se coucher.

— Pas quand on est insomniaque, répondit-il à mi-voix, en traversant la pièce rapidement.

— Cory, bon sang, écoute ton corps pour une fois, s'écria Vicky, qui semblait étonnamment inquiète. Si tu veux, tu peux dormir ici…

Mais la porte se refermait déjà derrière lui.

Le lundi matin, Vicky se dirigea vers le bureau de Cory comme à l'ordinaire, c'est-à-dire de sa démarche fière et assurée. Enfin, presque. Ses bottes à talons aiguilles et la surprise qu'elle apportait à son pseudo-petit ami la ralentissaient légèrement. Quant au stress, n'en parlons pas.

Elle avait fait tellement d'efforts pour se débarrasser de l'image de rebelle qui lui collait à la peau, et voilà qu'avec une poignée de photos volées, cela lui revenait dessus comme un boomerang. Un boomerang qu'elle avait lancé elle-même, en partie.

C'était un coup de fil de Jill qui l'avait réveillée ce matin-là, alors qu'elles étaient censées se retrouver au petit déjeuner pour discuter du planning de la semaine. Sa meilleure amie avait préféré la mettre au parfum, au cas où Vicky aurait raté les potins du journal. Mais aucun danger. Peu après le départ de Cory, sa sœur Melly l'avait appelée du nord de l'État, où elle était partie en repérage, pour lui demander ce qu'elle fabriquait, exactement. Très bonne question.

Pourquoi faisait-elle ça, déjà ?

Il ne s'agissait pas simplement des photos. Évidemment, il fallait protéger leur réputation, et en soi c'était une raison valable, mais ce n'était pas la seule. Cory avait besoin d'aide. Il avait besoin *d'elle*. Cet homme était clairement à bout, il n'y avait qu'à voir sa mine de déterré quand il s'était pointé chez elle, la veille au soir. Ils étaient amis, non ? Mais si. Quasiment. Et les quasi-amis s'entraidaient.

Peut-être même qu'elle réussirait à égayer un peu la morne existence de Cory. Et pendant ce temps, elle saisirait toutes les occasions d'enrichir ses connaissances de l'acte charnel avec lui, juste pour pouvoir barrer une ligne de plus sur sa liste des choses à tenter avant de mourir. *Se taper un snob coincé – mais sexy : Fait !*

Vicky cala le portfolio sous son bras et frappa à la porte. Elle avait quelques minutes de retard, et ne fut pas surprise d'entendre un « entrez » plus aboyé qu'autre chose.

Elle ouvrit et se dirigea droit vers lui.

Parce qu'il avait encore l'air bien trop fatigué, elle lui facilita la tâche en posant une jambe bottée sur le rebord du bureau, et fut récompensée par la tête qu'il fit.

— Elles te plaisent ? Le talon aiguille est un peu *too much*, mais j'y suis quand même arrivée.

— Tes bottes sont parfaites. Tout comme ta jupe.

Il lui accorda à peine un regard, et ne fit pas non plus le tour du bureau pour aller refermer sa porte en prévision du carnage à suivre. Incroyable.

— Cette fente sur le côté n'est pas exactement appropriée pour une tenue de travail, mais ce n'est pas le genre de détail qui t'arrête, n'est-ce pas ?

Elle reposa le pied par terre.

— Oups, désolée, j'ai laissé mon guide des bonnes manières à la maison. Heureusement que tu es là pour me recadrer.

— En parlant de recadrer…

Il croisa les doigts devant lui et la regarda de haut, comme s'il était un professeur et elle une élève très vilaine. Ce qui était tout à fait plausible, vu son accoutrement. Elle avait même glissé une règle dans son portfolio.

— Il faut qu'on parle.

Elle s'affala dans le fauteuil en face de lui.

— Je suis tout ouïe.

— Hier soir, tu m'as proposé de coucher avec toi, fit-il, comme si elle avait oublié.

Elle ne s'était sûrement pas tournée et retournée dans son lit toute la nuit en ne pensant qu'à ça.

— Je suppose que tu as changé d'avis, depuis.

Comme un diable à ressort, Vicky bondit et alla refermer la porte.

— Rectification : je t'ai proposé de jouer le rôle de copine attitrée pour un temps limité. Et on y trouverait *tous les deux* un intérêt, si tu me suis.

— Je n'ai pas envie de te suivre. C'est en partie le problème.

Hum, se rendait-il compte qu'il avait un tic au niveau de la mâchoire droite ? Parce que elle, elle n'en perdait pas une miette.

— Sacrifie-toi pour la bonne cause, dans ce cas.

Son maxillaire tressaillit de plus belle.

— Victoria, ce n'est pas une plaisanterie.

— Tu vois quelqu'un rire dans cette pièce ? rétorqua-t-elle en faisant tinter les bracelets qui recouvraient son poignet. Appelle ça de la curiosité, si tu préfères. On se tourne autour depuis tellement d'années, tous les deux, peut-être que c'est simplement une évolution naturelle. Et puis je te ferai remarquer que c'est toi qui n'arrêtes pas de me parler de sexe. On pourrait très bien faire semblant d'être ensemble en se bécotant en public, point barre. Coucher, c'était *ton* idée.

Cory grinça des dents d'une façon qui aurait sûrement déplu à son dentiste.

— On pourrait effectivement, puisque nous ne sommes pas deux adolescents dominés par leurs hormones. (Ses yeux brillaient de dégoût.) Malgré ce regrettable incident au belvédère.

Vicky se retint d'exploser.

— *Regrettable*, hein ?

Comme d'habitude, il ne daigna pas lui répondre.

— Cependant, et je vais me faire l'avocat du diable en disant cela, imagine que cela arrive à force de passer du temps ensemble, et je ne sais quoi encore.

— Et je ne sais quoi encore, répéta-t-elle en levant les yeux au ciel. Mon Dieu, attends-moi là que j'aille essorer ma petite culotte.

Elle en portait même une, aujourd'hui. Qu'est-ce qu'il croyait, elle était une femme d'affaires respectable.

— On ne parle pas d'aller manger une pizza. On parle de devenir amants. Mesures-tu vraiment la portée de ces mots ?

L'exaspération de Cory était telle qu'elle faillit bien s'étrangler de rire. Elle baissa les yeux. Elle n'était peut-être pas sublime comme Melly – pas « parfaite », même en cherchant bien –, mais le répugnait-elle à ce point ?

— C'est tout toi de te fermer comme une huître maintenant, grommela-t-il en resserrant le nœud pourtant impeccable de sa cravate.

Si Vicky ne se méfiait pas autant, elle aurait pu croire qu'elle le rendait nerveux.

— Depuis quand tu ne l'as pas fait ?

L'espace d'un instant, elle ne comprit pas sa question. Trop occupée à surveiller son ventre, qui gonflait dangereusement depuis la dernière fois qu'elle avait vérifié. Et puis…

Ouh là, ça devenait personnel. Elle tressaillit malgré elle.

— Je vais m'abstenir de répondre, si tu veux bien.

Son visage rasé de près s'éclaira. Elle devait bien avouer qu'elle avait un faible pour le Cory décoiffé et négligé qu'elle avait découvert la veille.

— C'est toi qui as mis le sujet sur la table.

— Je te le dis si tu me le dis.

Il marqua une pause juste assez longue pour lui faire penser qu'il allait refuser. Puis il haussa les épaules.

— D'accord. Toi d'abord.

— Je ne tiens pas vraiment le compte, mais environ dix mois. Je pense.

Il l'observa un peu trop longuement à son goût, puis fronça les sourcils.

— Tu me déçois.

— Arrête d'essayer de gagner du temps. Combien pour toi ?

Sur ces entrefaites, on frappa à la porte et Dillon passa la tête dans l'entrebâillement.

— Hé, frérot, t'as fini de rédiger le rapport sur l'ouverture du magasin de Carlton ? Je peux le faire, sinon. (Il aperçut Vicky et lui fit un grand sourire, ses yeux bleus devenant plus chaleureux en quelques secondes que ceux de son frère en dix ans de rapports.) Salut, Vickster.

— Je te donne ce que j'ai pour l'instant. Pour tout te dire, j'ai du mal à faire coïncider les différentes prévisions.

Cory paraissait mécontent. Mais lui arrivait-il d'être content, en même temps ?

— Je vais regarder ça, fit Dillon gentiment, en prenant un épais dossier des mains de son frère.

— On regardera les chiffres ensemble plus tard. Je suis en plein rendez-vous avec Victoria.

— Pigé, répondit Dillon, avant de faire un clin d'œil à Vicky. Ne l'éreinte pas trop quand même, la belle.

Elle lui sourit à son tour, et remarqua la froideur polaire qui émanait tout à coup du plus âgé des frères Santangelo. Bizarrement, elle trouvait ça sexy qu'il arrive à opérer un tel changement en un claquement de doigts.

— Je serai douce comme un agneau, t'inquiète.

Impossible de rater l'air sombre de Cory lorsque Dillon referma derrière lui.

Ils passèrent les quatre-vingt-dix minutes suivantes à sélectionner des photos pour *Simply Home*. Vicky créait la maquette de base, et la graphiste mettait le tout en forme. Et Cory dans tout ça ? Il insistait pour participer en faisant des remarques qui, en général, les gonflaient toutes les deux.

Ce jour-là, cependant, il semblait être d'humeur conciliante. Vicky fut même choquée de voir avec quelle rapidité ils se mirent d'accord sur les clichés à retenir pour la version haut de gamme proposée par Cory, et la version country chic de Vicky. L'article expliquerait au lecteur comment transformer une déco basique en un intérieur raffiné à l'aide de matériaux et d'accessoires abordables vendus chez Value Hardware.

— Sinon, j'ai eu une idée.

Il fit semblant de frémir, mais elle vit bien la lueur amusée dans son regard.

— Et la terre fut dans l'allégresse.

— Les maisons retapées par Helping Hands. Elles seraient idéales pour renforcer le lien entre l'entreprise et le magazine, on se faciliterait la vie pour les *shootings*, et en plus, on réduirait les coûts.

Elle cala le bloc-notes sur ses genoux et attendit les objections. Qui ne vinrent pas.

— C'est le rayon de Dillon. Je m'implique peu dans l'association, hormis pour y apporter mon soutien financier. Je n'ai tout simplement pas le temps.

— Dans ce cas, je verrai cela avec Dillon.

Son refus énergique l'interpella.

— Ce ne sera pas nécessaire. Je suis certain qu'on peut y arriver sans lui.

— Et moi je n'en suis pas si sûre, vu que tu détestes toutes mes idées, rétorqua-t-elle en rangeant les clichés dans son portfolio. Le pompon, ça a été le jour où tu as dit que tu avais un problème avec mon point de vue artistique sur les fenêtres.

— Je préférais les stores en bambou, répondit-il d'une voix égale.

— Je ne te dis pas comment faire ton boulot, riposta-t-elle. Arrête de me dire comment faire le mien. À coups de sermons, par-dessus le marché.

Il passa une main sur sa cravate et Vicky se remémora aussitôt leur conversation de la veille – lorsqu'il avait brièvement passé une main sur autre chose.

— Je ne t'ai jamais fait de sermons.

— Ça, c'est toi qui le dis.

— Très bien. Comme tu voudras.

Il écarta les mains, paumes vers le haut. La nature l'avait bien équipé, dans ce rayon-là. Son poignet, sur lequel brillait une Rolex en or, était même si épais que depuis toutes ces années, elle se demandait s'il y avait une corrélation avec une certaine autre partie de son anatomie. Dans ce cas précis, savoir était tout sauf pouvoir, car ça ne lui donnait envie de faire qu'une chose : bondir sur son bureau et se mettre à califourchon sur lui.

— Après tout, c'est toi la spécialiste. Fais comme tu l'entends, mais sache que tu as oublié un détail. Le premier numéro doit sortir juste avant les fêtes, et ce ne serait pas complètement délirant d'ajouter une note festive, au moins sur la couverture. Si ça ne va pas à l'encontre de ta vision, du moins.

Il cherchait simplement à la faire mordre à l'appât, domaine dans lequel il excellait. Mais elle n'était pas d'humeur à jouer.

— T'as un problème avec ma vision, Santangelo ? Viens de ce côté-ci du bureau, qu'on en discute.

Ses lèvres se retroussèrent en un sourire suffisant.

— Rentre les griffes, chaton.

— Désolée, j'oublie toujours que tu n'aimes pas les personnes démonstratives. Sauf celles que tu croises à la faveur de la nuit, bien sûr. (Tout à coup pensive, elle fit la moue.) J'avoue, je commence vraiment à me demander pourquoi tu n'es pas fichu d'avoir une copine sans être obligé de louer ses services.

Tiens, le tic à la mâchoire droite était de retour.

— Tu sais bien que je suis submergé de travail.

— Je ne dis pas le contraire. Mais peut-être qu'il n'y a pas que ça. Peut-être que tu serais incapable de satisfaire une femme même si elle te faisait un dessin. Peut-être que ton fantasme avec la cire, en réalité, c'est faire des trucs bizarres avec des pastels pour gosses. (Elle se pencha en avant de façon à ce qu'il puisse se rincer l'œil sur son décolleté.) Allez, Cory, tu peux me le dire. Des problèmes d'érection ?

Au vu de l'orgasme qu'il lui avait donné l'autre soir, elle savait que ce n'était pas le cas, mais c'était tellement drôle de le faire bisquer. C'était plus fort qu'elle.

Il la scruta un long moment, le visage impénétrable. La respiration à peine perceptible. Puis il se leva, dépliant sa longue silhouette à un rythme délicieusement lent.

— Tu vas trop loin, Victoria.

Sa voix était basse. Chaude.

Elle pencha la tête et cilla exagérément.

— Alors fais-moi rentrer dans le rang. Si t'en es cap.

Il tendit la main vers elle et, pendant une seconde, elle crut vraiment qu'il allait l'attraper par les cheveux pour l'attirer à lui par-dessus le bureau. À des fins hostiles ou sexuelles, elle n'aurait su dire.

Mais elle mourait d'envie de le savoir.

On frappa. Lorsque Cory vit sa mère passer la tête à la porte, il serra le poing et laissa retomber sa main. Et poussa un juron tout bas. Un paquet de jurons, même.

— Vicky ! Il me semblait bien entendre ta voix.

Corinne se précipita à l'intérieur et la prit dans ses bras.

Vicky l'étreignit chaleureusement. Elle avait toujours aimé la maman de Cory. Tout de suite, elle lui avait plu, probablement parce que Vicky n'avait pas une maman comme tout le monde. Avec ses deux ans de plus qu'elle, Melly avait accepté la situation sans ciller, mais la mère de Cory avait indéniablement aidé Vicky à combler un vide.

Et puis, elle se rappela ce qui s'était passé depuis la dernière fois qu'elle avait vu Corinne. Ce petit détail des photos lascives qui avaient fait le tour du monde – ou de Haven, du moins. Mme Santangelo avait beau paraître détendue, Vicky se mit à rougir.

D'un autre côté, son fils avait enfin eu un peu d'action dans sa vie, et si ça se trouvait, elle était tellement soulagée que peu lui importait le où, le qui et le comment.

— J'ai vu quelques photos…

Oh, Seigneur.

— … du magazine, et tu ne peux pas savoir comme il me tarde de l'avoir entre les mains.

Pendant que Vicky reprenait sa respiration, Corinne lui tapota la joue.

— On a tellement de chance de t'avoir sur ce projet. Il n'y a pas meilleure architecte d'intérieur que ma petite chérie.

La gorge de Victoria se serra si vite qu'elle n'eut pas le temps de refouler la vague d'émotion. Dans la foulée, les dernières traces de gêne qu'elle ressentait furent balayées. Il n'y avait vraiment que Corinne Santangelo pour l'atteindre aussi facilement. De toute évidence, c'était génétique.

— Merci. Mais je ne pense pas que Cory en dirait autant, répondit-elle, s'efforçant de rire un peu.

En parlant de Cory, ses yeux étaient devenus des fentes et il contractait tellement les mâchoires qu'elles allaient casser net, à coup sûr. Pourquoi ? Parce que sa mère témoignait un peu trop d'affection à Victoria ? Ou parce qu'il avait envie de l'étrangler de ses propres mains ?

Corinne fronça les sourcils.

— Allons donc, je suis certaine que ce n'est pas vrai. N'est-ce pas, Cory ?

Son mutisme énerva prodigieusement Vicky. Pour autant qu'elle le sache, c'était lui qui s'était pointé chez elle avec soi-disant une solution au problème des photos, même si elle se demandait encore pourquoi il avait suggéré cette idée si c'était pour ensuite la repousser. Alors qu'en plus, elle était d'accord pour l'aider.

Peut-être était-il temps de lui forcer un peu la main.

En plaquant un sourire sur son visage, Vicky fit le tour du bureau et enlaça Cory. Il se raidit.

Elle détestait devoir mentir à la femme qui avait été une seconde mère pour elle après que la sienne avait déserté le foyer familial. Mais s'il y avait bien une chose qui primait sur son affection pour Corinne, c'était l'occasion de faire péter les plombs à son fils. Normalement, ça devait suffire.

— Il ne dit rien parce qu'il ne sait pas trop comment annoncer la nouvelle.

Vicky donna un bon coup de hanche à Cory, suffisamment fort pour le déséquilibrer. Le regard furieux qu'il lui lança ne venait pas exactement confirmer ses dires, mais peu importe.

— Hein, mon chéri ?

Toujours pas de réponse. Il avait pris un air interdit, comme s'il la reconnaissait à peine. Eh bien, il allait devoir sérieusement bosser le rôle, s'il voulait que ça passe.

À ce rythme-là, ils n'étaient pas près de gagner le concours du « meilleur couple » à la radio.

— Alors comme ça, c'est vrai ?

Corinne se rua sur le bureau comme un défenseur prêt à tacler. Cory se débrouilla pour se raidir encore plus, ce qui frôlait l'exploit à ce niveau-là.

— J'ai vu les photos dans le journal, naturellement. Ces affreux paparazzis, ajouta-t-elle à voix basse. Mais je me demandais quand même si vous étiez... Disons que les images peuvent être trompeuses, parfois. (Elle marqua une pause devant l'énorme chose en bois que Cory appelait son bureau.) C'est pour ça que tu étais si réfractaire lorsque je t'ai parlé de Melinda ?

Victoria fut calmée d'un coup. Même Corinne se sentait obligée de lui rappeler que s'agissant de son fils, sa préférence allait vers Mel et non vers *elle*. Ce n'était pas qu'elle voulait forcément Cory pour autre chose que le sexe – beaucoup de sexe –, mais quand même.

Et si c'était le cas, pourquoi Corinne semblait-elle prise de vertiges, subitement ? Était-elle désespérée à ce point de voir son fils s'accoupler avec *n'importe qui* ?

Et une blessure de plus à l'orgueil. Vicky devait bien en être à dix mille. Mais elle se ressaisit. Ça n'avait rien à voir. Elle n'allait pas se prendre la tête à essayer de deviner les intentions de Corinne, ni même celles de Cory, d'ailleurs. Elle avait accepté de le faire, et elle le ferait.

« Même pas peur » était devenu sa devise des années plus tôt, par la force des choses. Et cela s'appliquait parfaitement à la situation. Elle était plus qu'armée pour faire face à ce qu'il allait lui balancer, et non seulement y survivre, mais y puiser une force.

— Il fait juste son timide, répliqua-t-elle en lui pinçant les fesses.

Il fit un tel bond qu'elle faillit s'étaler par terre.

— Il est gêné dès qu'il s'agit d'évoquer son côté romantique. Ce n'est pas facile quand on est un grand sensible. Pas vrai, biquet ?

Si les yeux de Cory continuaient à lui lancer des éclairs, elle allait finir par s'électrocuter pour de vrai.

— Sensible ? Je ne sais pas si j'emploierais ce terme, mon canard en sucre, rétorqua-t-il enfin.

Vicky fut choquée de sentir une main plaquée sur sa fesse. Sans ménagement.

— Mais toi tu l'es, c'est certain. Sinon, ça viendra.

Euh. Était-ce en cela qu'elle n'arriverait pas à le « suivre » ? C'était ce qu'il lui avait dit, mais elle pensait qu'il cherchait seulement à lui faire changer d'avis.

La cire brûlante, les fessées... Quelque chose lui disait qu'elle pouvait oublier les balades en forêt main dans la main. Bye-bye la cueillette des champignons et les verres de cidre chaud. Visiblement, il préférait faire autre chose de ses soirées d'automne.

Oh, bon. Elle saurait endurer.

— Tu es en train de me dire que c'est vrai, Cory ? (Sa mère les observa tour à tour, un sourire accroché aux lèvres. Ses yeux pénétrants ne vacillèrent pas une seconde devant son fils.) C'est la *réalité* ?

Elle avait prononcé LE mot capable de refroidir les ardeurs de Vicky. Elle était tout à fait d'accord pour aider un homme à régler ses problèmes familiaux, mais s'il y avait bien une chose qu'elle ne voulait pas mettre en jeu dans cette histoire, c'était son cœur. Pas plus qu'il ne l'était déjà, en tout cas.

Qu'est-ce qu'elle racontait, il ne l'était pas du tout.

Au moment où elle allait se dérober, Cory l'attrapa d'une main ferme par la taille. De l'autre, il lui prit le menton pour lui tourner la tête, et son regard se planta dans le sien pendant un instant affolant. Puis la tête de Cory fondit en piqué vers elle.

Oh, merde.

Vicky tenta de le bloquer d'une main sur son torse. Elle sentit ses doigts s'accrocher tout seuls au revers de son veston, et au même moment, les lèvres de Cory rencontrèrent les siennes. Impossible de ne pas sentir combien son baiser était impérieux, même s'il resta relativement chaste. Le cœur de Victoria bondit dans sa poitrine. D'excitation ou de terreur, elle aurait été bien incapable de le dire.

Peut-être l'avait-elle un tantinet sous-estimé, en fin de compte.

Lorsqu'il s'écarta pour parler, elle en fut réduite à observer les mouvements de sa bouche. Mon Dieu. Cette bouche.

— Oh oui, répondit-il en se pourléchant les lèvres. Elle me voulait. Eh bien, elle m'a eu.

4

C'était la première soirée que Cory devait passer avec sa petite amie, et déjà elle manquait à l'appel.

En moins d'une semaine, il avait évolué du statut d'homme d'affaires célibataire mais relativement heureux à celui d'amant imaginaire, ainsi que Victoria le lui signifiait en disparaissant pile le soir où ils devaient se voir.

Où était-elle encore fourrée, bon sang ?

Cory regarda de nouveau sa montre. Elle l'avait déjà prévenu en fin de journée qu'elle serait en retard au rendez-vous fixé pour mettre au point leur pseudo-histoire d'amour. Il avait supposé qu'elle était coincée avec un client, et lui avait proposé de le retrouver chez lui plus tard. Mais ça, c'était six heures plus tôt.

Après la débâcle de lundi au bureau, il était persuadé que le stratagème était en place et qu'ils continueraient ainsi. Vicky avait tellement insisté pour dire qu'elle le suivait dans la combine, autant en prendre son parti et jouer le jeu. Après tout, c'était sa faute s'ils se retrouvaient dans cette situation. S'il n'avait pas succombé au chant de la sirène, le soir du gala…

Bref. Il y avait prescription.

La même Victoria qui n'en finissait plus de se pendre à son cou devant sa mère avait quasiment disparu de la circulation, depuis. Elle l'avait à peine rappelé durant la semaine, et avait tenté de lui faire croire qu'elle était trop occupée, entre ses clients et *Jill*. Sauf que Jill était une grande fille – elle devait quand même pouvoir se débrouiller seule de temps en temps, non ? Apparemment c'était comme ça, l'amitié entre femmes.

Cory avait fini par la coincer cet après-midi-là, à leur réunion du vendredi, et elle s'était montrée anormalement réservée. Elle l'avait à peine taquiné à propos de son pantalon amidonné et n'avait fait aucun commentaire narquois sur sa cravate trop serrée. Au contraire, elle s'était montrée froide et distante. Lorsqu'il lui avait demandé si elle était libre ce soir-là, elle avait acquiescé avec à peu près autant d'enthousiasme que s'il lui avait proposé d'aller à la chasse au serpent en Floride.

Était-ce ça, le problème ? Avait-elle peur qu'il ait en tête un tout autre genre de chasse, disons plus intime, pour la soirée ? Les allusions aux goûts un peu spéciaux de Cory en matière de sexe avaient-elles enfin atteint le cerveau de Victoria qui, du coup, le prenait pour un pervers ?

Il sortit sur sa terrasse et contempla le ciel nocturne. Il y avait un avant-goût d'automne dans l'air qui lui donnait la chair de poule, mais il n'alla pas chercher de tee-shirt. Il avait passé un pantalon de survêtement après sa douche et n'avait pas l'intention de s'habiller davantage.

La brise soufflait agréablement sur sa peau. Il venait de terminer une séance de rameur dans sa salle de sport, et la fraîcheur calmait ses muscles endoloris – elle compensait aussi la douche brûlante qu'il avait prise aussitôt après, en bon masochiste qu'il était.

Ayant eu la flemme de sortir son télescope, il observait les étoiles avec ses jumelles, et avait la bizarre impression d'être un crétin à qui on aurait posé un lapin au premier rendez-vous.

Il s'appuya sur la rambarde et se renfrogna. Ils faisaient juste semblant de sortir ensemble. Et elle cherchait juste à le piquer au vif. Parce qu'il n'y avait tout simplement pas moyen qu'elle ait vraiment l'intention de passer à l'acte avec lui. Elle maîtrisait peut-être l'art de la surenchère comme personne, mais elle n'irait pas jusque-là.

Ce qui s'était passé le soir du gala était une anomalie. Point final.

Il avait beau détester quand ses parents avaient raison, il fallait se rendre à l'évidence : c'était Melinda qui lui correspondait vraiment. Ils avaient le même genre d'aspirations. Et des affinités jusque dans leur façon de profiter du peu de temps libre dont ils disposaient. Melinda aimait aller à l'opéra et au musée pour voir la dernière expo en date. La soirée idéale de Victoria, c'était faire la queue pour entrer dans une boîte de nuit bruyante, danser jusqu'à l'aube et se lever juste à temps pour aller travailler.

Certes, c'était une vraie bosseuse, comme le prouvait sa belle carrière d'architecte d'intérieur. S'il y avait bien une chose qu'on ne pouvait lui enlever, c'était son intelligence et sa curiosité insatiable. Cory était rarement d'accord avec elle, mais personne ne le faisait davantage rire que Vicky. Et il se serait volontiers noyé dans ses yeux ambrés sans penser un instant à demander un gilet de sauvetage.

Il se souvint de la façon dont elle avait fondu sous ses mains, si brûlante et si belle au moment de l'orgasme. En toute honnêteté, il était bien obligé d'admettre qu'il s'était souvent repassé la scène dans sa tête.

Et c'était exactement la raison pour laquelle ils ne devaient pas sortir ensemble, que ce soit pour de vrai ou pour de faux.

Melinda était une fille raisonnable. Victoria était tout sauf ça. Elle ne pensait qu'à s'amuser, à tout prix. Exactement comme son fichu père. Le vrai père de Cory, pas l'homme qui lui avait donné son nom de famille quand il n'était encore qu'un enfant de dix ans. Malgré ses « directives » récentes, Raymond Santangelo était un beau-père génial. Vaillant, déterminé. Certainement pas du genre à noyer ses responsabilités dans l'alcool comme Tommy James.

Dillon s'entêtait à porter le nom de Tommy. Pour quelle raison, Cory l'ignorait. Il avait été tout sauf un père pour eux, de même que la mère de Victoria n'avait jamais vraiment été là pour elle. Ils avaient au moins cela en commun. À la différence près que Raymond était entré dans leur vie deux ans après le départ de Tommy, et avait explicitement dit à Cory qu'il n'avait plus à s'inquiéter pour sa mère et son petit frère, il prenait le relais.

Cory ne lui avait pas vraiment passé le flambeau pour autant. Il n'aimait guère se l'avouer, mais il s'était attendu à ce qu'un jour Raymond les laisse tomber, exactement comme Tommy l'avait fait. Alors il était resté sur ses gardes, prêt à endosser le rôle d'homme de la maison si nécessaire.

Même maintenant que l'heure de la retraite avait sonné pour ses parents, il prenait ce rôle au sérieux. Jamais il ne voudrait faire de la peine à sa mère, et c'est en partie pour cela qu'il avait échafaudé ce plan stupide au départ.

Sans ces photos qui l'avaient poussé à agir, il aurait pu reculer devant l'idée de simuler une histoire d'amour. Mais il savait qu'il pouvait faire confiance à Victoria pour tenir ses engagements. Clairement, cet arrangement était tout bénef pour elle aussi – du moins, pour son carnet d'adresses. C'était cet intérêt mutuel qui avait fini de le décider, ça et le fait qu'il n'aurait jamais couru le risque de perdre son poste de P-DG de Value Hardware. Il avait trop sacrifié sa vie personnelle pour ça.

C'est ainsi qu'il avait eu l'idée complètement farfelue de demander à Victoria de l'aider, en oubliant fort à propos les pensées indécentes qu'elle lui inspirait un peu trop souvent. Et puis elle avait osé le défier devant sa mère. En homme responsable, il avait essayé de la tenir à distance.

Mais il était grand temps qu'elle voie ce qu'elle avait déclenché.

Il posa les jumelles et extirpa le Smartphone de sa poche. Pas d'appel. Pas de message. Peut-être avait-elle décidé d'en finir avec l'abstinence sexuelle. Dix mois. Tu parles. Ce n'était pas son genre de sortir des gros mots, mais quand elle lui avait annoncé ça, il avait bien eu envie de lui dire d'arrêter de se foutre de sa... Bref.

— Rajoute encore six mois, ma belle, grommela-t-il. Là, on pourra parler.

Il composa le numéro et, au bout de trois sonneries, quelqu'un décrocha – mais sûrement pas Victoria, à moins qu'elle ait fumé dix paquets de Camel en trois jours.

— Salut. Ici le téléphone de Vicky.

C'était un foutu mec qui avait répondu, exactement comme il le craignait. En fait, non. Comme il s'en doutait. La crainte, ça sous-entendait une certaine appréhension quant aux possibles implications. Alors qu'il était... indifférent.

— On peut savoir qui vous êtes ? s'exclama Cory en retournant avec raideur à la rambarde, comme si de là il allait pouvoir observer l'intérieur de la maison de Victoria, à l'autre bout de la ville. Et Victoria, elle est où ?

— Cool, mec, elle est sortie promener le chien. Elle va revenir.

En apprenant que Victoria et ce mâle sans visage n'étaient pas en train de baiser comme des lapins, il se calma un peu. Puis la colère revint de plus belle en pensant à ce qu'elle faisait vraiment.

— Vous pouvez m'expliquer pourquoi Victoria sort votre chien alors qu'elle est en retard à notre rendez-vous ? *Mec ?*

Il entendit du vacarme derrière lui, suivi d'un son mat.

— Vicks, c'est pour toi. Je sais pas qui c'est, mais il n'arrête pas de t'appeler Victoria.

Elle poussa un soupir sonore dans le combiné, couvrant un instant les bruits derrière elle.

— Ouais ?

— *Ouais ?* C'est comme ça que tu me réponds après m'avoir fait poireauter pendant six heures ? s'énerva Cory, avant de souffler un grand coup. Et c'est qui, ce type ?

Elle éclata de rire et il sut, sans l'ombre d'un doute, qu'elle était en train de se payer sa tête.

— C'était Bryan, espèce d'andouille. Mon frère. Il m'a fait… une visite surprise.

Le soulagement qui s'empara de Cory était si grand qu'il s'affaissa visiblement contre la balustrade. Dieu merci, elle n'était pas là pour assister à son humiliation.

— Je l'ai vu jouer contre les Ravens, répliqua-t-il comme si de rien n'était. Il était incroyable. Enfin, jusqu'à ce qu'il se fasse plaquer dans le dernier quart-temps. Comment il va, maintenant ?

— Très bien. Il va très bien.

Sa réponse laconique le surprit.

— Je lui passerai ton bonjour.

— Merci. Et, euh, dis-lui que je suis désolé de…

— D'avoir été toi ? ironisa-t-elle.

Et là, miracle, un sourire se dessina sur les lèvres de Cory. C'était dingue l'effet que le son de sa voix pouvait lui faire, parfois.

— Quelque chose comme ça.

— Je n'y manquerai pas, rétorqua-t-elle, avant de soupirer de nouveau. Donne-moi quelques instants et j'arrive, d'accord ?

Il fut tenté de lui dire qu'ils pouvaient remettre à une prochaine fois. Se retrouver après minuit alors qu'ils étaient tous les deux, disons, *échauffés*, c'était le désastre assuré. Quand elle saurait à quel point il était sérieux en parlant de repousser les limites, elle ne voudrait plus entendre parler de lui.

Un désastre, c'était peut-être exactement ce dont il avait besoin.

— Je t'attends.

Il mit fin à l'appel puis alla à sa bibliothèque, sortit son cahier et retourna à la terrasse. Au moins, la galaxie avait encore du sens.

Donc, elle était en chemin pour aider son meilleur ennemi. À minuit passé. Dans un appart huppé, toute seule avec lui. Voilà. Elle avait beau être partante, le baiser de Cory devant sa mère lui avait amplement démontré qu'elle allait peut-être y laisser beaucoup plus que sa petite culotte, en faisant cette bonne action. Parce que clairement, l'étreinte passionnée qui leur avait valu les honneurs du journal local – et avait mis en branle tout le reste – n'avait pas suffi comme avertissement.

Craquer pour lui, c'était une chose. Il était sexy. Scandaleusement sexy. Mais tomber amoureuse, ou ne serait-ce que se mettre dans une position qui pouvait faciliter…

Elle devait être folle.

Hum, rectification : elle *était* folle, de Cory et de sa bouche. S'il voulait bien la refaire glisser sur son corps, il y avait des chances pour qu'elle soit même disposée à écouter ce qui en sortait.

C'est exactement pour cela que ça ne rimait à rien d'avoir joué à cache-cache avec lui toute la semaine. Pourquoi devrait-elle avoir peur de ce qui pouvait arriver ? Elle était expérimentée en matière de sexe, c'était une femme épanouie. Peu importe ce qui se passerait entre eux, elle l'aurait choisi. Et elle prendrait un pied d'enfer, en plus.

Que la nuit à venir soit coquine ou platonique, elle avait blindé son cœur : elle était prête. Elle avait bien besoin d'une distraction après la soirée qu'elle venait de passer avec Bry. La blessure de son grand frère le faisait beaucoup plus souffrir qu'il ne voulait bien l'admettre, et elle était à deux doigts de piquer sa crise. Et honnêtement, le stress ne lui allait pas au teint.

Devant l'immeuble de forme phallique, un portier en livrée ouvrit à Vicky, puis Cory la fit monter. Vraiment, elle était à peine nerveuse. Elle ne tremblait pas du tout. La chair de poule qu'elle avait sur les bras ? C'était à cause de l'automne précoce, bien sûr, non d'une peur lamentable à l'idée de ce que Cory allait vouloir lui faire.

Ou ne pas lui faire.

Elle frappa et, voyant qu'il ne répondait pas, tourna la poignée. Au même moment, la porte s'ouvrit toute seule et elle lutta contre la sensation de pénétrer dans l'antre du lion. Serrant fermement les poings, elle entra.

L'unique source de lumière provenait d'appliques au plafond, tandis que des enceintes dissimulées diffusaient une symphonie de Beethoven. Une épaisse moquette rouge sang engloutit ses bottes lorsque Vicky se mit à avancer à pas de loup. Un parfum musqué flottait dans l'air et lui chatouillait le nez. Le reste de son corps était déjà en alerte maximale.

Elle jeta des regards furtifs autour d'elle, admirant au passage l'appartement somptueux, les tableaux aux murs, les sculptures, le mobilier élégant et chaleureux, et se dirigea vers les portes-fenêtres au bout du salon. Appuyé contre la rambarde, Cory admirait le paysage en pantalon de survêtement noir taille basse. Pieds et torse nus.

La vache, carrément *émoustillant*, comme vision.

Quel dos. Tout en muscles noueux et en peau hâlée. Grâce à ses ancêtres italiens, il donnait en permanence l'impression d'être légèrement bronzé. Ce corps parfait attirait Vicky, l'appelait comme s'il était le Joueur de flûte d'Hamelin.

Ses dorsaux luisants lui faisaient l'effet d'une muraille, et Seigneur, comme elle avait envie d'en tracer les moindres contours avec les doigts. Avec la langue. Tout en plongeant la main dans cette épaisse chevelure brune, elle le mordillerait le long de la colonne vertébrale, et ne s'arrêterait que lorsqu'il frissonnerait. S'il frissonnait un jour. Il était tellement maître de lui-même. Qu'est-ce qui pourrait bien l'ébranler ?

Il se retourna, et le souffle qu'elle retenait depuis tout ce temps s'échappa. Ses abdos en tablette de chocolat et ses épaules puissantes étaient la preuve qu'il suivait un entraînement intensif – et cachait bien des trésors sous ses costumes sur mesure.

Elle n'avait pas l'intention de regarder vers le bas. Vraiment pas. Mais sous la ceinture satinée, elle devina tout à coup le reste de ses atouts. Et en oublia de respirer.

Les montées d'adrénaline provoquées par Cory Santangelo, elle connaissait. Mais apercevoir – après avoir senti intimement – l'engin dont il disposait, c'était une autre affaire. Plus de doute : elle était fichue.

Il avait un sexe comme on n'en voyait que dans les rêves. Ceux de Vicky en particulier.

— Tu vois quelque chose qui te plaît ?

Elle ne se rendit même pas compte qu'il avait parlé. Elle avait toujours les yeux rivés sur lui, et tentait désespérément de ne pas haleter. Elle échouait lamentablement, d'ailleurs. Le sourire sexy de Cory finit par transpercer la nappe de désir qui obscurcissait ses pensées.

— Tu n'as pas froid ?

— Non, mais merci de t'en inquiéter.

Elle le connaissait si bien qu'elle entendait son amusement même quand il ne parlait pas.

— Tu as peur que je m'enrhume, peut-être ? Dans certaines zones où il ne vaudrait mieux pas ?

Elle ne rougit pas, mais par la seule force de la volonté.

— Ne te flatte pas trop quand même.

— Je n'en ai pas besoin. Tu l'as bien assez fait du regard. (Le sien s'assombrit, et c'était suprêmement sensuel.) Ça va nourrir mes fantasmes pendant des semaines.

— Montre-m'en un peu plus et tu pourras compter en mois.

S'il croyait que la mention de son mystérieux univers sexuel allait la faire reculer, il se trompait. La timidité, Vicky ne connaissait tout simplement pas. Elle lui baisserait même volontiers le caleçon pour lui montrer à quel point elle appréciait son corps de dieu grec, et il ne serait pas près de l'oublier.

Mais si elle interprétait mal ses paroles ? S'il ne plaisantait vraiment pas à propos de ses tendances extrêmes ? Ça aurait été chouette, épatant même – s'ils n'avaient pas eu à bosser ensemble. Ce projet de magazine comptait pour elle, et elle ne ferait rien qui puisse le mettre en péril. Ni l'espèce d'amitié bizarre qu'il y avait entre eux, d'ailleurs.

Au bout d'un interminable moment de flottement, elle remarqua le cahier sur la table près de lui. Et les jumelles.

C'est quoi ce bordel ?

— Tu espionnes, c'est ça ? demanda-t-elle sèchement. C'est pour ça que tu tenais tellement à avoir un appart sur le toit ? Enfin, à part pour le côté m'as-tu-vu.

— Tu crois que je viens ici pour observer les gens ?

— Pas les gens. Les femmes.

Elle s'approcha de la rambarde. Il y avait une résidence de luxe juste en face. Et un tas de fenêtres à travers lesquelles mater en douce, pour peu qu'on ait du bon matériel et un penchant pour cette pratique.

Le rire de Cory heurta sa peau glacée comme s'il lui avait porté un coup.

— Tu m'as démasqué. Tu vois ce cahier ? fit-il en l'agitant sous son nez. Il est rempli de pensées indécentes sur mes goûts pervers.

Sourcils froncés, Vicky observa l'objet de plus près. La mention des goûts de Cory l'avait fait frissonner et se raidir, mais pas forcément dans le sens négatif du terme. En fait, plus elle y pensait, plus elle avait envie de faire de lui un défouloir, dont elle pourrait user et abuser comme bon lui semblait.

— Ne sois pas ridicule.

— *Je* suis ridicule ? (Il se remit à rire, rejetant même la tête en arrière, et les muscles de son cou se dessinèrent sous le clair de lune. Il faisait même ressortir ses épaules, si robustes et si fermes.) Bon sang, Vic, je te jure.

Elle s'empara du cahier, avant tout pour s'empêcher de sourire bêtement en songeant qu'il venait de l'appeler autrement que par son prénom complet. Elle avait toujours été Victoria pour lui, et ça lui était toujours resté en travers de la gorge.

Il garda le silence pendant qu'elle feuilletait les pages. Oh, il y avait bien des notes, mais rien à voir avec le journal intime d'un dépravé. Il y avait aussi des chiffres, et elle comprit rapidement que c'étaient des coordonnées. Des coordonnées *célestes*.

— Sans rire, de l'astronomie ? Ça te branche vraiment ?

— Je suis fasciné par le sujet, oui. Si c'est ce que tu voulais dire par « ça te branche », rétorqua-t-il froidement.

Elle se cacha derrière le cahier pour pouffer. Voilà qu'elle l'accusait de voyeurisme alors qu'en fait il passait ses soirées à faire une carte des constellations.

— Dommage que tu n'aies pas un bon télescope ! s'exclama-t-elle en pointant le doigt vers le ciel. Tu aurais pu voir Neptune.

Les lèvres de Cory s'entrouvrirent, comme si elle venait de lui porter un coup à l'estomac.

— J'ai un télescope hyperpuissant, figure-toi. Mais certains soirs, je me contente des jumelles. Et comment sais-tu que Neptune est en opposition ?

— Parce que je le sais. T'as oublié que j'adorais les sciences ? Tu sais que j'en ai fabriqué un de mes propres mains, au lycée ? Il était vraiment pas mal, mais évidemment on ne pouvait pas voir Neptune, avec. Je l'ai encore.

— Je ne te crois pas. C'est vrai ?

Il fit passer sa langue le long de sa lèvre inférieure, et Vicky pria avec ferveur pour que cette langue s'immisce très bientôt dans des parties d'elle qui palpitaient rien que d'y penser.

— Je te le montrerai un de ces quatre.

— Je parie que tu ne saurais pas me montrer Orion, la provoqua-t-il.

Forcément, elle éclata de rire. Comme si elle allait tomber dans le panneau. Orion ne serait pas visible avant l'aube, à cette époque de l'année.

— T'es qu'un pauvre mec, Santangelo. Le seul truc qui te sauve, c'est ton corps sexy.

Il croisa les bras sur son torse imposant.

— Si tu crois que je vais ignorer ton commentaire désobligeant parce que tu as dit que j'étais sexy juste après, tu te trompes. Je devrais te donner la fessée.

Oh oui, s'il te plaît. Elle baissa la main qui tenait le cahier et ouvrit de grands yeux papillonnants.

— Mon Dieu, non. Je ne le referai plus, maître.

— Hum, j'aime bien. Ça fait très noble.

Il caressa délicatement la rambarde, jusqu'à ce que le cœur de Victoria batte la chamade. Quand elle eut vraiment baissé sa garde, il lui reprit brusquement le cahier et lui fit un sourire victorieux.

— L'esprit est vif, mais les réflexes laissent à désirer. Tu devrais t'entraîner.

— Je le rajouterai à ma liste des choses à faire.

Elle avait très chaud tout à coup, et elle tripota les boutons de son pull léger pour en ouvrir un ou deux. Les yeux de Cory se braquèrent aussitôt sur cette zone. Elle ne portait rien de spécial, juste un jean et ce haut, mais il n'arrivait visiblement pas à s'empêcher de mater.

— Ça va ? ajouta-t-elle.

— J'attendais de voir si le secret de Victoria allait enfin m'être révélé. Tu portes forcément des dessous Victoria's Secret, non ?

Vicky gloussa, à la fois de nervosité et d'excitation. Cory se comportait de façon bien curieuse, ce soir. On aurait presque dit qu'il flirtait.

— Je ne montre pas mes secrets sur la terrasse du premier homme étrange venu.

Tout en posant le cahier, il l'interrogea du regard.

— Depuis quand je suis étrange ?

— Tu as toujours été étrange. C'est en partie ce qui fait ton charme.

— Je suis aussi l'homme avec qui tu sors, au cas où tu l'aurais oublié, fit-il en s'approchant et en la scrutant bien plus intensément que d'habitude. Je ne suis pas certain de savoir à quel jeu vous jouez, mademoiselle Townsend, mais je suis de la partie. Et je vais gagner.

— On peut tous les deux gagner à ce jeu.

Elle posa une main sur son torse. La peau chaude et lisse se tendit sous sa paume, et la respiration de Cory se fit plus rapide.

— Ça te dit d'aller à l'intérieur ? continua-t-elle.

Il ne la remit pas à sa place méchamment, et ne lui rit pas au nez non plus, ce qui représentait deux petits miracles. Il leva plutôt un sourcil coquin.

— Tu veux en finir avec l'abstinence, c'est ça ?

Elle ne pouvait s'empêcher de contempler sa pomme d'Adam et cette façon qu'elle avait de tressauter quand il était fébrile. Comme à ce moment-là, par exemple. Cet homme à la beauté magnétique, à l'intelligence aiguisée et à l'autorité naturelle était nerveux à cause *d'elle*.

Il aurait aussi bien pu lui injecter un aphrodisiaque directement dans les veines.

— Tu ne m'as jamais dit si la tienne était longue, finalement, lui lança-t-elle d'une voix suave, en insistant sciemment sur le double sens.

Levant lentement la tête, elle se délecta de voir le feu qui avait pris là-haut et qui commençait déjà à faire fondre la glace recouvrant ses beaux yeux.

— Tu ne le sais pas ? répliqua-t-il, suivant du regard l'échancrure du pull et s'attardant juste au-dessus de ses seins.

Victoria sentit ses mamelons se raidir et presser contre le cachemire de son haut. Ils le suppliaient sans vergogne de ne pas s'arrêter en si bon chemin.

— Pourtant, tu t'es rincé l'œil, poursuivit-il. Et si je me rappelle bien, tu l'as aussi sentie.

Vicky s'humecta les lèvres. Elle n'avait jamais été aussi loin avec lui, mais avant le soir du gala il n'avait jamais non plus envoyé le moindre signal indiquant que cela le faisait réagir. Mais ça, c'était avant, et tout avait changé. Il était intéressé. Et il ne s'en cachait même pas, en plus.

Sans transition, elle sentit une érection lui frôler le ventre. La vache, il était excité. Par *elle*. Il bandait assez pour alimenter mille fantasmes.

— Notre imagination a souvent tendance à grossir les choses. Et c'est bien connu que les yeux nous jouent des tours, parfois.

Elle était à bout de souffle, comme s'il l'avait déjà fait jouir et qu'elle repartait pour un deuxième round.

— Des yeux comme les tiens, c'est encore plus vrai. Ils seraient capables de convaincre un homme de n'importe quoi.

Il se frotta contre elle, si légèrement qu'elle se demanda si ce n'était pas une vue de l'esprit. Jusqu'à ce qu'il recommence.

— J'en viens presque à croire que tu as envie de moi, Victoria.

Elle était comme hypnotisée par son regard. Toute cette passion, cette chaleur, rien que pour elle. Vicky voulait la dompter, la posséder. S'arranger pour qu'il n'oublie jamais qu'elle seule lui faisait cet effet-là.

— Que se passe-t-il à l'intérieur de cette jolie tête ? renchérit-il en passant un doigt le long de sa clavicule, ce qui faillit bien la faire geindre. Je connais des femmes qui auraient sauté sur l'occasion de me passer la corde au cou, avec l'arrangement que je t'ai proposé. Mais ce n'est pas à cause de mon argent que tu es toute pantelante, en ce moment.

Elle essaya de trouver les mots pour le convaincre de l'emmener dans la chambre, mais le désir inondait tellement son bas-ventre qu'elle était incapable de parler. Si seulement il glissait une main entre ses jambes, il sentirait cette pulsion primaire, il verrait combien elle palpitait pour lui, rien que pour lui.

Elle pouvait toujours le nier haut et fort, la vérité était qu'une partie d'elle avait déjà craqué pour lui quand elle était ado. Elle avait lutté contre ça, l'avait ignoré, mais cette attirance avait fini par enfler et maintenant elle réclamait son attention à cor et à cri.

— Tu m'as encouragé, même après que je t'ai dit qu'on ne pouvait pas faire ça. (Sa voix se fit pâteuse.) Pas nous.

— Si, nous.

D'une certaine façon cela avait toujours été eux, et ils avaient toujours tendu vers cet instant. Elle ne le laisserait partir que lorsqu'il l'aurait compris.

Alors, sans le lâcher du regard, elle lui lécha longuement la gorge d'un grand coup de langue sur sa barbe naissante. Le puissant grognement qu'il poussa vint s'égarer dans ses cheveux et lui envoya une décharge de désir à travers tout le corps. Elle enfonça les ongles dans son torse et se remit à le lécher, lui mordillant au passage la pomme d'Adam.

Elle gémit quand il la prit virilement par la taille et se colla à elle. Le sexe ferme de Cory pressé contre son ventre l'incitait à continuer. Lentement, ses lèvres se mirent à descendre. Elle sentit l'odeur fraîche du savon, et des images de lui sous la douche défilèrent dans son esprit. Sauf qu'elle était là, avec lui. Prête à descendre, encore et toujours. À tomber à genoux pour le prendre dans sa bouche. À l'ouvrir plus grande encore, quand il l'implorerait de ne pas arrêter…

— Victoria, souffla-t-il d'une voix gutturale qui la fit se figer. Tu sais que ça va tout changer ?

Puis il plaqua la bouche sur la sienne.

Il mit une telle force dans son baiser qu'elle eut l'impression de se faire marquer au fer rouge, pour que cette nuit reste gravée à jamais en elle. Ces étoiles qui brillaient dans le ciel d'encre. Ce cœur qui battait fort contre le sien.

Ce désir pour lui, si puissant qu'elle se fichait éperdument des conséquences de leurs actes.

La langue de Cory se fraya un passage entre ses lèvres, tandis qu'une main faisait de même sous son pull. La simple rencontre entre leurs peaux respectivement fraîche et tiède lui arracha un gémissement. Cette plainte se dissipa aussitôt dans la bouche de Cory, qui hissa la belle sur la pointe des pieds tout en la dévorant de baisers brûlants et frénétiques, à tel point qu'elle en fut réduite à suivre le rythme comme elle put.

La main sous le pull ne remonta pas comme elle l'aurait cru. Jamais il ne fit une chose à laquelle elle s'attendait, d'ailleurs. Un doigt froid caressa le piercing qu'elle avait au nombril, et ses lèvres se retroussèrent contre celles de Victoria lorsqu'il la sentit frissonner. Il aimait ça, savoir qu'il avait le pouvoir de la faire trembler.

Il lui inspirait le désir aussi facilement qu'il provoquait sa colère. Et à cet instant, il profitait des deux, l'allumant jusqu'à la rendre folle avec sa langue experte, et cet unique doigt qui venait lui rappeler qu'elle n'était pas loin de le supplier.

Il toucha la fine ceinture en cuir de Vicky tout en passant à l'exploration du haut de son cou. Quand de ses lèvres il aspira la peau à l'endroit où battait son pouls, elle dut le saisir par les épaules pour ne pas sombrer dans l'abîme.

— Tu voulais savoir depuis combien de temps ça faisait pour moi ?

Il se servit de la ceinture de Victoria pour l'attirer à lui d'un coup sec. Son membre était si dur qu'elle sentait son empreinte dans sa chair, comme s'ils étaient nus tous les deux.

— Très longtemps, reprit-il, et je n'ai plus du tout envie de cacher mon besoin. Ni *comment* je veux l'assouvir.

Elle lui présenta sa gorge, se retenant à lui pendant qu'il s'en délectait. Elle aurait des marques de dents, de lèvres, et elle se résignerait avec joie à porter des cols roulés pour l'éternité si seulement il voulait bien continuer.

— Ça, haleta-t-il tout en tirant de nouveau sur sa ceinture, tandis que le suçon qu'il était en train de lui faire commençait à devenir douloureux. Je te veux avec ça. Autour des poignets. À ma merci.

Ses mots l'atteignirent enfin dans ce merveilleux cocon de désir où elle s'était blottie, et elle s'écarta si violemment qu'elle manqua tomber. Elle s'accrocha à lui tandis qu'il la redressait, et ses yeux gris se plantèrent dans ceux de Victoria comme si sa vie dépendait de la réponse qu'elle allait lui donner.

Il était vraiment sérieux. Ce n'était pas une plaisanterie, un jeu, ou une façon comme une autre de la repousser. Ce qu'il voulait d'elle était bien plus extrême qu'une expérience sur son corps.

Il demandait – il exigeait – sa confiance. Quand bien même il n'avait rien fait pour la gagner, c'était à prendre ou à laisser.

Un ange passa. Il fit un pas en arrière.

— C'est bien ce que je pensais.

Tremblante de froid, elle lui jeta un regard. Il n'y avait déjà plus aucune trace de son désir, dissimulé à la va-vite derrière ces murs épais et glacés qu'il dressait si facilement, à tel point qu'elle en vint à se demander si elle n'avait pas rêvé.

Peut-être y avait-elle simplement vu le reflet du sien.

Elle s'obligea à regarder le ciel nocturne jusqu'à ne plus voir trouble. Puis elle se risqua à observer son visage. Mâchoires crispées, paupières lourdes. Verrouillé à double tour. Elle pourrait lui dire tout ce qu'elle voudrait, le moment entre eux était passé.

Mais cela avait-il encore de l'importance ? S'il attendait d'elle qu'elle se mette à nu sans rien donner en retour, il lui en demandait de toute façon bien trop.

Elle ne s'était jamais autorisée à examiner de trop près l'intérêt qu'elle lui portait, et c'était pour de bonnes raisons. Par-dessus tout, elle craignait qu'il lui rie au nez. Mais juste après venait le fait que Cory n'était pas le genre d'homme à partager son temps avec plus d'une maîtresse. Et s'il y avait bien une chose qu'elle savait, c'est qu'il appartenait corps et âme à son travail.

Dans le monde tel qu'il le concevait, elle serait à peu près réduite au rang de poisson rouge qu'il oublierait de nourrir, jusqu'à ce qu'un jour il le découvre inanimé à la surface du bocal.

Coucher avec Cory était une chose. Mais ce qu'il lui demandait – une confiance qui allait bien au-delà de l'amitié par intermittence – en était une autre. Lui donner plus sans aucune garantie en échange était une erreur qu'elle ne commettrait pas.

Après le départ de sa mère, elle avait perdu bien trop de temps à chercher des solutions pour maîtriser sa peur d'être abandonnée encore une fois. Avec le temps, elle avait trouvé des stratégies pour canaliser cette peur *de l'intérieur,* comme le yoga et le feng shui, et elle avait appris à calmer son esprit lorsque celui-ci était soumis à un stress. Autoriser Cory à jouer avec ses émotions revenait à réveiller une tornade meurtrière, et ensuite s'écarter pendant qu'elle détruisait tout sur son passage. Et ça, ça n'arriverait pas.

— Tu ferais mieux de reprendre ton cahier, Santangelo. Tu vas poireauter un moment si tu veux vraiment voir Orion de nuit à cette époque de l'année. Quelques mois, au moins.

Elle lui montra le ciel d'un geste désinvolte et retourna à l'intérieur d'un pas décidé.

Jamais il ne saurait qu'elle ne voyait plus aucune étoile, tant elle avait les yeux voilés de larmes.

5

Elle pouvait y arriver.

Après le désastre de vendredi soir, il fallait un certain cran pour débarquer à leur réunion du lundi la tête haute, mais heureusement Vicky en avait à revendre. Si la vie lui avait bien appris une leçon, c'était que quel que soit le problème, elle pouvait le gérer.

Elle ressentait du désir pour un homme qui était non seulement dénué d'émotions, mais qu'elle n'arriverait jamais non plus à suivre sur le plan sexuel. Malgré ça, elle allait devoir se pencher à son bureau et examiner avec lui des photos de banquettes et d'armoires d'époque, tout en respirant par la bouche pour éviter que son parfum – son philtre de sexe, oui – lui monte au cerveau. Et alors ?

Elle n'était pas décontenancée. En fait, elle était même tellement imperturbable qu'elle arriva à se tourner pour lui faire face, alors qu'ils étaient côte à côte, et qu'elle se mit à jouer avec son pendentif comme si tout allait bien dans le meilleur des mondes.

Le regard de Cory se posa sur sa gorge – qui n'avait pas trop souffert, finalement, même s'il avait tout fait pour y laisser sa marque – puis revint à ses yeux.

— J'ai pris des dispositions pour qu'on fasse un *shooting* dans une maison rénovée par Helping Hands, celle de Seeley Drive, le vendredi de la semaine prochaine. Le salon est assez proche de ce que j'avais en tête pour la couverture, mais il manque l'ambiance de Noël.

— Je me charge des décorations avec Jill et Lorelie.

— Du magasin, s'il te plaît, dit-il, les yeux rivés sur les clichés. On a gardé certaines choses de l'an dernier.

— Oui, je suis déjà allée jeter un œil à la réserve. Dieu merci, vous n'avez encore rien mis en rayon. C'est de plus en plus tôt, chaque année, soupira-t-elle. Par contre, j'ai vu la boîte à outils du Père Noël, et j'ai trouvé ça adorable.

Il leva aussitôt la tête, et son visage s'éclaira.

— C'était mon idée.

— Et moi qui croyais que tu étais juste un beau gosse, commenta-t-elle en passant lentement un ongle sur sa chaîne. Une fois que tu auras choisi les photos qui te plaisent pour la chambre, on pourra passer à la couverture. Je pense que ce serait une bonne idée de reprendre le thème country chic, pour faire un rappel avec l'article. Mais je te laisse voir.

— Je t'ai dit que je te donnerais plus d'espace pour t'exprimer.

Il parlait sur un ton neutre, mais ses yeux étaient brûlants. Elle ne comprit pas pourquoi dans un premier temps, puis elle s'aperçut que ses doigts nerveux étaient allés s'égarer dans le col en V de son haut. Au lieu d'ôter la main comme elle l'aurait fait d'instinct, elle glissa les doigts encore plus bas. Les narines de Cory se dilatèrent.

— Tu as carte blanche pour la couverture. Tout ce que je te demande, c'est de laisser les accessoires en place après le *shooting*, comme ça la maison sera décorée pour la nouvelle propriétaire. Sa mission prend fin un peu avant Noël, et je me suis dit que ce serait sympa de faire ça pour elle.

Vicky déglutit comme elle put.

— Pas de problème, fit-elle avant de toussoter, surprise de s'entendre parler d'une voix si faible.

— Le magazine doit être bouclé et mis sous presse dans deux semaines, si on veut respecter les délais. L'imprimeur est surbooké, et si on rate cette fenêtre, il n'a plus de place avant décembre. Ce sera trop tard, comme tu t'en doutes.

— On va y arriver. Ne t'inquiète pas.

— Il reste des articles en suspens. Dont certains à toi.

— Je suis sur le coup, répondit-elle gaiement tout en jetant un coup d'œil à sa montre. Je vais devoir filer. Il faut que je passe voir des échantillons de peinture pour la salle à manger des Taylor.

Comme il ne répondait pas, elle leva la tête et vit qu'il regardait fixement une photo, celle d'un vieux lit à baldaquin en tissu rouge et vaporeux.

— Je savais que tu ne validerais pas cette photo, mais il fallait que je la prenne. Ce lit est clairement une pièce unique, faite sur mesure.

Il y avait quelque chose dans ces colonnes de lit sculptées qui inspirait de très vilaines pensées, quand on était une fille. Disons, la vision d'une grande main qui s'y agripperait pour pouvoir donner des coups de boutoir toujours plus puissants. D'un corps musclé qui la clouerait aux draps en dentelle, et la besognerait jusqu'à ce que le baldaquin se mette à bouger en rythme.

Il traça le contour du lit de son pouce épais, et elle sentit – sans mentir – son string se désagréger.

— Le design est intéressant. Et le travail du bois superbe.

— Oui, acquiesça-t-elle avec un timbre bien trop voilé. Je pense que je mettrais des bougies dans ces petites niches qu'il y a dans la tête de lit. Avec le baldaquin rouge, et tous ces coussins…

Et ce corps ferme qui la prendrait jusqu'à ce qu'elle en ait le vertige…

— ... ça nous ferait une scène très romantique.

Il lui lança un regard en coin.

— Ou alors porno.

— Eh ben, murmura-t-elle. Je vois qu'on a les idées mal placées.

— Simple question de vocabulaire. Au final, c'est la même chose.

Il haussa les épaules et glissa la photo dans la pile de celles qu'ils allaient *garder*, au lieu de celles qu'ils éliminaient.

Elle réprima un soupir. S'il continuait, elle allait s'attacher les poignets toute seule comme une grande pour lui faciliter la tâche.

Et puis il porta le coup fatal, pile au moment où elle passait la porte.

— Dimanche soir, mes parents font une sauterie.

Elle cligna les yeux innocemment.

— Ah bon ? Tu m'en vois ravie.

Un sourire s'ébaucha sur les lèvres de Cory.

— Tu es prise ?

— J'avais prévu de regarder un vieux film avec Jill, mais je suppose que ça ne compte pas. (Elle serra fort la poignée dans son dos, comprenant soudain qu'elle aurait dû mentir.) Est-ce que c'est... un rendez-vous ?

Il posa une fesse sur le bureau et la regarda durement. Sourcils levés, naturellement.

— Tu es ma copine, oui ou non ? Il me semble pourtant que tu as fait campagne avec tout le zèle d'un missionnaire.

— Le seul missionnaire que je connais, c'est une position.

— Pas étonnant que tu sois partie en courant de ma terrasse. (Le ton avait beau être taquin, il avait le regard songeur.) Je n'aurais jamais cru que tu étais une fille aussi traditionnelle.

— Je ne lui suis pas autant que tu crois, marmonna-t-elle.

Pente glissante, Townsend.

— Et je ne suis pas partie en courant.

— C'était une image, ma douce.

Pendant qu'elle le fixait avec des yeux ronds comme des soucoupes à la mention de ce petit nom, il croisa les bras sur le torse.

— Je passe te chercher à dix-huit heures.

— Dix-huit heures trente, ça irait ? Je donne un cours de yoga à seize heures trente. Tous les mardis, jeudis, samedis et dimanches. Tu sais, à Wyland, la nouvelle salle de sport.

Il poussa un soupir patient.

— Dix-huit heures quinze. Tu n'as qu'à ramener ton joli petit cul chez toi un peu plus vite. (Elle allait protester, mais il leva une main.) Prérogative de petit ami. Maintenant, va choisir tes échantillons de peinture et laisse ton mec travailler un peu.

Ne pas sourire aurait demandé un effort surhumain. Mais elle attendit au moins d'être seule dans le couloir, devant son bureau.

C'étaient les petites victoires qui comptaient le plus.

Le rendez-vous resta dans un coin de sa tête toute la journée et jusqu'au lendemain, surgissant sans crier gare alors qu'elle se préparait pour donner son cours de yoga Bikram du mardi. La veille au soir, elle avait appris de la bouche de Dillon que non seulement Cory avait eu l'idée de la boîte à outils du Père Noël, mais que c'était également lui qui avait lancé l'appel aux dons, pour inciter les gens à ramener au magasin les outils dont ils ne se servaient plus. Tout avait ensuite été redistribué aux sinistrés, qui avaient ainsi pu réparer leur maison après la violente tempête de l'automne précédent. Haven était loin d'être la ville la plus touchée, mais on y voyait encore des arbres couchés et des toits endommagés. Le matériel faisait cruellement défaut à ces pauvres gens, et son faux petit ami – d'ordinaire le roi des OPA – avait décidé de les aider.

Il n'était pas censé être aussi gentil. Comment se résigner à ne jamais lui verser de sauce au caramel sur les abdos, si elle le savait capable d'être à ce point charitable ?

Elle souffla et se pencha en avant pour s'étirer la taille. Comme si ça ne suffisait pas d'avoir à convaincre le monde entier que Cory et elle formaient un couple, il y avait en plus ce dîner familial. La soirée promettait d'être palpitante.

Du côté des choses positives, Bryan avait repris l'avion avec son chien Bingo dès le lendemain de sa consultation médicale, pour aller rejoindre son équipe des Maryland Mariners. S'il avait prolongé son séjour elle aurait eu une épine de plus dans le pied, car il aurait fini par tomber sur les photos du journal. Depuis le lycée, Bryan ne pensait qu'une seule chose de Cory : que c'était un connard de snob. Son coup de fil l'autre soir ne l'avait pas exactement convaincu du contraire. Elle allait devoir lâcher le morceau à son frère très bientôt, mais elle n'était pas non plus obligée de tout gérer en même temps.

La prochaine étape consistait à passer la soirée de dimanche à jouer aux tourtereaux avec Cory devant témoins. Elle devrait probablement commencer à boire dès maintenant pour se donner du courage.

Loué soit le yoga. Cette discipline l'aidait toujours à retrouver son calme. Elle l'avait découverte quelques années plus tôt, alors qu'elle désespérait de trouver un bon moyen de rester zen. À force d'entraînement, elle avait décroché son diplôme en yoga Bikram, qui se pratique dans une salle chauffée à quarante degrés, et maintenant elle donnait quatre cours par semaine aux débutants. En général, elle avait de l'énergie à revendre, après. L'euphorie durait des heures.

Lorsque la première élève entra dans la salle, elle lui sourit et lui tendit un casque sans fil. Ils entendaient tous les mêmes instructions, mais le casque contribuait à la sensation de ne faire qu'un avec les mouvements.

L'heure passa à la vitesse de l'éclair. Comme toujours, l'enchaînement des postures et l'environnement agréable la détendirent. Il fallait en vouloir pour ressortir stressé d'un cours de yoga. Elle se concentra sur sa respiration et veilla à garder le dos droit. Sa tête se vida au fur et à mesure que son corps se réchauffait et, à force de transpirer, elle se débarrassa de toutes les inepties qui lui encombraient l'esprit.

Quand elle se regarda dans le miroir, elle vit un visage rouge mais souriant. Cette force qui se dégageait d'elle, c'était la femme qu'elle était devenue. Elle ne se laissait plus dominer par la peur, et refusait de s'inquiéter de ce qui allait se passer ou pas avec Cory. Après tout, elle était aussi responsable que lui, dans cette histoire. Tant qu'elle ne lui tendrait pas le bâton pour se faire battre, tout irait bien.

Elle termina comme d'habitude par le *savasana*, et maintint sa posture du cadavre au sol pendant que les élèves sortaient en file indienne. Elle n'avait pas besoin de simuler le bien-être qui s'était emparé d'elle. En mettant de côté les bienfaits du yoga, l'endroit où elle se trouvait respirait l'harmonie. Le gérant avait transféré les cours en bas le temps de rénover les salles du haut, et du coup la salle provisoire était moins traditionnelle. Il n'y avait pas autant de miroirs, mais un beau parquet ciré et des vitraux colorés. Les lumières tamisées et le silence total contribuaient à entrer en état de relaxation totale, et elle ne voulait indisposer personne en terminant trop tôt.

Généralement elle se relevait lorsque le dernier élève était sorti, mais aujourd'hui elle laissa ses bras lourds s'enfoncer dans le tatami. Elle n'était pas pressée. Elle avait rendez-vous en fin de journée avec un nouveau client mais elle avait encore le temps, car elle s'arrangeait toujours pour reprendre ses activités en douceur, après un cours. En revanche, une douche ne lui ferait pas de mal.

Dans un soupir, elle se redressa et ouvrit les yeux. Et tomba nez à nez avec l'objet de la plupart de ses pensées.

Son pouls ne s'emballa pas tout de suite, preuve de sa sérénité retrouvée. La vue de Cory en costume bleu marine, boutons de manchettes dorés et cheveux bruns plus courts que d'habitude avait pourtant de quoi accélérer le rythme cardiaque, surtout que sa silhouette se réfléchissait en trois exemplaires dans les grands miroirs.

Le moment s'éternisa, et elle se força à garder sa position. Avant-bras posés sur les cuisses, paumes levées au ciel, dos droit. Et entrejambe qui commençait à pulser dangereusement.

— Qu'est-ce que tu fais là ? demanda-t-elle d'un air faussement placide.

— J'étais dans le quartier.

— Tu ne t'entraînes pas dans cette salle.

Elle savait qu'il faisait du sport seul, comme pour la plupart de ses activités dans la vie. Par exemple travailler tard le soir, tous les soirs. Elle était prête à parier qu'il ne restait plus grand-chose de sa chandelle, à force de la brûler par les deux bouts.

— Non, mais après ce que je viens de voir, je pense que je vais me mettre au yoga.

Elle s'étrangla de rire malgré elle.

— C'est un cours privé. Tu n'as pas le droit d'observer les élèves.

— Ce n'était pas eux que j'observais. Je n'avais d'yeux que pour toi.

Oh. Dans ce cas.

— Oui, mais quand même.

— Tu es belle, Victoria.

Il traversa la pièce en disant cela, et ses mots résonnèrent en elle. Elle se contenta de regarder la main qu'il lui tendait.

— Je suis toute transpirante, bafouilla-t-elle en frottant les paumes contre son short.

Son short excessivement court, qui allait avec un top asymétrique tout aussi moulant. Elle était obligée de s'habiller légèrement pour le cours – tout le monde le faisait, vu la température –, mais sous son regard pénétrant, elle eut l'impression d'être nue. Et plus sexy que jamais, même avec les cheveux tout pendouillants.

Merci, yoga.

— Je transpire aussi, répondit-il en tirant sur sa cravate pour la desserrer. Il fait combien ici ? Mille degrés ?

Elle sourit.

— Non, quarante. La température idéale pour éliminer les toxines et se détendre au maximum.

Il la déshabilla sans vergogne du regard et les seins de Victoria pointèrent aussitôt à travers le haut, réclamant leur part d'attention. Il s'exécuta avec joie.

Pas de doute, Cory Santangelo faisait partie de ces hommes qui vouent un culte à la poitrine féminine.

— En tout cas, ça marche pour toi. Ce que je t'ai vue faire… J'en ai eu le souffle coupé.

— La chaleur te monterait-elle au cerveau ?

Elle jeta un coup d'œil vers la porte, qu'il avait certainement refermée derrière lui en entrant. Silencieux comme un félin, ce Cory, mais un félin dangereux, du genre à attirer la victime par sa grâce, pour ensuite la mordre à la gorge.

— Lève-toi, Victoria.

Autoritaire, aussi. Mais à en juger par le désir qui enflait entre les cuisses de Vicky, ce n'était pas pour lui déplaire.

Elle prit la main offerte et se mit debout, retenant son souffle lorsqu'elle vit le désir dans ses yeux. Il n'essayait même pas de s'en cacher. Pendant la réunion de la veille il avait été très pro, mais désormais il redevenait le Cory qu'elle avait découvert sur la terrasse l'autre soir. Et elle, la fille excitée comme une chatte en chaleur.

Elle baissa les yeux vers la main qu'il tenait toujours et son doigt qui faisait des cercles dans une zone ultra-sensible à la base de son pouce.

— Pourquoi es-tu là ?

— Je suis venu te voir. Tu as oublié que tu m'as donné toutes les infos, hier ?

— Mais comment as-tu fait pour me trouver ? Je ne fais même pas cours là, normalement...

— Et pourtant, je t'ai trouvée. Je dois être un génie.

Le cœur de Vicky commença à s'emballer sérieusement, et le sourire changeant de Cory ne l'aida pas vraiment à ralentir.

— Pourquoi tu ne m'as pas dit que tu avais fait un geste pour les sinistrés de la tempête ? reprit-il.

— Et pourquoi tu ne m'as pas dit que c'était toi qui en avais eu l'initiative ? répliqua-t-elle, surprise de sentir sa main ferme accentuer la pression sur la sienne. Et puis je croyais que les dons restaient anonymes.

— En temps normal oui, sauf que mon frère te prend pour une sainte et qu'il n'a pas arrêté de me parler de toi hier soir. Il m'a dit que tu avais proposé de faire gratuitement la déco entière de deux maisons, ce qui va bien au-delà du don habituel.

Le dégoût qu'elle percevait dans le ton de sa voix l'interpella, jusqu'à ce qu'elle remarque ses yeux étincelants.

— Tu es jaloux parce que tu penses que Dillon m'aime bien.

— Je ne suis jamais jaloux, rétorqua-t-il, le visage impénétrable. Et je te rappelle que tu es à moi jusqu'à la fin de notre engagement. C'est toi qui l'as voulu.

Tu es à moi. Il aurait tout aussi bien pu sortir la clé qui donnait accès à son intimité. Elle entendait déjà le cliquetis du verrou. « Sésame, ouvre-toi. »

Les mouvements circulaires de son doigt tenaient Victoria sous le charme, ses caresses habiles envoyant de petites décharges de plaisir dans son avant-bras.

— Tu connais la technique de la prise de pouls.

— Si tu savais… Tu es loin d'avoir tout vu.

Elle déglutit. Péniblement.

— Tu me l'as déjà dit. Et je ne sais pas pourquoi, mais je ne suis pas étonnée.

Il fit un pas vers elle. Ses traits auraient pu être sculptés dans le granit sans cette chaleur irradiant de ses yeux. Ils n'étaient plus d'un gris froid et neutre, ils flamboyaient avec une intensité que seul son travail semblait provoquer, d'ordinaire. Et voilà qu'ils étaient rivés sur elle.

— Je vais t'embrasser, dit-il à mi-voix. Si tu ne veux pas, il faut me le dire tout de suite.

Ses mots lui donnèrent la chair de poule en dépit de la chaleur ambiante. Elle pouvait partir. Il lui donnait amplement l'occasion de prendre la fuite, comme elle l'avait fait la dernière fois. Mais concrètement, ils en étaient déjà au troisième tour de batte. La première fois il avait raté la balle, la seconde fois, c'était elle. S'ils ne la saisissaient pas maintenant, elle ne saurait jamais comment c'était de s'abandonner dans les bras de Cory. Elle n'aurait jamais la chance d'être aux premières loges lorsqu'il perdrait tout contrôle.

À cause *d'elle*.

Elle tendit une main vers sa nuque. Sans ses talons hauts pour réduire leur différence de taille, elle se sentait désavantagée. Il se dressait au-dessus d'elle, et la largeur de ses épaules vint lui rappeler combien il était grand. Dans tous les sens du terme.

Il attendit qu'elle fasse le premier pas pour se pencher enfin. Leurs bouches entrèrent littéralement en collision, et les dernières idées préconçues qu'elle pouvait avoir de lui s'envolèrent. Il inclina la tête de façon à enfoncer la langue le plus profondément possible, et poussa un grognement lorsqu'elle s'en empara et tira fort dessus.

Plus d'hésitation. Plus de doute. Plus rien hormis un soulagement absolu en constatant que c'était si bon entre eux, encore mieux que dans ses rêves les plus fous.

Elle lui lécha la langue d'avant en arrière, langoureusement, histoire de l'aguicher. Il empoigna le bandeau qu'elle avait dans les cheveux et l'envoya valser sur le parquet, puis il enfouit les mains dans sa chevelure, lui tournant la tête pour pouvoir l'explorer à sa guise. La bouche de Victoria était son terrain de jeux, et il la prenait avec une indolence sensuelle qui déclencha en elle une fébrilité comme elle n'en avait jamais ressenti.

Haletant, il l'empoigna par les bras pour la hisser sur la pointe des pieds. Voyant que ça ne suffirait pas, il lui prit les fesses à pleines mains, la souleva et la cala sur ses hanches, et réussit l'exploit de ne pas la faire tomber lorsque leurs baisers de plus en plus fiévreux les précipitèrent contre le miroir. Il se cogna le crâne et elle poussa un petit cri, passant la main dans ses cheveux pour vérifier qu'il n'avait pas de bosse et ne saignait pas.

— Ça va ?

— Aaah, nooon… fit-il avant d'ouvrir un œil. Achève-moi.

Elle se redressa au maximum dans ses bras pour qu'il ait le visage au plus près de ses seins gonflés. Ils étaient tous les deux essoufflés, et elle avait du mal à formuler ses phrases.

— Je t'interdis de mourir tant que je n'aurai pas eu ce que je veux, Santangelo.

— Enlève-le. (Il fixait son haut qui s'était relevé tout seul, dévoilant son nombril.) Enlève tout. Maintenant.

L'excitation qui perçait dans l'ordre de Cory lui donna un délicieux frisson. Son corps avait manifestement oublié qu'il se trouvait dans une fournaise.

— Il y a un autre cours tout à l'heure.

— Le mot à retenir dans ta phrase, c'est « tout à l'heure ». Fais-moi confiance, on ne viendra pas nous embêter.

Elle l'interrogea du regard.

— Comment le sais-tu ?

— J'ai payé la femme à la réception pour qu'on puisse… discuter en toute tranquillité.

Il avait un sacré culot. Mais elle était bien incapable de s'en agacer, maintenant qu'il avait transformé son cerveau en guimauve, à coups de baisers. Dans d'autres circonstances, elle aurait peut-être même trouvé ça amusant de le voir si convaincu que personne n'oserait défier son autorité. Ou son carnet de chèques.

— Pour info, c'est une salle de sport, pas un motel.

— Bon sang, tu veux bien la fermer et te déshabiller ?

Elle l'ignora royalement, se remit lentement sur ses pieds puis glissa les pouces dans l'élastique de son short. Il s'embrasa littéralement en la voyant faire. Torturer Cory avait toujours été un de ses passe-temps préférés, et visiblement ça marchait aussi avant l'acte sexuel.

— Tu me veux ? minauda-t-elle en penchant la tête, surjouant exprès le rôle de la vamp. Viens me chercher.

Cory se dirigea vers elle tout en enlevant d'un coup sec sa veste et sa cravate. Elle avait raison sur un point. Il la voulait, et il allait l'avoir.

Il n'était pas du genre à faire l'amour dans des endroits excentriques – le lit était bien suffisant, avec de temps en temps un petit crochet par la douche ou un bain chaud – mais elle le rendait complètement dingue. Et puis la salle avait un côté excitant, avec ses tatamis au sol et ses miroirs aux murs. Pas étonnant que son intention de discuter soit passée aux oubliettes.

Lorsqu'il était entré et avait vu sa tenue plus que légère et sa peau luisante comme la rosée du matin, il était ressorti pour réserver la salle.

Sa souplesse l'avait bluffé. Jusqu'où pouvait-elle aller, exactement, en étirant et en dépliant son corps comme ça ? Oh, les idées qui lui venaient en tête. Avec toutes les connaissances qu'ils avaient à eux deux sur les différentes façons de bouger – et de ne pas bouger –, ils allaient forcément vivre une expérience incroyable.

Elle enleva son short et le lança plus loin en faisant une extension de la jambe qui faillit bien lui donner une crise cardiaque. Si le yoga avait été coté en bourse, il aurait pris des actions sur-le-champ.

Des yeux, il suivit la longue ligne soyeuse de ses jambes, jusqu'à la toison dorée. Elle n'était pas couleur miel comme ses cheveux, mais plus claire, à l'instar d'un jeune grain de maïs. Juste assez pour l'exciter.

Et concrètement, il avait atteint ses limites en la matière.

Il bondit, l'accrochant par la taille et la soulevant du sol. Deux secondes après, elle était couchée sur un matelas rembourré et lui se trouvait sur elle, s'activant pour remonter son haut. Il avait déjà l'impression de griller sur un foutu barbecue, mais à la voir ainsi nue et sans défense, il faillit bien exploser pour de bon.

Elle le regarda rouler son top le long de son buste ferme et s'arrêter à la base des seins. Vu son gabarit, elle n'avait pas besoin de soutien-gorge, et pourtant il n'avait aucune critique à faire. Ce corps était parfait. Agile, et tonique, et tout bonnement incroyable.

Leurs regards fusionnèrent lorsqu'il fit passer le tissu collant sur les tétons à vif, haletant un peu plus à chaque carré de peau révélé. Une fois le haut enlevé, il traça une voie avec les lèvres jusqu'au centre de son abdomen, goûtant au sel de sa peau et à l'odeur piquante de son désir. On voyait encore les marques du maillot de bain. De sa langue il suivit la ligne de démarcation entre peau bronzée et peau claire, évitant délibérément les seins. Se délectant des frissons qui la parcouraient et de la façon qu'elle avait de griffer le tatami avec ses ongles vert menthe.

Il lécha le renflement de sa poitrine.

— Tu ne devrais pas t'exposer au soleil.

Il sourit en voyant qu'elle l'observait d'un air vague, et son regard se voila davantage quand il prit un mamelon dans la bouche et le suça puissamment.

Elle se cambra et il posa une main sur son bas-ventre, juste au-dessus de cette toison terriblement alléchante. Il la retint ainsi pour mieux enflammer son désir, jusqu'à ce que des gouttes de sueur perlent dans son décolleté et que son souffle se fasse court. Cela empira lorsqu'il s'attela à l'autre téton en frôlant son pubis d'une main. Sentant cette moiteur, il ne put retenir un grognement.

S'il la goûtait comme il en avait envie, cela finirait bien trop vite. Son érection grossissait de minute en minute, et il avait l'impression d'avoir deux nœuds serrés à la place des testicules. Il ouvrit d'un geste brusque les boutons restants de sa chemise collante et parvint à l'enlever sans jamais lâcher le précieux mamelon.

Soudain Vicky se cala sur les coudes, examinant le corps qui s'offrait à elle tandis qu'elle bredouillait entre deux respirations laborieuses :

— Le pantalon... enlève. Je veux te voir... nu.

Elle n'était pas la seule. Il terminerait probablement ses jours dans un camp nudiste s'il réussissait à virer ce foutu pantalon, parce qu'il n'était pas question qu'il se rhabille.

Il ne répondit pas pour économiser son souffle. Il lui en restait déjà si peu. Il défit sa ceinture d'un geste sec, puis son pantalon et le caleçon en faisant la grimace. Bon sang, il était dur comme du bois. Et sûrement pas du bois mort. Tout ça à cause de ce corps exquis allongé devant lui comme une offrande aux dieux.

Une offrande à *lui*.

Enfin, il revint s'agenouiller entre ses cuisses ouvertes. Elle affichait de nouveau cette expression interdite qui l'avait fait sourire.

— T'es carrément ca...

Elle s'interrompit, mais c'était trop tard. Il souriait comme un adolescent.

— Viens par ici, dit-elle avec un geste aguicheur qui lui donna deux fois plus envie d'obéir.

Son sexe bondit pratiquement dans les mains de Victoria, et ils gémirent en chœur lorsque sa paume se referma sur lui. La vache, elle avait de la poigne.

Elle ne le quitta jamais des yeux, guettant sa moindre réaction. Elle s'affairait avec un tel talent sur son érection et réagissait si vite, cela lui donna envie de croire qu'elle prenait autant de plaisir à le faire que lui à le recevoir.

— Honneur aux dames. On ne t'a jamais appris ça ? (Se retirant doucement, il appuya son sexe lourd contre le ventre de Vicky et se remit à lui titiller le mamelon, y ajoutant les dents lorsqu'elle commença à se tortiller.) Tu auras compris que j'aime rester maître de la situation.

Les iris de Victoria étaient sombres, la couleur de ses pupilles dilatées s'estompant peu à peu. Elle secoua la tête, tirant sur l'élastique de sa queue de cheval pour libérer ses boucles blondes. On aurait dit un soleil venant chasser le crépuscule, comme celui que Cory avait vu avant d'entrer et de trouver le paradis ici avec elle.

— Moi aussi.

— Je vais te faire jouir avec mes doigts.

Il s'empara des siens et les mordilla. Elle poussa un cri avant même qu'il la touche, tant la simple suggestion l'excitait.

Bon sang, quelle amante !

Il glissa une main le long de son buste moite et enfonça l'index dans les replis de sa féminité, grognant quand il sentit à quel point elle mouillait. Elle ondula de façon suggestive, l'implorant en silence de bouger. Il plongea plus avant et commença à la chauffer.

Son contact était léger, si léger, et il se servit de l'autre main pour lui tourner le menton vers le miroir. La surprise se lit sur le visage de Victoria lorsqu'il lui parla tout contre :

— On va te regarder tous les deux exploser pour moi.

Elle ferma les yeux, comme s'il lui en demandait trop. Il accéléra le mouvement et elle poussa un couinement, secouant la tête pour dire son refus de ce qu'il voulait l'obliger à faire.

— Ouvre, ordonna-t-il, et elle savait qu'il parlait de ses yeux autant que de son sexe retenant les doigts de Cory fermement prisonniers.

Elle lui obéit, inclinant le bassin pour mieux recevoir ses caresses et observer leur reflet dans la glace. L'observer *lui*, tandis qu'il la contemplait fixement. La sueur perla à ses tempes et il la lécha à cet endroit, impatient de la goûter. Le ventre de Victoria se tortillait sous le poids de son pénis et son gland humide lui laissait des traces sous les seins. Ses gémissements se firent plus urgents et il ralentit la cadence pour prolonger son excitation.

— Tu veux un orgasme ? murmura-t-il contre sa gorge. Tu vas devoir le mériter.

6

Victoria se demandait si elle avait bien compris.

— Qu'est-ce que tu veux dire ? fit-elle en s'écartant.

Il bougea contre elle, plaquant les hanches sur les siennes, se délectant de la voir haleter en rythme.

— Dis-moi ce que je dois faire. Avec les doigts seulement. Je ne te goûterai pas maintenant. (Il enfouit le visage dans son cou.) Ça, c'est pour plus tard, quand j'aurai des heures devant moi pour te dévorer.

— La lenteur, c'est pas mon truc. J'ai besoin que ce soit rapide. (Elle se lécha les lèvres, révélant un bout de langue.) Brutal.

— Tes yeux, sur le miroir.

Il se repositionna pour lui écarter de force les jambes, et prit une profonde inspiration en découvrant les chairs roses et enflées qui n'attendaient que lui. Il avait tellement hâte de savourer ce corps en entier.

— Ne me regarde pas, commanda-t-il quand elle se risqua à un autre coup d'œil dans sa direction. Regarde le miroir. Si je m'égare, sers-toi de tes jolies petites lèvres pour me le dire. Tu es capable de faire ça ?

— Oui.

Il lui remonta une cuisse puis enfonça profondément les doigts, deux cette fois. Elle se mit à gémir dès qu'il entama son va-et-vient, libérant sa jambe pour qu'il puisse se servir de l'autre main s'il le souhaitait. Allongée ainsi, nue, les marques de maillot qui lui cernaient le pubis mettaient encore plus en valeur cette boule de nerfs ruisselante sous les mouvements de Cory.

— Tu es tellement belle, putain, fit-il entre ses dents.

Les ongles de Victoria griffaient de plus en plus le tatami à mesure qu'il passait le pouce sur son clitoris, coordonnant le mouvement avec ses doigts trempés quand il les retirait. Cette fois, elle se mit à gémir si fort qu'il songea un instant à lui mettre le tee-shirt dans la bouche, au cas où.

Elle comblait tous les espoirs qu'il avait pu placer en elle sur le plan sexuel et, dans une minute, elle allait jouir sur sa main. Ou encore mieux, sur son sexe.

Quand elle commença à se contracter, il retira les doigts et se concentra sur les cercles autour du clitoris. Il la sentait palpiter contre son pouce, et percevait ce désir incandescent dont elle ne s'excusait absolument pas.

— Tu prends la pilule ?

Elle opina si vivement du chef que, s'il avait pu, il aurait souri. Sauf qu'il craignait de perdre la tête pour de bon, si son visage bougeait.

— Oui. Seigneur, oui, le supplia-t-elle.

— Je n'ai pas de préservatif.

La preuve irréfutable qu'il n'était pas venu pour coucher avec elle, même si la tournure prise par les événements lui convenait carrément.

— C'est bon. Tu ne crois pas ?

Vu ses piètres performances ces temps-ci, il acquiesça à son tour.

— Oui. (Il pointa son gland sur l'entrée tant désirée et ferma les yeux. Puis il chuchota le mot, comme une prière :) *Oui*.

Elle mouillait tellement pour lui. Bon sang, elle était brûlante. Il eut l'impression que la chaleur de la pièce était en lui à présent. Et en elle, lorsqu'il la pénétra profondément. Elle était douce et étroite, et elle s'agrippa fougueusement à lui pour le retenir là, tandis qu'il plaquait les mains sur ses cuisses pour les ouvrir au maximum.

Ses coups de reins étaient lents mais toujours plus intenses, et il remarqua avec satisfaction qu'elle continuait à se mater dans la glace. Il le faisait aussi, fasciné de voir la façon dont ses lèvres s'ouvraient davantage chaque fois qu'il allait un peu plus loin. Elle battait des paupières malgré elle et ses seins jaillirent lorsqu'elle se cambra, tout en maintenant ce lien par le biais du miroir.

Il lui empoigna la taille et se raidit en sentant qu'elle enroulait les jambes autour de ses hanches. Elle l'étreignit au plus profond d'elle, et il la sentit frémir autour de sa verge en une supplique silencieuse. Il alla aussi loin qu'il put, puis changea de position lorsqu'il entendit ses gémissements désespérés, pour continuer à la besogner. Il était déjà imprégné d'elle, et son désir implacable lui enroulait des cordes de désir autour de la gorge. Du sexe.

Du cœur.

Victoria enfonça les talons dans les fesses de Cory et releva son corps mince et athlétique pour former un pont incroyablement érotique. Les dieux du yoga avaient sa reconnaissance éternelle. Il ne perdit pas de temps et plongea en elle, oubliant tout à part la sensation d'être enserré par elle de la base au gland. De recevoir davantage de plaisir qu'il ne se croyait capable d'en éprouver. De repousser toujours plus ses limites, tels des barrages routiers qu'elle aurait enfoncés les uns après les autres en chemin vers le septième ciel.

Voilà, il avait perdu pied. Elle l'avait emmené dans un lieu où plus rien n'existait hormis elle et lui, et la magie qu'ils créaient ensemble.

Lorsque enfin elle succomba à l'orgasme, le sourire le plus ravissant qu'il lui ait été donné de voir apparut sur son visage. Il s'abandonna aussi, et la longue série de spasmes qui le firent tressaillir se répercuta en elle, venant prolonger son extase. Quand elle se mit à gigoter, il poussa un énième grognement.

Elle l'avait complètement éreinté.

Au bout d'un moment, il se décala sur un côté et la positionna sur le flanc, face à lui. Pour plaisanter, elle joua à la petite bête qui monte sur son ventre, mais il ne réagit pas. Sa poitrine le comprimait, comme si sa peau surchauffée avait rétréci. Son cœur battait toujours à tout rompre. Peut-être qu'il devrait faire plus de cardio.

— Fatigué ? le taquina-t-elle.

— Ça faisait longtemps.

Il fit la grimace en voyant le tas d'habits froissés, regrettant pour la première fois depuis une éternité de devoir retourner bosser.

Avec les ouvertures prochaines de magasins, il avait un million de choses à gérer. Il ne savait pas ce que voulait dire « congé », ni même « long déjeuner ». À sa charge de travail habituelle venaient s'ajouter le lancement du magazine et le départ prochain de ses parents. Il allait forcément penser à d'autres raisons, dès que ses synapses auraient trouvé comment se reconnecter entre elles.

Quant à certaines autres parties de lui, il les avait abandonnées – temporairement. Il appelait ça des dommages collatéraux.

Elle passa tendrement les doigts dans les poils de son torse.

— À quoi tu penses ?

Lorsqu'il vit son sourire enthousiaste, sa poitrine douloureuse se bloqua. Dans un instant elle allait poser la tête contre son épaule, et il devrait faire face à tout ce qu'il n'était pas. Il l'avait peut-être dupée pour l'instant, mais la vérité finissait toujours par se faire jour.

En fait, son boulot était comme une drogue pour lui, et ça n'allait pas la satisfaire longtemps. Bien vite elle partirait en quête de nouvelles aventures, et lui se retrouverait seul.

Au moment où il ouvrait la bouche pour parler, son portable sonna dans la poche du veston. Il se précipita pour répondre, et jamais il n'avait été aussi content d'entendre la voix de sa secrétaire. Il y avait un problème dans un de leurs immeubles et elle n'arrivait pas à joindre Dillon. Pouvait-il venir maintenant ?

Oh oui, pas de problème.

— J'arrive, dit-il avant de raccrocher.

Son regard croisa celui de Victoria.

— Je dois y aller. Dill n'est pas dispo et il y a un problème au Rison. Nancy a besoin de moi pour entrer.

Elle fronça les sourcils et il se passa une main sur le front pour essuyer la sueur. Si seulement il pouvait se défaire de sa culpabilité aussi facilement.

— Tout de suite ? Tu ne peux même pas rester une minute ?

— Désolé, Nancy m'attend. Mais je te verrai vendredi au bureau. OK ?

Il se rhabilla rapidement, puis partit avant d'aggraver son cas.

Comme, par exemple, en lui refaisant l'amour.

Normalement, ce qu'aurait fait une femme après avoir couché avec un mec qui lui plaisait depuis des années, c'était sans doute se repasser la scène dans sa tête encore et encore, et non refouler tout en bloc.

Vicky n'avait jamais été normale.

Là, en plus, elle avait de bonnes raisons de se mettre en mode déni. Ce n'était pas qu'elle n'avait pas pris son pied. Oh non. Ça lui faisait mal de l'admettre, mais elle n'avait jamais vécu un truc pareil, aussi époustouflant.

C'était un peu le problème. Quand ça avait été génial la première fois, elle avait tendance à vouloir refaire les choses. Dans ce cas précis, le refaire jusqu'à ne plus pouvoir marcher droit.

Alors elle essaya de ne pas y penser. De ne pas *trop* y penser. D'accord, de ne pas y penser plus de soixante fois par heure. Ça avait à peu près fonctionné, jusqu'à ce soir. Comment pouvait-on déjà être dimanche ? Cory n'était pas encore venu la chercher pour le grand dîner chez ses parents qu'elle devait déjà se conditionner mentalement à ne pas lui sauter dessus.

Non, non, ça ne la faisait pas du tout flipper d'avoir couché avec lui. De toute façon, elle était bien trop occupée à flipper à cause de Bryan et de ce qu'il était en train de lui dire au téléphone.

Vicky fourra le portable dans son sac et fit de son mieux pour oublier cette conversation. S'il y avait bien un truc dont elle se serait passée ce soir, c'était l'interrogatoire en règle que son grand frère venait de lui faire subir.

Il avait entendu parler des photos par leur sœur, et il avait peur qu'elle mette en danger sa santé psychique en sortant avec Cory. Ce qui, évidemment, avait rappelé à Vicky le secret qu'elle leur cachait, à Melly et à lui.

Un jour prochain, elle allait devoir évoquer le fait que leur mère était revenue dans sa vie. Dans *leur* vie, s'ils voulaient bien lui accorder une seconde chance. Et cette fois elle insisterait, s'ils refusaient d'entendre ce qu'elle avait à dire. Dès qu'un diagnostic aurait été établi concernant le genou de Bryan, elle aurait une conversation avec Melinda et lui.

Entre-temps, le premier numéro du magazine aurait été envoyé chez l'imprimeur et ce serait la fin de sa prétendue aventure avec Cory, tout comme de son petit cœur si elle ne parvenait pas à étouffer dans l'œuf les sentiments qu'elle commençait à avoir pour cet idiot.

Le fait qu'il était un amant fantastique n'aidait pas vraiment.

Espèce de grande romantique, va.

Pourquoi fallait-il que les hommes soient des emmerdeurs nés, aussi ? Était-ce inscrit dans leur ADN ? Leur pénis ? Ou bien elle n'avait juste pas de chance ?

Un problème à la fois. D'abord, s'occuper de Cory. Elle avait fait le serment de lui éviter le *burn-out* en introduisant de force un peu de gaieté dans sa vie, et elle allait le faire.

En jouant le rôle de la petite copine sympa pour qu'il garde son job et que ses parents lui fichent la paix.

Sauf que, si ça se trouvait, ce serait une meilleure idée de le laisser dans la panade et qu'il se retrouve au chômage. Peut-être que là, il arriverait enfin à se détendre. Les vertus thérapeutiques de l'acte sexuel étaient bien connues. Victoria sourit jusqu'aux oreilles. Elle serait ravie de le « guérir » au sacrifice de son corps.

Lorsque la Lexus de Cory se gara devant chez elle, elle était prête. Tellement prête, d'ailleurs, qu'elle n'attendit pas qu'il vienne la chercher.

— Ça va ? demanda-t-il lorsqu'elle ouvrit la portière et se glissa à l'intérieur de la berline.

— Pourquoi, je n'ai pas l'air d'aller bien ?

Elle partit sans vergogne à la pêche aux compliments en ouvrant son fin manteau pour lui, et jubila de voir son expression ahurie lorsqu'il découvrit sa tenue. La robe-pull rouge mettait en valeur ses rondeurs, même celles qu'elle ne possédait pas en quantité industrielle. Elle avait accessoirisé le tout avec un maquillage léger, des bijoux discrets et des bottines en cuir – un modèle de jeune femme bien sous tous rapports.

— Tu ne trouves pas que j'ai le look parfait de la copine d'un magnat du bricolage ?

— Tu es belle.

— C'est marrant, ça sonnait moins faux quand tu l'as dit l'autre jour. Et pourtant j'étais toute transpirante, ironisa-t-elle.

— Je faisais référence à vendredi quand je t'ai demandé si tu allais bien. Tu as raté notre réunion de travail.

— Oh, ça. Désolée. J'avais la migraine.

Un tout petit mensonge. Elle ne s'était pas encore remise de sa désertion si vite après avoir fait l'amour comme des bêtes sur les tatamis de la salle de yoga, et n'avait pas eu le courage de le revoir. Ce n'était pas son genre de manquer un rendez-vous professionnel, mais le besoin de se protéger avait été plus fort. La vieille peur d'être abandonnée était revenue, comme toujours, et ça avait été violent. Elle s'était ressaisie juste à temps pour ce dîner.

— Donne-moi tes disponibilités la semaine prochaine et je viendrai, proposa-t-elle après réflexion.

Elle savait qu'il lui ferait une place dans son emploi du temps. Et puis, c'était lui qui l'avait complètement déstabilisée au départ, en se pointant sans prévenir à son cours.

Elle n'était pas la seule à être déstabilisée, de toute évidence. Dans la pénombre elle distinguait à peine son visage, mais visiblement il stressait. Il était raide comme un piquet dans son siège, et il serrait le volant comme s'il avait envie de le tordre.

Pour couronner le tout, elle apercevait un soupçon de barbe naissante. Il fallait vraiment que Cory n'ait pas les yeux en face des trous pour oublier de se raser. Ces derniers temps, ça devenait une habitude.

— J'espère que tu te sens mieux.

Victoria eut un sourire entendu. *Eurêka*. Peut-être qu'elle pouvait lui faire oublier *par le sexe* son absence de vendredi et le surcroît de travail qu'elle lui avait donné.

Et aussi qu'ils allaient passer la soirée à faire semblant d'être amoureux, ce qui était ridicule.

Elle se pencha vers lui pour lui mordiller le lobe de l'oreille. Son grognement instantané la fit sourire.

— Et moi, j'espère que tu vas recommencer à me faire transpirer très bientôt, roucoula-t-elle.

— À ce propos…

Il se décala et la regarda d'un air presque accusateur. C'était marrant comme elle n'avait aucun mal à voir ça, dans la pénombre.

— Même si je ne regrette pas ce qui s'est passé, je crois qu'on sera tous les deux d'accord pour dire qu'une fois suffit. J'aimerais qu'on passe à autre chose.

Une fois suffit ? Elle avait joui si fort qu'elle avait cru ne plus jamais pouvoir refermer les mâchoires, et c'était tout ce qu'il trouvait à dire ?

Après tant d'années passées à s'agacer des conneries qui sortaient parfois de la bouche de Cory, son coup de gueule intérieur n'avait rien de surprenant. Ce qui l'était, en revanche, c'est la vitesse à laquelle sa colère s'estompa.

— Désolée mais je suis loin d'être d'accord, dit-elle sur un ton aimable. Une fois ne me suffit carrément pas, et je suis d'avis que tes chances de passer à autre chose alors que je joue à être ta petite amie sont proches de zéro.

— Si tu te sens mal à l'aise dans ce rôle…

— Non, c'est toi qui es mal à l'aise. (Elle tendit la main pour empoigner son sexe à travers le pantalon et savoura sans retenue son grondement de frustration.) Surtout, n'hésite pas à me dire si je peux t'aider pour ça, ajouta-t-elle, avant de s'écarter quand elle le vit se renfrogner.

Sa belle assurance s'effondra lorsqu'il fit marche arrière sans un mot et mit le cap vers la ferme familiale, en dehors de la ville. Et si elle avait fait la pire erreur de sa vie en couchant avec lui ?

— Mets ta ceinture.

Elle s'exécuta en soupirant.

— Comme tu voudras, papi.

Encore un grognement, puis il se tut.

Génial. Dans le meilleur des cas, ils avaient une demi-heure de trajet devant eux. Mais vu la brume automnale qui flottait dans la lumière des phares, ils allaient mettre au moins dix minutes de plus sur ces petites routes de campagne qui n'arrêtaient pas de monter et de descendre. Et l'ambiance à l'intérieur de l'habitacle était encore plus froide que dehors. Le truc, c'est qu'elle n'était pas du genre à baisser les bras aussi facilement.

— Alors… T'as passé un bon week-end ?

Il la regarda, intrigué.

— Oui. J'ai bossé.

— J'imagine que c'est la norme, pour toi. C'est peut-être pour ça que tu es insomniaque, tu ne crois pas ? Tu as tellement peu de temps pour dormir, ton corps ne sait pas quoi faire quand il a quelques heures de repos devant lui.

— Qui a dit que j'étais insomniaque ?

— Toi, répliqua-t-elle simplement, tout en faisant bouffer ses cheveux dans le petit miroir pour s'empêcher de fixer Cory, qui boudait toujours.

Elle savait qu'il n'apprécierait guère d'être décrit ainsi, mais c'était la vérité. En plus il devait se concentrer pour conduire dans le brouillard, et une petite ride lui était apparue sur le front.

— Du coup, qu'est-ce que tu fais quand tu es debout toute la nuit ? Tu ne peux pas travailler tout le temps.

— Non, finit-il par avouer. Il m'arrive de faire des listes.

— Genre, des trucs à acheter au supermarché ?

— Pas vraiment, non, rétorqua-t-il.

Elle n'eut pas besoin de le regarder pour savoir qu'il lui faisait un sourire en coin.

— C'est un peu plus compliqué que ça, mais pour toi je dirai que ce sont des listes de choses à faire. Comme des projections dans l'avenir.

— Pour moi. Eh oui. Moi qui ai sauté deux classes et qui ai décroché la meilleure note en maths au concours d'entrée à la fac et la seconde meilleure note en anglais. Forcément. J'adore quand tu me parles comme à une enfant. Tu veux bien continuer ?

Mais elle n'était pas vraiment agacée. C'était simplement leur façon – curieuse, certes – de communiquer.

— Sinon je fais du sport, ajouta-t-il. Tu as semblé apprécier l'autre fois, sur ma terrasse.

Il n'y avait que Cory pour parler ainsi de son physique et l'amuser quand même, sans qu'elle le prenne pour un con imbu de sa personne. D'accord, ça ne l'empêchait pas de l'être, mais c'était comme ça qu'elle l'aimait.

Qu'elle l'aimait beaucoup, d'ailleurs.

— J'ai aussi apprécié dans la salle de yoga, lui rappela-t-elle.

Il regarda droit devant lui et serra encore plus fort le volant. Il allait finir par le casser, s'il continuait.

— À d'autres moments je *chatte* sur Internet, reprit-il.

Manifestement, il avait décidé de discuter de son temps libre plutôt que de ses exploits sexuels, même ceux auxquels elle avait participé. Pas grave. Elle saurait s'adapter.

— Hou, des sites pornos ?

— C'est ça, répliqua-t-il avec une moue dédaigneuse. En fait, il s'agit d'un site révolutionnaire sur la place du porno en astronomie.

— Vraiment ? fit-elle d'une voix délibérément voilée. Là, tu m'intéresses. Raconte.

— Il n'y a rien à raconter. C'est juste un groupe d'astronomes amateurs de la région qui se retrouvent en ligne pour discuter. Ça s'appelle Celestia. (Il haussa les épaules.) C'est toujours mieux que de regarder un mauvais film à la télé.

— Tu sais, il y a bien d'autres choses à faire quand on n'arrive pas à dormir, minauda-t-elle. Tu pourrais toujours m'appeler.

Sur ce, il se tut. Encore une fois.

Vicky poussa un long soupir et croisa les doigts sur ses cuisses, ne supportant pas le fossé qui s'était creusé entre eux. Même s'ils avaient passé leur temps à se crêper le chignon pendant toutes ces années, leurs rapports lui avaient toujours paru naturels. Et cette conversation ne l'était pas. Il lui avait servi un semblant de normalité, et maintenant il jouait l'indifférent en attendant qu'elle se lasse. Comme si elle allait se lasser.

Elle décida de donner un bon coup de pied dans la fourmilière, pour voir.

— Ça t'arrive souvent de sauter sur les femmes dans les salles de sport, ou j'ai juste eu du bol ?

Il ne lui adressa même pas un regard.

— Tu as eu de la chance.

— Ça, je le sais. J'étais là, tu te souviens ? Ce que je voulais dire, c'est que ça paraît un tantinet sauvage pour quelqu'un qui se contrôle toujours autant. Tu avais pris une double dose de vitamines, ou quoi ?

Le sourire qui passa rapidement sur le visage de Cory la mit sens dessus dessous.

— Je sais ce que tu es en train de faire.

Ah ouais ? Parce que moi, non.

— Et c'est quoi ?

— Tu essaies de me faire oublier ce qui nous attend ce soir, dit-il en lui prenant la main. C'est sympa de ta part.

— En fait, j'essayais surtout de trouver une façon de m'excuser pour t'avoir posé un lapin vendredi, mais ça me va aussi.

Elle se força à déglutir, le regard rivé sur le spectacle de cette grande main tenant la sienne. Si ce simple geste la rendait toute chose, qu'est-ce que ce serait s'il la prenait dans ses bras ?

— J'ai un peu menti en te disant que j'avais la migraine. Je n'étais tout simplement pas prête à te revoir, j'avais peur que les choses soient bizarres entre nous. Mais ce n'était pas pro de faire ça, et ça n'arrivera plus. Voilà. J'ai bien fait d'être honnête, non ? Comme on est un peu amis, et tout.

Elle se hasarda à lui jeter un coup d'œil. Il regardait toujours droit devant.

— Non ?

— Si, acquiesça-t-il d'un ton bourru.

Il ne débordait pas spécialement d'enthousiasme, mais c'était un progrès.

— C'est exactement pour ça que je ne veux pas gâcher ce qu'on a.

— Parce qu'on a quelque chose ?

Elle détestait être si peu sûre d'elle.

— Tu ne crois pas ?

— On a une vraie relation de travail. Et on est ultra-compatibles sur le plan sexuel, renchérit-elle en lui caressant le dos de la main avec le pouce, tout en s'émerveillant de constater qu'il ne la retirait pas. D'ailleurs, je trouve qu'on devrait tenter d'approfondir le sujet, si on en a l'occasion.

— Avec mon emploi du temps de dingue, je ne peux pas…

— Je sais, le coupa-t-elle doucement.

Seigneur, elle ne savait même que ça. Déjà la hantise d'avoir le cœur brisé comme son père après le départ de sa mère pointait le bout de son nez. Heureusement qu'elle pensait avoir dépassé sa peur de l'abandon. En quoi avait-elle cru que coucher avec un homme marié à son boulot était une bonne idée, exactement ?

Ah oui, c'est vrai. Elle n'avait *pas* pensé. Elle avait juste foncé. Et maintenant, elle devait gérer.

— Dans ce cas, tu comprends pourquoi ça doit rester platonique entre nous. C'est moins compliqué.

Compliqué, hein ? C'était une façon de voir les choses.

— Je comprends beaucoup de choses, puisque je suis ton amie, comme tu viens de le reconnaître. Trop tard, tu ne peux pas retirer.

Sa mine enthousiaste lui donna envie de sourire aussi.

— Je n'en avais pas l'intention.

— C'est toi qui as dit qu'on allait devoir bosser dur si on voulait convaincre ta famille.

Elle sentait bien que sa voix était un peu trop enjouée. Mais il était hors de question qu'il lui dise non, pas quand elle avait enfin réussi à ouvrir une brèche dans ses remparts en béton armé.

— On devrait commencer par être tout le temps collés. Ça ferait plus réaliste, tu ne crois pas ?

Elle ne plaisantait pas. Elle était parfaitement capable de coucher avec lui sans rien attendre d'autre. Elle n'aurait jamais cru que ça arriverait au départ, elle n'allait pas en plus faire sa bêcheuse.

Ce n'était pas son genre. Une *drama queen*, elle ? Jamais de la vie.

— Attendons de voir comment ça se passe ce soir, d'accord ? Ensuite, on avisera.

Elle ne tenta pas de retenir sa main lorsqu'il la retira. Avec le temps qu'il faisait, mieux valait qu'il ait les deux sur le volant.

Lorsque enfin ils arrivèrent à bon port, le spectacle put commencer. Victoria connaissait ses parents et son frère mais elle n'avait jamais rencontré les amis proches qu'ils avaient également conviés.

— Le baptême du feu, lui dit-il à l'oreille en la guidant d'un invité à l'autre.

Heureusement, tout le monde semblait très gentil et personne ne la traita de sale menteuse en lui serrant la main.

Vicky se retrouva bientôt à se goinfrer de crudités devant le buffet sophistiqué, tout en regardant par la fenêtre son faux copain, parti méditer dehors.

Le reste de sa famille et leurs amis étaient rassemblés dans l'immense cuisine ouverte et Cory était planté sur le gravier, jambes écartées, en veste sombre, pull gris et pantalon noir, loin de se douter que Victoria l'observait. Il paraissait frigorifié. Et si seul que cela lui fendit le cœur.

— Alors comme ça, Cory et toi... ? lança Dillon derrière elle, tout en remplissant son assiette d'amuse-gueules. Quand est-ce que c'est arrivé ?

— Mardi à dix-huit heures, dit-elle sans réfléchir, le regard toujours fixé sur Cory.

— Quoi ?

— Non, je te raconte des bêtises, répondit-elle avec un sourire plein d'entrain. J'ai un peu la tête ailleurs, aujourd'hui.

Dillon fourra dans sa bouche un bâtonnet de céleri qu'il venait de tremper dans une sauce au beurre de cacahouète.

— Tu ne peux déjà plus le quitter des yeux ? Ce n'est pas bon signe.

Elle se força à pouffer.

— Tu sais comment c'est quand on tombe amoureux.

— Tu veux parler de cette période bénie où tu serais capable de faire l'amour toute la nuit ? Ouais, je vois. (Il lui fit un grand sourire et se lécha le pouce.) Cela dit, avec Cory ça durerait probablement dix minutes entre deux rendez-vous.

— Pour ta gouverne, c'est un amant incroyable.

Dillon en leva les sourcils de surprise.

— Ce n'est pas exactement le genre de truc que j'ai envie de savoir sur mon frère, mais je suis content pour toi. Ça nous a carrément surpris, pour vous deux. Même plus que ça.

Zut, Dillon commençait déjà à la regarder d'un air soupçonneux. Il la connaissait bien trop.

— Moi aussi, ça m'a surprise, marmonna-t-elle en mordant un peu trop fort dans un cracker au fromage.

— Comment c'est arrivé, finalement ? Trop de temps passé à bosser ensemble sur le magazine ?

C'est vrai ça, comment c'était arrivé, concrètement ? À force d'y réfléchir, elle avait établi qu'elle avait commencé à craquer pour lui le soir de cette fameuse boum, quand ils s'étaient parlé pour la première fois. Mais la version « officielle », c'était quoi ? Ils allaient devoir accorder leurs violons illico.

— Tu te souviens quand je venais à la ferme avec ma troupe de scoutes ? Tu sais, on passait le week-end pour observer les chevaux et apprendre comment fonctionnait une petite exploitation.

— Euh, je crois.

Comme elle s'y attendait, il la regarda bizarrement, et c'était sans doute le premier d'une longue liste de personnes à le faire.

— Il nous regardait tout le temps quand on était là, et nous, on n'arrêtait pas de glousser.

Elle était restée chez les scoutes jusqu'à la fin du lycée, même si elle n'avait plus vraiment la cote auprès de ses copines. Elle ne leur en avait pas voulu, car elle était toujours la plus jeune du groupe à cause de ces deux classes sautées en primaire, et puis cela avait constitué un point de repère important pour elle, dans sa situation familiale un peu barrée.

— Il se mettait sur le côté et il nous lançait des regards furieux, poursuivit-elle. Comme si on était venues uniquement pour semer la zizanie dans son existence bien ordonnée. (En soupirant, elle écrasa le reste de son cracker dans l'assiette.) Bref, il m'a toujours fascinée.

C'était la vérité, la pitoyable vérité.

— Tu es sûre qu'il ne te regardait pas *toi* ? Il le faisait beaucoup, dans mon souvenir.

Elle se tourna brusquement vers Dillon.

— Tu mens.

— Demande-lui. Puisque vous êtes intimes, maintenant, il te le dira, non ? s'exclama-t-il en lui donnant une tape sur l'épaule. En tout cas, je suis vachement content pour vous, mes cocos.

Elle lui lança un regard noir tandis qu'il s'éloignait en sifflotant. Il était assez sympa pour se prêter à son petit jeu. Mais clairement, il ne pensait pas qu'ils étaient amants. Merdouille.

C'était la première personne qu'elle avait eu à convaincre, et elle s'était plantée. Elle allait devoir s'arranger pour prouver aux autres qu'ils brûlaient carrément de désir l'un pour l'autre. Mais comment ?

7

Cory s'écarta légèrement de cette hanche harmonieuse qui semblait toujours plus s'approcher de lui. Victoria n'avait visiblement pas été refroidie par le *speech* qu'il lui avait fait dans la voiture. D'accord, le demi-*speech*, vu qu'à la seconde où elle l'avait touché il en avait oublié comment former une phrase. Il avait été méprisant, presque grossier, et hormis ce moment fugace où elle avait paru blessée par un de ses commentaires, elle ne s'était pas laissé démonter.

La soirée ne faisait que commencer, et il n'avait pas dit son dernier mot. Mais en attendant, ses parents voulaient le voir engagé avec quelqu'un, et c'était exactement ce qu'il allait leur montrer.

Restait à savoir s'il allait réussir à ne pas s'engager aussi avant leur grand départ.

— J'aimerais porter un toast, annonça Raymond Santangelo, se moquant allègrement des conventions puisqu'ils en étaient au dessert, alors qu'un toast se porte en début de repas.

Sa famille n'était vraiment qu'une bande d'originaux.

Raymond attendit que tout le monde prenne son verre de vin, à l'exception de Nellie, la belle-sœur d'Alexa, dont le ventre énorme était encore souligné par un pull à fanfreluches. Ses parents l'avaient invitée avec le frère d'Alexa, Jake, ainsi que plusieurs voisins et divers pique-assiettes qu'il ne connaissait pas.

En revanche, il était bien obligé de constater qu'il y avait une certaine tension entre Dillon et Victoria, et cela avait probablement à voir avec leur mascarade. Dill soupçonnait-il déjà quelque chose ? Il faisait de son mieux pour ignorer la gêne pourtant évidente entre eux, et qui venait principalement de Victoria. Cory ne cautionnait pas les psychodrames. Il décida de passer son tour lorsqu'ils en arriveraient là.

— J'espère que vous vous sentez tous bien en cette belle soirée d'automne, continua Raymond d'une voix tonitruante, qui lui valut des acclamations.

Ils avaient beau être nombreux, les invités tenaient largement autour de la table gigantesque de sa mère, et elle avait même eu assez d'assiettes en porcelaine et de couverts en argent pour chacun. Tous étaient tournés vers Raymond, qui présidait et souriait à présent – *youpi !* – à Cory et Victoria.

Celle-ci lui avait posé une main baladeuse sur la cuisse. Une main, remarqua-t-il tout à coup, aux longs ongles vernis d'un rouge brillant. Son membre se contracta violemment en signe de protestation. Elle aurait voulu lui faire perdre la raison qu'elle ne s'y serait pas mieux prise.

— Merci à tous d'être venus ce soir, à ce qui restera comme l'une des dernières soirées passées dans notre ferme familiale. Nous aurions aimé qu'un de nos fils emménage ici pour y fonder une famille, mais ils ont leur vie, et nous le comprenons parfaitement.

Cory avala une grande gorgée de vin en observant son beau-père. Regarder ailleurs était hautement risqué. La situation était déjà assez grave comme ça, avec les ongles de Victoria qu'il sentait de plus en plus proches de son début d'érection. Elle n'avait pas besoin d'ouvrir la bouche pour le tourmenter.

Pendant tout le dîner, elle l'avait dévoré des yeux. Il aurait pu être flatté, s'il n'était pas de plus en plus convaincu que leur relation purement sexuelle allait mal se terminer.

Elle finirait par s'ennuyer avec lui. Il n'arriverait pas à la suivre, avec le rythme de travail qu'il avait. Il n'y avait pas moyen qu'il passe ses soirées à chanter dans la chorale ou à organiser une collecte de vêtements pour l'Église. Sans compter qu'il avait passé l'âge de baiser comme une bête dans des lieux indécents, salles de yoga mises à part. Et même si cela ne l'empêchait pas d'avoir envie de lui faire des trucs sauvages dans un lit.

Des choses du genre bondage. Ou encore toutes sortes de jeux érotiques et sensuels dont il savait qu'ils lui plairaient, pour peu qu'elle se détende assez.

Mais, fatalement, cela finirait par mal tourner. C'était toujours ce qui arrivait. Cela faisait un moment qu'il n'était pas sorti avec une femme, mais à l'époque où il avait encore le temps d'avoir une vie sociale, il n'avait jamais su comment sortir d'une liaison avec dignité, lorsque la situation devenait critique. Une simple « aventure », ça ne voulait pas nécessairement dire la même chose pour les deux personnes impliquées. Et au final, il devrait subir une énième rupture compliquée, alors qu'ils ne sortaient même pas vraiment ensemble.

Le cerveau de Cory se remit en marche lorsque son beau-père montra d'un geste Dillon et la jeune femme brune rayonnante collée contre lui.

— Dillon et Alexa voudraient vous annoncer une nouvelle qui nous ravit. Mon fils, c'est à toi.

— J'ai demandé à Alexa si elle voulait bien vivre avec moi. Elle a dit oui.

— Ça fait seulement quelques semaines que vous êtes ensemble. Tu ne trouves pas ça un peu précipité ? demanda Cory tout en scrutant le fond de son verre.

Personne ne fit attention à lui. Comme d'habitude.

Tandis que les éclats de rire et les félicitations fusaient autour de la table, Vicky lui donna un discret coup de coude.

— Regarde comme ils ont l'air heureux. C'est trop mignon.

— Adorable.

Il était content pour eux, sincèrement. Voir Alexa en adoration devant son frère, c'était... sympa. Il voulait le bonheur de son frère, bien sûr, et visiblement elle lui en donnait à revendre. Mais tous ces gens qui se mettaient – vraiment ou pas – en couple, ça le rendait nerveux.

T'as oublié que c'est toi qui as enclenché tout ça ?

Techniquement, c'était plutôt ses parents, mais pour l'idée de jouer la comédie, il plaidait coupable. Il plaidait aussi coupable de s'être comporté en parfait imbécile ces dernières semaines. Le problème, c'était qu'au-delà du constat, il semblait incapable de se sortir de ce sac de nœuds.

— Je parie que vous aviez tous la trouille qu'elle soit enceinte, commenta Nellie en pouffant, avant de lever son verre de lait au chocolat à la santé des convives.

Alexa roula exagérément des yeux, puis tapota le ventre de sa belle-sœur. Il paraissait prêt à exploser.

— Ça, c'est tout toi, ma puce.

— Oh, ça viendra bien assez vite. Pour vous deux aussi, je suis sûre, ajouta Nellie avec un sourire immense en les désignant d'un geste, lui et Vicky. Quand vous vous serez vraiment lancés, vous n'aurez pas le temps de dire ouf que vous formerez une famille.

Victoria sourit allègrement à cette perspective, comme si ce n'était pas du tout rebutant. Nellie et elle étaient devenues copines avant le dîner, et elles avaient passé un certain temps à s'extasier sur les bébés. Cory avait cru que Victoria se comportait ainsi par simple politesse, mais peut-être se trompait-il. Peut-être qu'elle était – il en frémissait d'avance – une femme d'intérieur dans l'âme.

— Merci, Nellie, reprit Raymond. Ce soir, nous avons également la joie de fêter l'arrivée d'un nouveau couple dans la famille, Cory et Vicky. Je dois dire que vous nous avez pris de court, mais l'amour ne se programme pas, n'est-ce pas. Cory, tu veux nous dire quelque chose ?

— Non, rétorqua-t-il avant de finir son vin.

— Moi, je veux bien.

Il n'eut même pas le temps de la foudroyer du regard que Victoria ôta la main de sa cuisse et se leva d'un bond. Du coup, il se retrouva à scruter son buste. Plus précisément ses seins, merveilleusement dessinés dans sa robe ajustée.

Il sentit son entrejambe se contracter un peu plus.

— Je tenais simplement à vous dire combien je suis contente de vous avoir rencontrés ce soir, et combien il me tarde de vous connaître davantage. Grâce à mon Cory chéri, j'ai non seulement trouvé un partenaire, mais aussi une toute nouvelle famille.

Un *partenaire* ? Ça lui faisait un peu penser à un accouplement au zoo, mais apparemment, il n'y avait que lui pour avoir l'esprit mal placé. Les invités étaient tous captivés par Victoria, qui parlait avec les mains, souriait et plus généralement se comportait comme si elle était sur scène. Pour couronner le tout, elle adorait ça.

Mince alors, qu'est-ce qu'elle était belle. Avec sa chevelure d'un blond éclatant et ses joues rosies d'excitation. Pas étonnant que sa famille – et les autres parasites – n'en pouvaient plus.

— Dis-nous tout, mon petit. Comment est-ce arrivé ?

Victoria se mordit la lèvre en entendant la question de Corinne Santangelo. Cory l'implora intérieurement de se rasseoir, de botter en touche. Mais Victoria aimait trop les défis pour ne pas les relever, même lorsque ce n'était pas la chose la plus maligne à faire.

— Oh, en travaillant sur le magazine, tout simplement. Vous savez, toutes ces longues heures passées ensemble.

— Donc c'est récent ?

— Très. Je serais même tentée de dire que je ne l'avais pas remarqué jusqu'à il y a quelques semaines.

Elle éclata d'un rire joyeux, qui se transforma en hoquet lorsque Cory lui mit la main au panier. Il valait mieux interpeller son beau-père avec cette marque d'affection légèrement osée que de laisser Victoria enjoliver son mensonge au-delà de toute crédibilité.

— Elle n'aime pas le dire, mais elle en pince pour moi depuis des années, fit-il, les mâchoires serrées.

Victoria lui lança un regard presque cinglant.

— Doudou, tu ne vas quand même pas nous resservir ces histoires qui datent du lycée ?

— Je ne fais que rétablir la vérité, bijou d'amour.

Ses yeux s'enflammèrent et, brusquement, elle se rassit sur son siège. L'espace d'un instant, personne ne parla tant la tension autour de la table était palpable.

C'est exactement pour ça qu'il valait mieux se taire, plutôt que d'éveiller les soupçons bêtement. Mais elle ne l'avait jamais écouté, alors pourquoi commencer ce soir-là ? Et de toute évidence, elle avait décidé de ne plus lui prêter attention non plus.

Quand les conversations reprirent, Cory lui passa un bras autour des épaules et lui leva le menton de l'autre main. Il pressa les lèvres tout près des siennes et murmura :

— Je vois que tu es très forte pour ignorer les gens. Décidément, tu as tous les talents.

Elle le regarda d'un air goguenard.

— Bijou d'amour ? Sérieux ?

Il haussa les épaules.

— Désolé. Je ne suis pas aussi bon que toi en surnoms affectueux. La prochaine fois, je tenterai « mon petit loukoum ». Ou « mon raisin de Corinthe ».

(Voyant qu'elle s'esclaffait, il continua.) Mon fondant au chocolat ? Ma chaussette sale ?

Soudain, un morceau de jazz s'éleva dans la pièce.

— Tout le monde au salon ! s'exclama gaiement sa mère, avant de montrer le chemin.

— Qu'est-ce qui se passe ? demanda Victoria en continuant à chuchoter, même si tous les convives s'étaient éloignés.

— C'est l'heure de jouer à « qu'est-ce qu'on garde, qu'est-ce qu'on jette ».

Comme c'était l'une des dernières fois où ils étaient tous ensemble, Cory ne voulait pas en rater une miette.

— Sous couvert de faire des cartons pour le déménagement, maman va raconter des souvenirs et probablement sortir un tas de photos de nous quand on était petits. Les invités vont continuer à boire, et quand ils seront tous éméchés, ils commenceront à s'insulter. Les trucs habituels que font les familles en soirée, quoi.

En voyant le sourire de Vicky s'évanouir, Cory s'administra mentalement une bonne gifle. *Bravo, champion.* La famille de Vicky n'avait rien d'« habituel » et il devrait le savoir, putain.

— C'est un peu gênant, surtout si elle sort des photos, commenta-t-elle avant de se rembrunir.

Elle allait bien finir par se dérider, non ?

— Allez, viens, fit-il en lui tirant la main gentiment, mais elle ne bougea pas.

Bizarre. Même avec son histoire familiale, il l'aurait crue contente d'assister à un truc comme ça. Ils n'auraient pas à parler ou à faire grand-chose, juste à se détendre. Et pourtant, elle fronçait si fort les sourcils qu'ils allaient finir par rester figés dans cette position. Mais enfin ?

— J'ai une idée ! s'exclama-t-elle soudain, le regard espiègle.

— Mais ils nous attendent au... répondit-il sans conviction tandis qu'elle se levait brusquement et l'emmenait hors de la pièce.

Il la suivit dans le couloir et patienta pendant qu'elle ouvrait et refermait des portes. Des acclamations joyeuses leur parvenaient de l'autre côté, mais elle n'y prêta aucune attention.

— Le salon est à l'opposé.

— Je sais. (Soudain, elle s'arrêta devant les toilettes pour invités à côté de la cuisine, et ouvrit la porte avec un air triomphant.) Parfait.

— Oh, OK, j'attends.

— Tu attends quoi ? fit-elle en l'attirant dans le noir et en refermant la porte derrière eux. Enfin, souffla-t-elle en empoignant la ceinture de Cory.

Nom de Dieu – ou plutôt, merci mon Dieu.

— Vic, on ne devrait pas.

Comment avait-elle réussi à fourrer aussi vite la main dans son caleçon ? Elle empoignait déjà son érection, et il ne put se retenir de pousser un grognement.

— Mes parents sont à côté. Et la serrure est cassée... Merde, je vais la bloquer. Qu'est-ce que tu as en tête ?

— Je vais te faire jouir, répondit-elle en lui mordillant sensuellement la joue. Je trouve ça encore plus excitant quand on peut se faire prendre.

Ah oui ? Vu les sensations qu'elle lui donnait rien qu'en embrassant le haut de son torse à travers le pull à col en V, il était prêt à essayer.

Elle ne se mit pas à genoux comme il l'aurait cru. À la place, elle le fit avancer jusqu'au petit lavabo et se colla derrière lui. Lorsque ses mains douces et habiles se mirent à glisser le long de son membre, il se retint à la porcelaine froide en se demandant où étaient passés les derniers vestiges de son *self-control*.

C'était complètement déplacé de faire ce genre de chose à un dîner familial. Elba, leur voisine d'un certain âge, avait des problèmes de vessie et elle venait régulièrement à ces toilettes. Et si elle essayait d'entrer pendant que Victoria tenait ses testicules à pleines mains et lui faisait des caresses légères comme une plume de ses doigts gracieux ? Ou qu'elle le masturbait si fort qu'il ne pourrait se retenir de crier des choses plus adaptées aux films qui passent la nuit sur le câble qu'à une bonne vieille fête de famille ?

— Elba a plutôt intérêt à fermer les yeux, bredouilla-t-il.

Se redressant, Victoria lui mordilla la nuque tout en continuant à s'affairer sur son pénis. Elle n'accéléra pas le mouvement en voyant qu'il commençait à panteler. Oh non, elle se montra tellement plus impitoyable que cela. Ses doigts malicieux alternaient entre rythmes lent et rapide, puis de nouveau lent lorsque de la langue, elle commença à s'intéresser au lobe de son oreille.

— Tu sais ce que j'ai toujours eu envie de faire ? haleta-t-elle. Un jeu de rôle.

Le sexe de Cory eut un soubresaut. Bon sang, elle était obligée d'exaucer tous ses vœux érotiques en même temps ?

— Du genre… Tu es la jeune fille vierge effarouchée et moi le pirate ?

Ça tombait bien, il avait même amené son épée.

— Peut-être que j'aimerais mieux être le pirate, susurra-t-elle en lui léchant l'endroit du cou où son pouls battait à une vitesse alarmante. Sinon oui, un jeu de ce genre-là. On est seuls dans le noir et tu ne me vois pas, alors je peux être qui tu veux. Ton fantasme le plus fou enfin réalisé.

En disant cela, elle pressa ses seins gonflés contre le dos de Cory, et les mamelons dressés vinrent s'imprimer dans sa chair.

Il respirait de plus en plus laborieusement.

— Je te laisse choisir. Du moment que tu continues à me toucher.

— Tut-tut. Ça ne marche pas comme ça. C'est à toi de me dire qui je suis.

Il s'agrippa au lavabo et fut pris de violentes secousses quand ses caresses se firent plus urgentes. Si elle poursuivait à ce rythme, il n'aurait pas à s'inquiéter très longtemps de rester maître de lui. Il se laisserait aller complètement sur le joli lavabo rose, avec des images divinement coquines dans la tête et le souffle chaud de Victoria contre sa joue. Elle haletait en chœur avec lui, se cambrant dans son dos. L'écrasant avec une telle force qu'elle en gémissait de plaisir.

Bon sang, il mourait d'envie de remonter sa robe pour sentir si elle était brûlante comme lui, si elle mouillait pour lui. Si elle était aussi près que lui d'oublier tout en dehors de ce qu'ils faisaient en cet endroit et à cet instant.

C'était si facile de lâcher prise, avec elle. De succomber à tout ce qui était bon, et au diable les conséquences. Victoria, c'était la liberté emballée dans un joli paquet avec un nœud rouge, et il la voulait. Il la voulait tellement que sa température corporelle était en train de monter dangereusement.

— Je suis sûre que tu penses à quelqu'un.

Tout à coup elle fit glisser sa main pour venir couvrir le gland. Elle récupéra un peu de sécrétion dans sa paume et s'en servit comme lubrifiant pour ses caresses. Puis elle reprit son rythme de plus en plus effréné, jusqu'à ce qu'il laisse tomber la tête et ferme les yeux sous l'effet des troubles de la vision qui s'emparaient de lui.

— Est-ce qu'elle est petite et bien roulée, grande et brune ? Est-ce qu'elle porte des plumes, du cuir ou mieux, rien du tout ?

Il tendit les bras pour s'agripper à l'étagère au-dessus du lavabo, qui était chargée de bougies et d'objets divers. Il s'y accrocha comme à un mât en pleine tempête et commença à donner des coups de reins dans le vide, venant appuyer contre la poigne ferme de Victoria.

— Dis-moi, Cory, tu rêves de qui ?

— Elle est contre un mur, murmura-t-il en se rendant à peine compte qu'il parlait à voix haute. Nue. Aussi pâle que la lune. Ses longs bras sont au-dessus de sa tête, elle est attachée aux poignets. Elle est sans défense, mais elle veut que je la domine. Elle veut se soumettre.

Victoria se redressa brusquement, sa main se faisant hésitante tout à coup, mais lui ne s'arrêta pas. Il ne pouvait pas. À présent que la trappe avait été ouverte, il était bien incapable de la refermer.

— Elle me supplie d'assouvir son désir. De prendre les commandes de son plaisir. Je sens déjà l'odeur de son excitation. Je la goûte sur mes doigts une fois que je lui ai donné ce qu'elle voulait.

Victoria frissonna contre lui et sa cadence se fit désordonnée pendant un instant, puis elle retourna à son rythme éminemment érotique. Elle orienta le bassin de façon à frotter son pubis brûlant contre les fesses de Cory. Puis elle aplatit les seins dans son dos. Il sentait tellement tout à travers son pull fin. Comme il avait envie de les prendre dans la bouche, de mordre sa chair délicate et de rendre ses tétons aussi rouges que la robe qu'elle portait.

— Dis-m'en plus. C'est ton fantasme le plus fou, et tu peux enfin le réaliser.

Oui, je peux. Je suis en train. Je vais le réaliser.

Comment avait-elle pu croire qu'il imaginait une autre qu'elle ? Elle alimentait ses rêves les plus torrides, et elle était la seule à être en mesure de leur faire prendre vie.

— Elle a les cheveux blonds. Des yeux marron, et des cils tellement légers qu'ils pourraient être invisibles si on ne faisait pas attention. Mais moi je fais attention à elle.

Victoria recommença à perdre le rythme, mais il ne s'arrêta pas. Même s'il avait l'impression d'avoir avalé des bris de verre, les mots allaient sortir.

— Je lui ai enlevé sa robe rouge, et j'ai l'impression d'avoir un miracle devant moi. (Cory serra les dents et lutta pour aspirer de l'air.) Pourtant je n'en mérite pas, de miracle, mais mon Dieu, comme elle me donne envie de croire.

Elle gémit et tira fort sur son érection, l'obligeant à planter ses ongles dans le bois de l'étagère.

— Je vais jouir.

— Oh oui, vas-y ! s'exclama-t-elle en se frottant frénétiquement contre ses fesses, pour l'encourager à vivre le moment avec elle. Crie pour moi, Cory.

Lorsque la tension accumulée dans son corps explosa, il émit un cri étouffé et tira d'un coup sec sur l'étagère, ne se rendant plus compte de rien hormis du liquide chaud qui coulait en abondance dans les paumes de Victoria, et de ces mains délicates qui le retinrent pendant tout le temps que dura son orgasme. *Oh merde. Merde. Merde !*

Il entendit le craquement provenant du mur une seconde avant que Victoria pousse un cri. Et que l'étagère et tout son bric-à-brac s'effondrent sur eux.

Le souffle court, Vicky appuya sur l'interrupteur pour constater l'ampleur du désastre. Les bougies et autres produits de toilette avaient valdingué partout autour d'eux. Il n'y avait pas trop de casse, Dieu merci. Elle ouvrit le robinet et se rinça rapidement, ainsi que le lavabo, en essayant de ne pas trop penser à ce qui venait d'arriver et combien cela l'avait excitée de sentir Cory éjaculer sur ses mains.

Elle jeta un coup d'œil par-dessus son épaule et le vit qui appuyait sur une coupure qu'il s'était faite au front, tout en tentant de boucler sa ceinture.

— Attends, je vais t'aider, dit-elle en piquant un fard monumental.

Félicitations, Townsend. Tu lui fais prendre son pied, et dans la foulée tu flingues les toilettes.

— Tu saignes, constata-t-elle en pressant un peu de papier hygiénique sur la plaie pour endiguer le flux.

Sûrement un projectile qui avait frappé au hasard. Le porte-brosses à dents en forme de tête d'éléphant, peut-être, à en juger par les morceaux qui gisaient sur le carrelage.

— Ça va, merci. Et toi, tu ne t'es pas fait mal ?

Elle se mit à fixer ses pieds. La scène qu'ils venaient de vivre avait beau être émoustillante, ce bête incident lui avait brusquement rappelé où elle se trouvait. À une fête de famille. Une famille normale, *équilibrée*, et non brisée comme la sienne. Sa sœur qui était encore partie en voyage d'affaires, son frère toujours loin d'elle avec son équipe, son père en train de jouer aux machines à sous à Las Vegas ou Dieu savait où. Et sa mère…

La vie veut que les parents s'éloignent de leurs enfants lorsque ceux-ci deviennent grands. Dans son cas, ça s'était juste passé beaucoup plus tôt. Et ce n'était pas les enfants qui s'étaient barrés en premier.

Elle soupira et commença à ramasser les objets éparpillés au sol. Elle était simplement excitée, voilà tout. Cory avait joui et pas elle. Ces histoires de famille, de faux couple, les soupçons de Dillon… Elle devait arrêter de se mettre martel en tête.

Qu'est-ce que ça pouvait faire, si Cory et elle n'étaient rien d'autre que des menteurs ? Excepté pour les orgasmes. Ceux-là étaient on ne peut plus réels.

Si on y réfléchissait bien, la situation était quasi idéale. Par le passé, elle s'était fait duper par ces grandes déclarations qui, au final, n'étaient pas sincères. Combien de fois sa mère lui avait-elle dit « je t'aime » avant de sortir de sa vie ? Avec lui, ses espoirs ne seraient pas déçus. Elle savait qu'il n'y avait rien entre eux sinon de l'amitié, des prises de bec, une relation de travail stimulante.

Et des expériences sexuelles hallucinantes.

Quant à ses envies de bondage et de soumission, elle allait se contenter d'oublier. Ça ne pouvait pas vraiment être son truc, si ? Elle lui jeta un coup d'œil discret et tourna vivement la tête, voyant qu'il l'observait intensément. Peut-être que si.

Non.

Vicky hocha brusquement la tête et jeta les morceaux du porte-brosses à dents à la poubelle.

— Je vais bien. (Elle lui fit face et toucha timidement son front.) Et toi ?

— Oui, répondit-il en ouvrant la porte, un sourire amer aux lèvres. Heureusement pour moi, j'ai la tête dure.

Il n'était pas le seul. Pourquoi, sinon, s'entêterait-elle à poursuivre un homme qui la voyait uniquement comme un moyen de parvenir à ses fins – et encore, à peine ? Que se passerait-il le jour où il n'aurait plus besoin d'elle ?

Cory respira un grand coup en voyant Dillon et deux invités arriver dans le couloir.

— On a entendu un grand bruit. Vous avez cassé quelque chose ?

— Merci d'être venus si vite, mais comme vous le voyez, nous allons bien.

Cory jeta un coup d'œil vers Vicky et lui fit signe de le suivre.

Dillon lança un regard appuyé vers l'entrejambe de son frère.

— T'as la braguette ouverte, frérot.

— Nom de Dieu, grommela Cory en la remontant d'un coup sec.

Derrière lui, Vicky enfouit le visage dans son dos et éclata de rire. Sans le vouloir, ils venaient d'apporter la preuve qu'ils étaient incapables de se passer l'un de l'autre.

— Je vais nous chercher à boire, annonça Cory avant de remonter le couloir en direction du salon.

Il devait avoir vraiment envie d'un verre.

C'était presque indispensable, s'il voulait survivre à cette soirée.

— Un petit coup vite fait après le dîner, hein ? commenta Dillon en emboîtant le pas à Victoria. Ravi de voir que vous vous entendez si bien. Et de façon si ostentatoire.

Tout en se recoiffant sommairement, Victoria fronça les sourcils.

— Qu'est-ce que tu entends par là ?

— C'est juste que vous n'étiez clairement pas synchros au dîner, et voilà qu'on vous trouve aux toilettes après une scène de sexe un tantinet mélodramatique. (Dillon haussa les épaules.) Ça fait un peu forcé, c'est tout.

Vicky s'immobilisa, mains sur les hanches. Mieux valait les mettre là plutôt que de saisir Dillon par le col pour le secouer comme un prunier. Elle ne pouvait pas tout résoudre par la violence. Parfois, il fallait faire preuve d'habileté.

Voilà.

— Je peux t'assurer que ça n'avait rien de mélo. Si tu avais collé l'oreille contre la porte, tu nous aurais entendus rire.

Enfin, rire et… autre chose.

Dillon croisa les bras sur son torse.

— Tu oublies que je connais mon frère depuis plus longtemps que toi. Et ce n'est pas du tout son genre de faire l'amour dans des lieux publics, à part ce fameux soir au belvédère.

— Ce n'est pas que ça me gêne d'avoir cette conversation avec toi, mais sache qu'on n'a pas fait l'amour. Juste une des innombrables variations de l'acte.

Et sur ce, elle quitta Dillon d'un pas majestueux, en quête de son verre – et de son amant disparu.

Crise évitée. Provisoirement.

8

Cory regarda le verre qu'il tenait dans la main et s'efforça de ne pas s'irriter du rire de Victoria, qui résonnait dans tout le salon. Les invités n'avaient pas chômé pour faire le tri et mettre en carton les albums photos, et on était déjà passé aux conversations tranquilles autour d'un bon chocolat chaud, activité à laquelle Victoria se livrait avec un plaisir non dissimulé.

Il n'arrivait tout simplement pas à la quitter des yeux. Elle s'était intégrée au groupe si naturellement, comme si elle connaissait les convives depuis toujours. En la voyant faire, il finit par se détendre aussi, et participa bien plus que d'habitude aux discussions.

Le seul fait de parvenir à attirer son attention et de sourire quand elle lui faisait signe le mit de bonne humeur. Sa présence rendait la soirée plus agréable, c'était indéniable. Il se sentait étrangement bien dans sa peau ; le désir avait chassé toute sensation de malaise.

Elle avait pris place dans le canapé entre sa mère et son beau-père, et avait l'air de bien s'amuser sans son faux petit ami. Depuis l'épisode des toilettes, elle avait gravité autour de lui mais s'était bien gardée de trop s'approcher.

Il fit tournoyer son cognac dans le verre en pensant à elle, et ne fut pas surpris de se sentir serré au niveau de l'entrejambe. Le changement d'attitude de Vicky était pour le moins déroutant, surtout qu'elle-même s'était pas mal chauffée et qu'il n'avait pas eu le temps de lui donner du plaisir, comme elle l'avait si magistralement fait pour lui. Mais si elle s'était mis en tête qu'il était une sorte de pervers, elle s'était peut-être résolue à aller voir ailleurs.

Il avait de bonnes raisons de ne pas faire défiler les jolies filles dans son lit, au-delà de son emploi du temps de ministre. Il ne pouvait tout simplement pas partager ses penchants spéciaux avec n'importe qui, en priant ensuite pour que ça ne parvienne pas aux mauvaises oreilles. Malgré les hésitations de la belle et ses propres affirmations du contraire, il avait cru que Victoria serait la bonne. Au moins dans ce domaine. Étant donné qu'elle refusait de s'en tenir à une relation platonique, pourquoi ne pas repousser les limites ?

Ce n'était pas comme s'il avait besoin de jouer à ces jeux de soumission et de domination tout le temps. Et c'est Victoria qui avait insisté pour connaître son fantasme suprême. Il nécessitait qu'ils aient une totale confiance l'un en l'autre, mais au final ils monteraient tous les deux au septième ciel. Il ferait tout pour.

Encore faudrait-il que cela arrive un jour. Elle se laissait faire à peu près aussi docilement que lui. Bah, ça ne l'empêchait pas de pouvoir rêver.

Ou alors d'agir. Il existait toutes sortes de façons d'atteindre un but, après tout, et un fin stratège restait toujours à l'affût. Il y avait peut-être quelque chose à tenter.

Il se dirigea vers elle d'un pas décidé et lui saisit la main, la relevant si brusquement qu'elle en oublia de finir sa phrase.

— Désolé, chérie. J'ai besoin de toi.

— Oh, dit-elle avec un petit rire embarrassé. D'accord.

Elle s'excusa auprès de ses parents et se laissa entraîner sans rechigner. Les sourires indulgents de sa mère et de son beau-père n'échappèrent pas à Cory. Encore mieux s'ils croyaient qu'il l'emmenait dans un coin discret pour la peloter.

— Qu'est-ce qui te prend ? râla-t-elle lorsqu'il les enferma dans la salle à manger.

Cory s'adossa contre la porte et l'observa, tout en buvant son cognac à petites gorgées. Elle était nerveuse et, à la voir ainsi, son corps fut parcouru d'un lent frisson. Il n'y avait pas plus délicieux qu'un soupçon de peur mêlé au désir, et il voyait celui de Victoria brûler dans ses yeux mordorés.

— Tu m'évites.

— C'est faux.

Sa réponse avait été un peu trop rapide, un peu trop vive. Exactement ce qu'il espérait. Il s'approcha d'elle et lui leva le menton du bout de l'index.

— Je t'ai fait peur ?

Il ne savait pas quelle réponse il préférait entendre. Non… ou oui.

Elle éclata d'un rire sonore tout en secouant la tête, mais les rides d'inquiétude apparues entre ses sourcils étaient toujours là.

— Jamais tu ne me ferais peur.

— Je pense que si, au contraire. (Il promena son doigt jusqu'à sa bouche charnue, puis le fit glisser le long de sa lèvre inférieure. En voyant qu'elle se crispait, il sourit.) Tu m'as demandé quel était mon fantasme. Je te l'ai raconté. En toute honnêteté.

— Tu as raison, c'est moi qui ai voulu savoir, répondit-elle avant de déglutir. Je n'ai pas de problème avec ça.

— C'est vrai ?

Quand il passa son ongle sur la lèvre de Victoria, elle leva des yeux remplis d'appréhension vers lui. Et de fébrilité. Impossible de rater ça.

— T'est-il déjà arrivé de te soumettre à un homme, Victoria ?

Elle sursauta et trébucha en reculant. Il lui saisit le poignet et la retint fermement, alors qu'elle n'avait manifestement qu'une envie : battre en retraite. Mais pas uniquement parce qu'il la perturbait. Elle exsudait l'excitation par tous les pores, il la sentait comme il sentait son odeur boisée.

— Je... non. Non, jamais. Pas comme tu me l'as décrit.

— Tu ne t'es jamais fait attacher avec un foulard, ou des menottes ? Ou même juste les mains de ton partenaire, qui te bloquent jusqu'à ce que tu en viennes à le supplier ? (Quand elle secoua résolument la tête, il serra un peu plus fort son poignet, sous lequel il sentait son pouls s'emballer.) Une fille aussi aventureuse que toi, avoir une existence aussi fade ? Tu me déçois.

Elle haussa les épaules d'un air dégagé.

— Je ne vois pas ce qu'il y a d'amusant dans l'idée que quelqu'un m'entrave pour faire l'amour.

— Et si ces entraves n'existaient que dans ta tête ? rétorqua-t-il avant de raffermir sa prise, en sachant parfaitement qu'il allait lui faire une marque. Et si ce quelqu'un, c'était moi ?

Elle souffla bruyamment et se libéra d'un geste brusque.

— Ce n'est pas mon truc. Désolée.

Il avait beau s'attendre à cette réponse, la déception l'accabla. Jusqu'à ce qu'il remarque que ses lèvres tremblaient et qu'elle n'arrivait pas à détourner les yeux, comme si son regard à lui était en feu et qu'elle était du genre à aimer jouer avec les allumettes.

— Je ne te crois pas, la tourmenta-t-il d'une voix douce. Je pense que tu mouilles pour moi. Tu mouilles tellement que même en serrant fort les jambes, tu n'arrives pas à cacher l'effet que je te fais.

Elle releva le menton en un geste de défi.

— Tu veux vraiment le savoir ? Viens vérifier.

Si elle espérait qu'il calme le jeu, elle se trompait lourdement. Il lui remonta sans ménagement la robe sur les cuisses, et empoigna la fine culotte en coton pour l'attirer à lui et plaquer sa bouche sur la sienne. Elle haleta de surprise, mais s'alanguit contre lui dès que la langue de Cory força la barrière de ses lèvres. Il la taquina jusqu'à ce qu'elle sorte la sienne et vienne jouer au chat et à la souris avec lui. Leur petit jeu était si sensuel qu'il sentit tout à coup un afflux massif de sang dans sa verge.

Il s'amusa avec le nœud de sa culotte, et finit par lui arracher un gémissement plus délicieux encore à ses sens que la tarte au chocolat noir à laquelle ils avaient eu droit au dessert. Elle poussait contre sa langue, luttant avec lui pendant qu'il s'approchait de plus en plus près du triangle se consumant entre ses cuisses. Il n'imaginait que trop bien comment ce serait de plonger un doigt en elle. Absolument torride, incroyablement étroit. Le désir de Victoria se répandrait sur sa peau. Graverait son empreinte olfactive sur lui, exactement comme il avait voulu le faire pour elle.

— Ton corps ne peut pas me mentir, au contraire de tes paroles. (Il lui enfonça son érection dans le ventre et accueillit le tremblement qui la parcourut tout entière avec un sourire victorieux.) Je te respire.

Elle commença à panteler. Tout à coup, des éclats de rire retentirent derrière la porte et il lui mordilla la lèvre pour l'intimer de se taire.

— Chut, murmura-t-il. J'aimerais éviter de me faire prendre deux fois dans la même soirée.

— Trois fois en deux semaines, tu veux dire, marmonna-t-elle entre ses dents.

Il eut un sourire en coin.

— Trois fois… ou plus. Si tu t'y prends bien.

Ils se regardèrent – d'un air furieux, dans le cas de Victoria – le temps que les voix s'éloignent, puis elle baissa vivement sa robe et s'écarta d'un pas.

— Fais-moi visiter la maison.

Il réprima un soupir et ferma les yeux. Le parfum intime de son désir avait laissé une trace dans le cerveau de Cory, et il se demanda si elle n'était pas indélébile. Il avait envie de lui faire l'amour. Mais il ne pouvait pas, pas tout de suite.

Il posa le verre qu'il n'avait pas terminé. La chaleur que laissait l'alcool dans sa gorge était agréable, mais il voulait avoir l'esprit clair. Il allait en avoir bien besoin, face à Victoria.

— J'ai toujours aimé cet endroit, dit-elle. J'ai l'impression que rien de mauvais ne pourrait arriver, ici. Tout le contraire de chez mes parents. Dans cette maison, il fait toujours bon. On se sent toujours bien.

Réalisant ce qu'elle venait de dire, elle le regarda d'un air incrédule, puis tendit une main vers lui. Il la dévisagea comme si elle lui avait jeté une vipère aux pieds.

— Tu veux bien me montrer ?

Il faillit lui dire non. Il lisait bien trop de choses dans ses yeux, des choses qui l'attiraient, éveillaient en lui des envies qu'il ne s'était jamais autorisé à assouvir. Elle n'était pas comme une série de chiffres dans un registre, qu'il pouvait dompter en les classant dans un tableau. Aucun plan rationnel ne pouvait avoir le dessus sur les besoins très irrationnels qu'elle lui inspirait.

Leurs doigts se touchèrent. Il sursauta et se mit à parler pour ne plus penser à la débauche de sensations qu'un simple contact provoquait en lui.

— Donc, voici la salle à manger, commença-t-il avant de s'éclaircir la voix. C'est là où, euh… on mange.

Elle hocha la tête d'un ton grave et lui prit la main franchement. À sa grande surprise, cela ne lui donna pas envie de s'écarter mais plutôt de se rapprocher.

— Très jolie, commenta-t-elle.

D'un geste, il montra le meuble en merisier sur le mur du fond.

— Tu remarqueras le superbe vaisselier d'époque que mon arrière-grand-père a fabriqué avec du bois provenant de la propriété. Ainsi que toute la porcelaine que ma mère va devoir trimbaler à l'autre bout du pays.

— Tu pourrais en récupérer quelques pièces.

— Pour quoi faire ?

— Pour t'en servir le jour où tu auras fondé une famille, andouille.

Elle lui serra brièvement la main, puis s'approcha du meuble. Mais ce n'étaient pas les beaux plats qui avaient attiré son attention. Elle prit l'un des nombreux cadres exposés là, et son visage s'adoucit naturellement en contemplant la photo de Dillon et Cory enfants, en pleine course dans le jardin.

— Adorable.

Il jeta un coup d'œil par-dessus son épaule. Ils ne devaient pas avoir plus de cinq ou six ans. Dillon avec sa tignasse blonde, Cory avec ses cheveux aussi noirs que les lourdes bottes en caoutchouc qu'il portait. Il souriait à l'objectif en passant, révélant des trous ici et là entre ses dents. À l'époque, la petite souris était sa grande copine.

— J'étais super beau, enfant, c'est vrai.

— Je parlais de Dillon.

Elle lui fit un sourire espiègle et prit une autre photo. Elle avait l'embarras du choix, vu que Corinne Santangelo avait tenu à photographier chaque moment important de la vie de ses fils jusqu'à l'université. Encore maintenant, elle leur fichait une peur bleue quand elle dégainait son appareil numérique.

— Il était vraiment chou.

Cory lui pinça les fesses, ce qui lui fit pousser un cri.

— Il est pris. T'as laissé passer ta chance.

— Sache qu'il n'y a toujours eu qu'un seul frère Santangelo avec lequel je voulais tenter ma chance, répondit-elle sur un ton dégagé, en évitant soigneusement de le regarder.

Il l'observa, intrigué, puis se pencha sur les boucles blondes qui tombaient en cascade dans son dos. Sans retenue, libres, tout comme elle. L'exact opposé de lui.

Avait-elle vraiment eu le béguin pour lui avant qu'ils se lancent à corps perdu dans cette pseudo-histoire d'amour ? Même si la partie sexuelle de leur arrangement n'avait rien de « pseudo ». Ils avaient réellement et éperdument envie l'un de l'autre. À bien y réfléchir, au dîner, elle avait déclaré avec un peu trop d'empressement qu'elle l'avait remarqué quelques semaines plus tôt seulement. Encore un mensonge ?

Il l'enlaça par la taille. Elle semblait tellement fragile, dans cette position. Comme si elle pouvait se casser à tout instant.

— Depuis quand ?

— J'aime bien celle-ci, dit-elle pour toute réponse.

Elle fit glisser un doigt verni le long du cadre en forme de cœur qui contenait une photo des garçons à la remise des diplômes de Dillon. Ce dernier arborait une fausse crête teinte en noir pour l'occasion, et Cory un air contrarié, comme il se devait. Tous deux en étaient à l'âge ingrat, plus tout à fait ados mais pas encore hommes, et ils ne savaient visiblement pas quoi faire de leurs corps dégingandés.

Même si c'était loin d'être flagrant chez Dillon. Il faisait un sourire immense et avait passé le bras autour de l'épaule de son frère. Il avait toujours aimé être sous le feu des projecteurs. Cory, au contraire, semblait prêt à fuir à la première occasion. Certaines choses ne changeaient jamais.

— Je t'ai posé une question. (Il l'attira tout contre lui, de sorte que son érection vint se lover dans sa croupe ferme. Une image de ces rondeurs pâles rendues toutes rouges par l'action frénétique de sa bouche lui vint à l'esprit, et il prit une profonde inspiration pour se calmer.) Depuis combien de temps tu t'intéresses à moi ?

— Qu'est-ce qui te fait croire que je parlais de toi ?

— Allons, Victoria.

Elle se tourna pour lui faire face, le cadre dans les mains.

— Première année de lycée.

— *Quoi ?*

Elle haussa les épaules un peu vivement et reposa la photo.

— Maintenant tu sais.

— Mais tu me détestes, bredouilla-t-il, étonné même d'arriver à parler.

Il n'aurait pas été plus surpris si elle lui avait balancé un crochet du droit dans l'estomac. Ni plus blessé, d'ailleurs.

Pourquoi n'avait-elle rien dit ? Ils avaient perdu tellement de temps…

Ouh là. Stop. S'ils avaient perdu du temps, cela voulait dire qu'une autre issue aurait été envisageable. Alors que non. Impossible.

Le rire crispé de Vicky le transperça au plus profond de lui.

— Objection, votre Honneur. C'est *toi* qui me détestes. Et puis tu oublies que le jour où Melly est devenue une grande blonde pulpeuse, j'ai cessé d'exister pour toi. Tu ne te souviens pas de cette fête au lycée où tu as bavé devant elle toute la soirée ?

À dire vrai, non. Le lycée en général n'était pas une période dont il aimait se souvenir, alors les fêtes de lycée ? Encore moins que moins. Le soir du bal de fin d'année, au lieu de mettre en pratique ce qu'il avait appris en cours d'éducation sexuelle, il avait joué aux bookmakers pour ses petits camarades. Ils étaient quelques-uns à avoir entendu dire qu'il avait la baraka avec les courses de chevaux, et ses chances de sauter la reine du bal étaient parties en fumée.

Elle se grandit pour lui mettre les bras autour du cou.

— Mais je parie que tu ne penses plus à Melinda et combien elle aurait été parfaite pour toi, n'est-ce pas ?

En toute honnêteté, il ne pensait à rien hormis la déshabiller. Et ce n'était pas tant une pensée qu'une pulsion primaire.

— Melinda ? Qui est-ce ?

Son rire vint se poser sur la joue de Cory, aussi léger qu'une plume.

— Tu sais ce que j'aimerais vraiment voir, maintenant ?

— Le lit sur lequel j'ai ourdi mon plan pour la domination du monde ? (Il tira doucement sur une anglaise.) Parce que je t'avoue que je ne dirais pas non, si tu me remontrais certaines postures de yoga.

Encore un éclat de rire mais moins fort, car au même moment elle s'écarta.

— Non. L'écurie.

— L'écurie ? Mais il fait tout noir dehors, et il y a du brouillard. Il paraît même qu'il va pleuvoir.

Tout en jubilant du regard, elle tapota sa bouche du doigt et se retourna brusquement vers le vaisselier.

— Tant pis. Ça m'embêterait vraiment d'être toute… mouillée.

— Une minute ! s'exclama-t-il en la prenant par le bras pour venir se presser tout contre elle. (Il n'aurait jamais pensé à faire ça dans un lieu pareil, mais il entrevoyait d'ici les possibilités.) L'écurie, tu dis ?

Elle se frotta contre lui comme une chatte en manque de caresses.

— Hmm-mm. On fait la course.

— Je ne fais pas la course. Ce sont les femmes qui courent après moi.

En voyant la moue de Victoria, il sourit. Jusqu'à ce que sa main passe sous sa robe, à la recherche de la minuscule culotte dont il avait fait la connaissance quelques minutes plus tôt. Elle se tortilla langoureusement pour l'enlever, lui donnant au passage un aperçu du bord en dentelle noire de ses bas, puis fourra l'objet de tous ses désirs dans sa main : il était aussi rouge que sa robe. Et trempé.

Cory regarda la culotte d'un air interdit tandis que Victoria se dirigeait vers la porte.

— Je ne suis pas comme toutes les femmes. Tu sais où me trouver, monsieur le P-DG.

Vicky traversa le pré d'un pas lourd, et fit la grimace en entendant le bruit spongieux de ses bottines dans la boue. Les yeux rivés au sol, elle tenta de trouver le chemin le moins pire possible pour atteindre la structure sombre et imposante qui se dressait au loin. De jour, le bâtiment de couleur bordeaux semblait tout aussi bucolique que les autres fermes des environs, devant lesquelles elle passait en voiture quand elle était petite. Elle avait toujours eu envie de vivre à la campagne, d'élever des poules, peut-être même une vache ou deux.

Sans oublier les rires d'enfants. Elle les entendit dans sa tête au moment d'atteindre la porte de l'écurie, et ferma les yeux. Ses enfants n'auraient à se soucier de rien. Jamais ils ne s'inquiéteraient de ne pas voir leur maman rentrer à la maison.

Parce qu'elle le ferait toujours.

La simplicité d'une vie comme celle-ci l'attirait, même si son entourage ne l'aurait jamais crue. Elle était celle qui aimait faire la fête, la fille qui dansait sur les tables et attirait un homme d'affaires sexy aux toilettes pour le masturber entre le fromage et le dessert, et plus encore – avec de la chance, beaucoup plus – dans les granges poussiéreuses.

Elle tira sur la poignée de la porte et poussa un grognement de frustration. Zut, fermée. Et maintenant ?

Détectant une présence derrière elle, Victoria se tourna vivement et eut la surprise de sentir dans la seconde les lèvres chaudes de Cory sur les siennes. Elle se mit en tête de l'aguicher un peu mais, au premier coup de langue affamée, elle comprit qu'il était réglé sur un autre mode. Il lui saisit un sein à pleine main et la pelota énergiquement pendant qu'ils se dévoraient de baisers.

— Tu as oublié ça.

Il posa quelque chose de froid contre son cou et elle sursauta, rejetant involontairement la tête en arrière. Il colla sa bouche à cet endroit, et fit descendre l'objet froid jusqu'à un téton qui pointait déjà impatiemment à travers sa robe.

Elle sursauta encore, assez pour leur faire perdre l'équilibre à tous les deux. Cela le fit rire. Il rit même tellement qu'elle dut le faire taire d'un baiser. En grognant, il la hissa dans ses bras.

— Tiens, dit-il en lui fourrant la clé dans la main et en se penchant pour l'aider à trouver la serrure. Ouvre la porte.

Ce ne fut pas si facile que ça. Elle avait les doigts tout engourdis à cause du froid. Le temps qu'elle tourne la clé dans le verrou et qu'il pousse le battant d'un coup d'épaule, ils tremblaient tous les deux. On était seulement à la mi septembre, et les premières gelées n'étaient déjà plus très loin.

L'odeur de foin et de cheval l'assaillit au point que ses yeux la piquèrent. Elle était déjà venue dans cette écurie, à l'époque où la mère de Cory les invitait, ses copines scoutes et elle, le temps d'un week-end. Ils avaient deux chevaux en ce temps-là, Midas et Misty, et elle avait passé une heure à brosser la robe soyeuse du second pendant que Cory boudait dans un coin. Corinne avait insisté pour que son fils aîné partage ses connaissances sur le sujet et il l'avait fait, de mauvaise grâce.

Il avait également soutenu le regard de Vicky comme s'il n'avait souhaité qu'une chose : qu'elle disparaisse de sa vue. Était-ce à cela que Dillon faisait référence ?

— Qui a eu cette idée de génie, déjà ?

Cory referma la lourde porte d'un coup de pied et prit une lanterne accrochée au mur, éblouissant Victoria le temps que sa vue s'adapte.

— Moi. Mais personne n'a dit que tu étais obligé d'accepter.

Elle aperçut une autre lanterne et la décrocha du mur. Elle sourit quand il mit les bras autour de sa taille et enfouit le visage dans son cou.

— C'est ta culotte qui a décidé pour moi. (Il lui donna une claque sur les fesses, juste assez fort pour lui faire pousser un cri – d'approbation, pas de douleur.) Aucun homme sain d'esprit ne pourrait te dire non.

— Parce que tu es sain d'esprit, toi ?

Elle commença à s'enfuir en courant et en riant, mais il la rattrapa vite et alluma sa lanterne. Ils disposaient maintenant d'un éclairage agréable et chaleureux.

Bien suffisant, en tout cas, pour ce que Victoria avait en tête.

Ils entendirent Misty hennir dans un coin et Vicky se mit sur la pointe des pieds pour tenter d'apercevoir la belle bête.

— J'ai toujours eu envie de la monter, dit-elle avec nostalgie lorsque le cheval passa sa grande tête noire par-dessus le box.

— Tu n'as qu'à me monter moi, répondit Cory en l'attirant contre lui, avant de la pousser vers un grand tas de foin. Il va bien falloir qu'on se réchauffe.

— Non-non. Personne ne monte personne. (Par jeu, elle le stoppa d'une main sur le torse tout en brandissant sa lanterne au-dessus de la tête pour ne rien rater de son expression surprise.) Tu ne voudrais pas avoir de la paille plein les fesses, quand même ?

— Vu comme ça... marmonna-t-il. Tu comprends pourquoi je préfère les lits ?

Elle sentait le stress augmenter de minute en minute, mais elle passa outre. Elle n'était pas timide de nature. Elle avait banni la peur de sa vie depuis longtemps. Si quelque chose la rendait nerveuse, elle l'affrontait au lieu de fuir. Il n'y avait pas de meilleur exemple que Cory. Il lui fichait la trouille et elle était quand même tombée...

Non. Il s'agissait seulement de sexe. De sexe coquin et très imaginatif, de quoi lui faire oublier toutes les autres femmes qu'il avait connues avant elle. Peut-être réussirait-elle dans la foulée à graver son empreinte sur lui, si elle s'appliquait. Elle avait toujours été bonne élève.

— Tu vas aimer, murmura-t-elle en enlevant sa robe vivement, avant de changer d'avis.

Il n'y avait aucune raison de craindre Cory. Jamais il ne lui ferait de mal, physiquement parlant. Et peut-être même arriverait-il à lui faire oublier que tout ça n'était qu'une comédie, et que la famille avec laquelle elle avait passé une si bonne soirée ne serait jamais la sienne. Sa famille à elle ne serait probablement plus jamais réunie comme ça, à voir comme ils étaient éparpillés aux quatre coins du pays. Chacun seul avec ses propres démons.

Mais pas elle. Pas ce soir. Ce soir, elle allait éprouver mille sensations. Elle allait vivre cette expérience à fond, pour pouvoir y repenser à sa guise quand il serait parti.

Quand ils en auraient fini.

Elle se tenait devant lui, en soutien-gorge et bas noirs, et recula jusqu'à sentir dans son dos une des poutres qui soutenaient le toit de l'écurie. Elle plaça les mains au-dessus de sa tête, puis s'étira sous ses yeux comme si elle s'offrait à lui. Ensuite elle écarta les jambes et se mit à faire des mouvements de hanches appétissants.

Cory passa du visage de Victoria à sa poitrine, à ses tétons aussi durs que des petits cailloux, puis au joli piercing argenté sur son nombril, et enfin à la zone humide entre ses cuisses. Son regard était aussi chaud qu'une caresse, aussi soyeux qu'un foulard avec lequel il lui banderait les yeux.

Elle avait déjà l'impression d'être poings liés, alors qu'il n'avait même pas levé le petit doigt. Seule sa respiration était perceptible, trahissant l'ampleur de son désir. Son sexe aussi, qui pressait contre le pantalon, sentinelle silencieuse de ses besoins à lui. Et à *elle*.

Il était grand temps de tester leurs limites à tous les deux.

— Tu veux m'attacher ? fit-elle, se cambrant contre la poutre et savourant chaque respiration laborieuse qui soulevait la poitrine de Cory. Alors vas-y. Une fois… Deux fois…

9

— Tu ne sais pas ce que tu dis, lança Cory en grinçant des dents.

Une boucle dorée tomba dans son œil, lui donnant un air ingénu. Et ce corps… Bon sang, c'était une œuvre d'art. Aussi affûté que son esprit était vif. Elle allait loin, toujours plus loin.

Et voilà qu'elle voulait le suivre.

— Dans ce cas, apprends-moi, susurra Vicky en faisant glisser la pointe de son pied gauche le long de sa jambe droite, comme si elle n'était pas architecte d'intérieur, mais danseuse classique. L'autre fois, tu m'as accusée d'être timorée. Et pourtant, c'est toi qui ne bouges pas. Qui de nous deux a le plus peur ?

Elle paraissait alanguie, mais son regard était rivé sur lui. Le mesurant. Le jaugeant. Cherchant une faille dans son armure qui lui permettrait d'entrer, pour l'atteindre si profondément que jamais il ne voudrait la voir ressortir.

Il fut rapide. En deux enjambées il se trouvait sur elle et l'empoignait à la gorge. Elle tressaillit, et ses pupilles se dilatèrent lorsqu'il griffa sa peau froide et vulnérable. Pâle comme la neige, douce comme un rêve. Il se pencha pour goûter ses lèvres, et tira gentiment dessus pendant que son pouce faisait des cercles autour du pouls battant.

Jamais leurs yeux ne se quittèrent lorsque Cory mit une main sur sa joue, puis passa un doigt sur ses cils, l'arête de son nez, le contour de ses mâchoires.

— Tiens-toi à la poutre.

Quand elle se fut exécutée, il lui prit de nouveau la bouche, ses lèvres chuchotant à peine entre celles de Victoria. Dans l'air froid, son souffle faisait comme des nuages de vapeur, et le phénomène s'intensifia lorsque Cory la couvrit de baisers sur le menton et dans le cou, explorant chaque recoin de sa chair. La faible lueur des lanternes mettait ses formes en valeur, leur donnant une merveilleuse teinte dorée. Elle était un rêve érotique devenu réalité, et il avait bien l'intention de prendre son temps pour l'explorer.

Il ne parla pas, sciemment. Les mots n'avaient pas leur place ici, et elle semblait ne pas en avoir besoin non plus. D'une main experte, il dégrafa son soutien-gorge. Elle le regarda cartographier son corps sans vergogne, avec la patience d'un peintre paysagiste capable de passer des heures sur une portion de ciel. Chaque tache de rousseur l'intriguait. Chaque muscle qui se contractait sur l'invitation de sa bouche méritait une attention particulière.

Il enfouit le visage dans son décolleté, passa la langue sous le pendentif en forme d'étoile de mer et lécha cet endroit béni des dieux. Elle était parfaitement immobile, mais il sentait l'excitation de Victoria battre contre ses lèvres et dans son pouls, devenu erratique.

Son corps tout entier était tendu, mais moins que les pointes rosées de ses seins et la petite boule de nerfs entre ses cuisses. Cory se mit à caresser celle-ci en un mouvement brusque et rapide du pouce, tandis qu'il se délectait de ses mamelons, les suçant aussi délicatement que s'ils étaient en verre. Lorsqu'il sentit qu'elle se détendait, il mordilla ses tétons et introduisit deux doigts en elle.

Un premier halètement de surprise résonna dans la grange pleine de courants d'air. Mais il y en eut bientôt tellement qu'il vint les capturer dans sa bouche, tout en continuant les va-et-vient dans son sexe trempé. Il l'emmena jusqu'au bord du précipice en savourant chacune de ses réactions, puis il retira ses doigts. Elle le regarda libérer son pénis du pantalon et le lubrifier. Elle serra la poutre un peu plus fort en le voyant s'affairer ainsi sur son érection. S'imprégner, s'enduire d'elle.

Cette vision paraissait subjuguer Victoria, si bien qu'elle ne s'en détourna pas lorsqu'il lui hissa les jambes à hauteur de taille.

— Regarde-moi, murmura-t-il.

Elle ne put qu'acquiescer d'un hochement de tête.

Il avait deviné ce qu'elle voulait et le lui donna, la pénétrant en un mouvement long et assuré. Elle ouvrit la bouche mais aucun son n'en sortit. Il expira longuement en sentant cette cavité étroite envelopper son membre tout entier, et quand elle se mit à griffer le bois de ses ongles, l'excitation monta d'un cran. Elle aurait tout aussi bien pu lui écorcher les épaules ou le dos, tant ce bruit lui faisait de l'effet. Il la besogna plus fort, plus vite, voulant l'entendre encore infliger des supplices à la poutre. Ce geste inconscient était tellement plus révélateur que ses yeux embués de plaisir.

Là, elle se contrôlait encore un peu. Mais avec les mains, avec ce sexe qui ondoyait dans le sien, elle ne se refrénait plus.

C'était exactement ce qu'il voulait. Qu'elle se donne totalement. Qu'elle n'ait pas peur. Qu'elle soit à *lui*.

Il la poussa encore et toujours plus haut sur la poutre, jusqu'à ce qu'elle se cambre et laisse échapper un cri rauque. Il sentit ses testicules se contracter et son cœur battre à tout rompre. Il mourait d'envie qu'elle se laisse aller complètement, qu'elle comprenne qu'il était le seul à pouvoir l'emmener tout là-haut.

D'un doigt fébrile il repartit à l'assaut de son clitoris tout en refermant la bouche sur un sein, tandis qu'elle serrait et desserrait l'entrejambe en rythme. Les gémissements qu'elle poussait étaient plus sexy aux oreilles de Cory que tout ce qu'il lui avait été donné d'entendre. Elle était si forte, si endurante, et elle s'abandonnait avec tant de grâce. Les mots lui manquaient, le genre de mots qu'il ne s'autorisait jamais à penser, et encore moins à dire.

Il la pilonnait littéralement désormais, exploitant son plaisir à fond et prolongeant le sien. Elle se remit à crier, et secoua la tête violemment d'avant en arrière. Et dans la fureur qu'il distingua à travers les yeux de Victoria, il perçut la sienne aussi. Il se vit, et vit la guerre qu'il avait menée pendant si longtemps. Il ne pouvait plus lutter.

Après un dernier coup de reins, il jouit en elle, longtemps, jusqu'à ce qu'il se sente vidé et qu'elle se mette à trembler contre lui. Autour de lui. L'un contre l'autre, ils pantelaient.

Là, dans cette écurie, ils étaient réduits à l'essence : qui ils étaient, et ce qu'ils attendaient l'un de l'autre. Elle lui avait fait confiance jusqu'au bout. C'était merveilleux, et il en avait le souffle coupé en songeant à ce que cela signifiait.

Lorsqu'elle s'effondra dans ses bras, il blottit son visage dans ses épaisses boucles parfumées. Elle avait la même odeur que cette nuit d'automne, une odeur fraîche et pure…

Il la sentit pouffer tout contre lui.

— C'est bien la première fois qu'on m'appelle comme ça.

Il releva la tête, consterné d'avoir parlé.

— Je viens vraiment de dire le mot « pure » à voix haute ?

En quelques battements de cils, son regard s'éclaircit et pétilla de nouveau.

— Je confirme.

— Je ne voulais pas dire ça... Ce que je voulais dire, c'est...

Ah, au diable tout ça. Un franc éclat de rire lui échappa tout à coup. Quand il se ressaisit, il remarqua qu'elle avait toujours les mains accrochées à la poutre.

— Je veux tes doigts sur moi.

Il avait dit cela sur un ton plus rude qu'il ne l'aurait voulu.

— Monsieur se sent déjà négligé ? (Elle fit glisser ses ongles le long de sa nuque et bougea le bassin, serrant fort sa verge toujours emprisonnée.) On peut y remédier.

— La prochaine fois, dit-il en la couvrant de baisers fougueux, t'as intérêt à me griffer moi.

C'est seulement lorsqu'il la vit sourire qu'il se rendit compte de ce qu'il venait de dire. *La prochaine fois*.

Elle le regarda d'un air espiègle.

— Et si on disait que la prochaine fois, ce serait *tout de suite* ?

Il banda les muscles, prêt à replonger dans la bataille.

— C'est parti.

Après un deuxième round aussi effréné que le premier, une bagarre de chatouilles impromptue et le trajet retour par le pré, ils arrivèrent enfin à la maison. Ils se faufilèrent par la porte de derrière comme des gamins coupables, mais quand ils tombèrent sur trois visages sévères qui les observaient depuis la table de la cuisine, Vicky songea qu'ils n'auraient pas dû se donner cette peine.

— On se demandait bien où vous étiez passés, tous les deux, commença Corinne en poussant deux tasses de cidre chaud vers eux. Ça a eu le temps de refroidir.

Mal à l'aise, Vicky tira sur sa robe.

— On bavardait dehors, et on n'a pas vu l'heure passer...

— Se balader, on est allés se balader...

— Inutile de continuer à jouer la comédie, les interrompit-elle en croisant les mains devant elle. Nous savons que vous ne sortez pas vraiment ensemble.

Vicky jeta un coup d'œil paniqué à Cory, qui fixait ses parents.

— Ah oui ? Et d'après qui ? (Voyant qu'ils se taisaient, Cory porta son attention vers Dillon.) Ah, j'ai compris. Le fils prodigue a décidé que je mentais. Pourquoi tu t'intéresses autant à mes amours, tout d'un coup, Dill ? Tu veux prendre mon fauteuil de P-DG, ou quoi ?

— Ressaisis-toi, bon sang. Tu sais que ça n'a rien à voir avec ça. On se fait du souci pour toi, c'est tout. Figure-toi que je n'ai pas suivi ma copine à l'hôpital parce que j'ai pensé qu'il valait mieux...

— À l'hôpital ? répétèrent Vicky et Cory en chœur.

— Nellie avait des contractions, expliqua Corinne. Probablement des fausses, étant donné qu'elle n'en est qu'à son sixième mois, mais ce sont de jeunes parents et ils se sont inquiétés, c'est compréhensible. Et puis elle avait des gaz. Elle a appelé ça des douleurs pelviennes, mais à mon avis elle a lu trop de guides sur la grossesse.

— Elle est allée à l'hôpital pour des *gaz* ? s'exclama Cory, visiblement perplexe.

— Et des contractions, lui rappela Dillon. Mieux vaut prévenir que guérir, non ?

Corinne acquiesça d'un signe de tête.

— Alexa et Jake l'ont accompagnée et les autres invités sont partis peu après. On vous a attendus en croyant que vous ne seriez pas longs...

— Où êtes-vous allés ? Au bureau ? la coupa Raymond.

— Ou peut-être que vous étiez blottis dans l'écurie en attendant que tout le monde s'en aille, pour ne plus avoir à nous mentir lamentablement ? renchérit Dillon.

Les lèvres de Cory devinrent une fine ligne blanche.

— Tu veux savoir ce qui nous a pris autant de temps ? Tu veux vraiment le savoir ?

Vicky ne pouvait répondre à leur place mais personnellement, elle ne voulait surtout *pas* qu'ils sachent. Elle posa une main sur l'avant-bras de Cory et fronça les sourcils en sentant la tension qu'il dégageait. Quelques instants plus tôt, ils étaient tous les deux aussi détendus qu'on pouvait l'être. Et maintenant, il semblait capable de mastiquer des clous.

— Calme-toi, bébé. (Elle utilisa le terme affectueux pour Cory, pas pour sa famille. Elle détestait le voir en colère comme ça.) On va s'asseoir et discuter.

— Il n'y a pas à discuter. Ils m'accusent de mentir alors qu'ils n'ont pas la moindre idée de ce qui se passe.

— Mon chéri, si on se trompe, tu n'as qu'à…

Cory ignora la remarque de sa mère et jeta un regard vers Vicky. La lueur qui brillait dans ses yeux était profondément impudique, et elle recula d'un pas.

— Viens ici.

Son instinct de survie se réveilla aussitôt.

— Non.

Il s'approcha d'elle et tira brutalement sur le col montant de sa robe. Elle ne savait pas dans quel état était son cou, mais à en juger par la tête qu'ils firent tous autour de la table, ça ne devait pas être beau à voir. Suçons et rougeurs provoquées par le frottement de la barbe – le cocktail des champions. Elle rabattit aussitôt la main de Cory, mais c'était trop tard.

Elle se mordit la lèvre inférieure, et se dit qu'elle devait être rouge comme une pivoine – mais pas à l'idée d'être prise en défaut. Non, c'était l'idée des lèvres de Cory sur sa peau qui lui faisait cet effet.

C'était fini, et bien fini. Elle lui interdirait de laisser des marques sur son corps, dorénavant.

Bon, il fallait sans doute préciser la règle. Aucune marque d'aucune sorte, à moins de ne croiser personne jusqu'à ce qu'elles s'estompent.

En d'autres termes : jamais.

— Voilà, c'était *ça* qu'on était en train de faire.

Impossible de ne pas déceler la pointe d'orgueil masculin dans la voix de Cory. Encore deux secondes et il se mettrait à parader dans la cuisine comme un paon. Rectification : comme un tout petit coq.

— La belle affaire, marmonna Dillon. Tu aurais pu frotter la manche de ton manteau sur son cou, qu'est-ce qu'on en sait. Ça ne m'étonnerait pas de toi.

— Bien sûr, parce que je le laisse faire tout ce qu'il veut de moi.

À peine les mots sortis de sa bouche, Victoria jeta un regard en coin à Cory. *Enfin, hum, tu vois, quoi.*

Cory la saisit par la main gauche et la leva en l'air comme le trophée d'un combat de boxe.

— On est ensemble, et on est fous amoureux.

Vicky en oublia de respirer.

— Croyez-le ou pas… (Il planta ses yeux dans ceux de Vicky si longtemps que même elle commença à y croire.)… Mais c'est la vérité.

Quelle vérité ? se demanda-t-elle, alors même qu'elle hésitait entre confusion et colère. Celle de Cory ou la sienne ? Parce qu'elle avait comme l'impression qu'ils avaient chacun la leur.

La conversation finit par reprendre lentement, et tourna essentiellement autour de Nellie ; comment allait-elle, était-il trop tôt pour appeler Lex et demander de ses nouvelles ? Pendant ce temps, Vicky se concentrait sur une chose très simple : inspirer, expirer.

Deux petits mots ne pouvaient pas la briser. Quand on y réfléchissait, d'ailleurs, ils n'avaient rien à faire ensemble. « Fous ». C'était un adjectif qui pouvait s'appliquer à elle, et dans un autre contexte. Et « amoureux », ça pouvait faire référence à un tas de choses, qui n'avaient pas forcément à voir avec le vrai amour.

Totalement inoffensifs, vraiment.

Quelques minutes passèrent et, chose étonnante, elle ne péta pas les plombs. Le choc des paroles de Cory finit par s'atténuer, et elle les accepta comme ce qu'elles étaient. Il s'était emporté, mais n'avait pas agi par méchanceté. Ils faisaient semblant d'être un vrai couple, d'être dévoués l'un à l'autre. L'amour entrait souvent dans l'équation, dans ce genre de cas. Ce n'est pas parce qu'elle n'avait jamais vécu de grande histoire d'amour qu'elle ne savait pas comment cela fonctionnait.

Mais tout de même, était-ce vraiment nécessaire de se montrer si… convaincant ? Comme si sa grande déclaration ne suffisait pas, il s'était senti obligé de lui porter le coup de grâce en lui décochant un regard ultra-intense.

Il n'arrêtait pas de lui jeter des œillades indiscrètes et, dans ses yeux, elle lisait l'inquiétude. Il n'était pas bête. Il savait forcément qu'il avait été trop loin. Mais à moins de vouloir le faire passer pour un menteur devant sa famille – et même si elle était sérieusement tentée de le faire –, elle était bien obligée de le suivre.

Au moins jusqu'à ce qu'ils s'expliquent, et qu'il lui dise comment il comptait s'y prendre pour les sortir de l'impasse.

Il allait devoir casquer, s'il pensait acheter son silence. Mais Vicky avait sa petite idée. Pour commencer, elle allait exiger des orgasmes à répétition.

— Victoria aimerait que je lui montre la maison, annonça-t-il après une interminable conversation qui lui donna l'impression d'être attaquée par des fourmis rouges sans pouvoir se gratter.

Une fois qu'ils se furent éclipsés, Vicky se laissa emmener dans le couloir, et ne broncha pas plus lorsqu'il se retourna et l'empoigna par les épaules.

— Je sais que tu n'es pas contente. Ne t'inquiète pas, je vais tout arranger.

Elle serra plus fort sa tasse de cidre. Jusqu'alors, elle avait réussi à en boire deux petites gorgées, tandis que Cory avait sifflé le sien d'un trait.

— Oh, vraiment.

— Oui. C'était juste pour couper court aux accusations.

— Bien sûr. Parce qu'il te suffit de claquer des doigts et tout d'un coup on arrête de jouer aux tourtereaux ? Un autre claquement de doigts et on recommence, c'est ça ?

— Encore quelques semaines à tenir. Tu sais bien que c'est temporaire, tout ça. Allez, Victoria. Essaie de coopérer.

Ses yeux se voilèrent de larmes, et elle se détourna pour les essuyer discrètement. Tout ce que ces faux aveux avaient fait, c'était mettre en lumière son rôle dans cette histoire. Cory était peut-être à blâmer pour cette idée stupide au départ, mais c'était elle qui avait accepté, et l'avait même encouragé. Elle était tout aussi coupable que lui.

— Les mensonges temporaires restent des mensonges, Cory.

Il mit si longtemps à répondre qu'elle se demanda s'il n'avait pas quitté la pièce. Mais lorsqu'elle se tourna pour lui faire face, il la dévisageait comme si elle comptait sincèrement pour lui. Peut-être se sentait-il d'humeur charitable, après le moment qu'ils avaient passé à l'écurie. Ou peut-être que Grincheux avait un cœur, finalement.

— Je ne voulais pas te blesser, Vic.

Il s'avança et passa le pouce sur sa joue. Quand elle s'aperçut qu'il était humide, elle ferma les yeux.

— Je suis désolé.

Elle ne pouvait s'empêcher de vouloir le pardonner, pas plus qu'elle n'arrivait à se reprocher de s'être mise dans le pétrin toute seule comme une grande. Elle était exactement là où elle avait envie d'être. À ses côtés, pour le meilleur et pour le pire. Et peu importe le temps que ça durerait.

Un simple béguin, Vic ? Tu penses vraiment qu'il s'agit de ça ? Sois honnête deux secondes.

Elle se força à le regarder. Quand le foutu vin est tiré, il faut le boire – c'est bien ça qu'on dit, non ? Il avait toujours besoin de son aide, et elle s'était engagée envers lui et son plan foireux. Elle n'allait pas faire machine arrière à ce stade.

— T'inquiète. On trouvera une solution.

Après tout, aucune histoire ne durait toujours, et s'il y avait bien quelqu'un qui le savait, c'était elle.

Cory s'affaissa visiblement, tant il était soulagé, et lui prit les deux mains pour les porter à sa bouche.

— Oui, tu as raison. Merci.

Un sourire fugace passa sur son visage, mais Victoria avait encore le vertige de cette nouvelle et stupéfiante sortie. *Merci ?* S'il y avait bien un mot qui sortait rarement de sa bouche, c'était celui-là.

— Tu viens, je te montre la maison…

La visite, si on pouvait appeler ça ainsi, dura moins de dix minutes. Elle adora les grandes pièces aérées du rez-de-chaussée et les chambres spacieuses à l'étage – même si elle dut faire preuve d'imagination, puisque toute la déco était déjà dans les cartons –, mais au final elle s'appliqua surtout à éviter de croiser le regard de Cory. Elle ne pouvait tout simplement pas prendre le risque de le laisser lire en elle comme dans un livre ouvert. C'était un homme incroyablement perspicace quand il n'était pas dans le déni, et elle se savait aussi désarmée qu'un nouveau-né, en ce moment.

— Et voici mon ancienne chambre, annonça-t-il en ouvrant grand une porte. C'est une chambre d'amis maintenant, mais maman a gardé quelques trucs. Elle n'a jamais eu le cœur de s'en séparer.

— Elle va bien être obligée, maintenant.

Des cartons à moitié remplis étaient alignés le long d'un mur, mais le tri n'avait visiblement pas encore été fait dans cette pièce. Elle regarda autour d'elle, passant du tableau d'affichage en liège (bourré de tickets gardés en souvenir et de photos jaunies) aux planètes phosphorescentes collées au plafond. Elle sourit malgré elle en imaginant Cory allongé sur son lit pour étudier la galaxie quand ses copains étaient occupés à reluquer leurs posters de Cindy Crawford. C'était un intello, mais qu'est-ce qu'il était adorable – ou pourrait l'être, s'il ne trouvait pas toujours le moyen d'ériger une barrière entre eux dès qu'ils progressaient un peu.

Elle devait bien reconnaître qu'il avait carrément innové, ce soir. Combien de femmes pouvaient se targuer d'avoir reçu une déclaration qui, au lieu de les rapprocher de leur homme, les avait davantage séparés ?

— Elle a tenté de me refourguer le système solaire, commenta-t-il avec un faible sourire. Mais ça ne va pas exactement avec la déco de mon appart.

— Je veux bien le prendre, moi.

Elle prit conscience qu'elle avait parlé tout haut en entendant Cory lui rétorquer sèchement :

— Et pourquoi tu le voudrais ?

Parce que c'était à toi. Parce que ça me fera penser à toi.

— Tu sais bien que c'est aussi mon truc, l'astronomie, expliqua-t-elle en espérant qu'il lâche l'affaire.

— Je ne l'aurais jamais deviné avant la semaine dernière.

Il passa une main sur sa joue, et le cœur de Victoria se mit à battre plus fort.

— De toute évidence, il y a un tas de choses que je ne sais pas sur toi.

Elle haussa les épaules.

— Je n'ai rien à cacher, pourtant.

Il croisa les bras sur son torse et s'adossa contre le mur.

— Tu voulais vraiment que je t'attache, tout à l'heure ?

Elle jeta un coup d'œil dans le couloir, même si elle savait que Dillon était parti à l'hôpital et que les parents se trouvaient dans la cuisine. C'était juste bizarre de parler bondage dans son ancienne chambre d'enfant.

— Je ne fais pas les choses si je n'ai pas envie de les faire.

— J'en déduis que tu serais ouverte à d'autres expériences.

Oh oui, et trois fois oui. Après la soirée qu'ils venaient de passer, elle n'avait plus aucune hésitation : elle était prête à faire tout ce qu'il voulait. Seulement, quelque chose la chagrinait. Si elle lui disait la vérité, elle se sentirait encore plus démunie face à lui. Il avait déjà suffisamment d'armes à disposition comme ça. La plus dangereuse étant cet amour qu'il feignait si bien.

Elle prit son temps pour répondre, but une gorgée de cidre et l'observa par-dessus la tasse.

— Ça dépend.

Il essuya une goutte sur son menton, puis la lécha. À en juger par la lueur torride dans ses yeux, il se voyait déjà en train de goûter autre chose.

— De quoi ?

Elle sentit la température monter d'un cran au niveau de son entrejambe.

— Qu'est-ce que tu as envie de me faire, exactement ?

— Oh, Victoria. Tu n'imagines même pas.

Une décharge de désir se répandit en elle lorsqu'il déposa un baiser sur sa tempe.

— Il se fait tard. On devrait rentrer, reprit-il.

Elle acquiesça aussitôt pour s'empêcher de lui demander des précisions ou, pire, le supplier de passer la nuit avec elle. Dans les deux cas, il y avait toutes les chances qu'il refuse. Après ce qu'il avait balancé dans la cuisine, de toute façon, c'était aussi bien qu'ils se laissent un peu d'espace.

— Pressé de te débarrasser de moi, on dirait ?

Elle avait dit ça pour plaisanter mais les yeux de Cory se refroidirent d'un coup, comme si elle avait vraiment visé dans le mille.

— Finis ton cidre, dit-il avant de quitter la chambre.

Une fois en bas, elle entendit Cory et sa mère parler à voix basse dans le couloir. Corinne pensait sûrement que Victoria viendrait lui dire bonsoir, mais elle en était tout bonnement incapable.

Se sentant plus seule que jamais, elle alla attendre dans la voiture. La comédie était terminée pour ce soir.

Elle imaginait qu'il la ramènerait chez elle et que ça s'arrêterait là. Mais au lieu de cela, il la suivit à l'intérieur et accepta le verre de vin qu'elle lui proposa par politesse. Elle ne comprenait absolument pas pour quelle raison il était entré. Lui mettre un peu plus la pression, histoire de s'assurer sa coopération ? Fouiner dans ses ustensiles de cuisine, pour déterminer lesquels seraient utiles lors d'une séance de bondage ?

Bon sang, elle le haïssait vraiment, parfois.

Une fois installé dans le salon, il posa le bras sur le dossier du canapé et se mit à l'observer en silence. Cela dura si longtemps qu'elle ressentit des picotements dans la nuque.

— Pourquoi est-ce que tu n'aimes pas Noël ?

Son verre de vin à la main, elle se dirigea vers l'autre bout du canapé pour s'y recroqueviller. Loin, très loin de lui.

— Qu'est-ce qui te fait croire ça ?

— À aucun moment ne t'est venue l'idée de créer une ambiance de Noël pour le magazine.

— Et alors ?

— Alors, d'habitude tu remarques ce genre de détails. Tu fais des listes pour être sûre de ne rien oublier. Tu t'es fait une note pour faire des photos sur le thème patriotique, à l'approche du 11 novembre. Et tu n'as pas pensé à Noël ?

Lui et son fichu cerveau surdimensionné... Impossible de lui cacher quoi que ce soit. Elle haussa les épaules et fit de son mieux pour ne pas se raidir.

— Je ne suis pas super fan, c'est tout.

— Tu as précisé que tu serais absente la semaine de Noël, quand tu as signé avec moi. C'est pour aller rendre visite à ton père ? Tu ne m'as jamais dit où il vivait, maintenant.

Pour la simple et bonne raison qu'il squattait où il pouvait, jusqu'au jour où ses copains en avaient marre de lui et le viraient. Pas question d'aborder ce sujet avec Cory pour l'instant. Et peut-être jamais.

— La plupart des gens prennent des vacances à cette période-là, non ?

— Si, bien sûr.

— Mais pas toi, monsieur le P-DG.

— Je prends un jour de congé à Thanksgiving et un autre à Noël. Normalement. Mais l'an dernier, j'ai dû travailler. Il y avait un problème de planning au magasin de Tarenton, et... (Il la surprit en train de réprimer un bâillement et secoua la tête.) Bref. Même si je dois travailler ce jour-là, j'aime bien Noël.

Elle aussi. Autrefois.

— On entre à peine dans l'automne. C'est possible de prendre les saisons comme elles viennent ? Bon, vas-y, dis-moi pourquoi tu aimes Noël, ajouta-t-elle pour lui faire plaisir.

— D'abord, c'est bon pour les affaires. C'est à cette période-là qu'on fait notre meilleur chiffre. Beaucoup de gens ont envie de terminer les travaux chez eux avant l'hiver, et puis il y a aussi tous ceux qui achètent des cadeaux aux bricoleurs en herbe. Mais j'aime aussi les odeurs, la musique. Tout le monde sourit beaucoup plus, j'ai remarqué. Parfois, je prends même plaisir à voir ma famille.

— Parfois.

— Cette année, ça risque d'être différent. Ça va plutôt me faire fuir en courant, si mes parents cherchent à tout prix à me caser avec quelqu'un. Mais bon, ça fera deux mois qu'on ne se sera pas vus, alors ils se seront peut-être calmés. (Rapide comme l'éclair, il posa une main sur le genou de Victoria. Elle n'eut pas le temps de réagir.) Et pour toi ? Vous êtes bien évasive, mademoiselle Townsend.

Elle s'enfonça dans les coussins. Elle avait vraiment eu l'impression d'avoir passé un cap ce soir, jusqu'à ce qu'il l'oblige à reconsidérer sa décision de poursuivre l'aventure avec lui. Et elle voulait se confier au sujet de ces deux petits mots, et pourquoi ils la mettaient dans tous ses états. Se confier à *lui*. Mais ça ne ferait que semer la discorde pour pas grand-chose. Il lui répondrait qu'elle était soûlante à chercher la petite bête ainsi. Et il n'aurait peut-être pas tort.

— Tu m'as demandé si j'allais rendre visite à mon père. Je devrais, mais je ne le ferai pas.

Elle pensait qu'il allait la presser de donner des détails, mais non. Il se contenta d'attendre.

Elle but une longue gorgée de vin avant de poursuivre.

— Ma mère nous a quittés juste avant Noël. Sans prévenir. Enfin, il y avait eu des signaux d'alerte, comme tous ces silences pesants entre mes parents, mais je n'étais pas assez grande pour les déchiffrer. J'avais treize ans, ajouta-t-elle, persuadée que la réaction habituelle allait suivre.

Et c'est tout ? C'est pour ça que tu détestes Noël depuis douze ans ?

Mais Cory garda le silence. La main posée sur son genou ne cessait de caresser, et continua même lorsqu'un bruit dangereusement proche du sanglot lui échappa. Elle avait les yeux secs mais pas de doute, elle pleurait. À l'intérieur, là où personne ne pouvait l'atteindre.

— Je me suis levée un matin et j'ai foncé dans leur chambre. Elle m'avait dit la veille au soir où elle avait caché nos cadeaux, à Melly et à moi, et j'étais partie pour les trouver. Je suis allée droit vers leur penderie, persuadée que dans les deux minutes elle allait me hurler d'arrêter de fouiner, mais ce n'est pas ça que j'ai entendu. C'était mon père. Il était assis sur le lit, la tête dans les mains, et il pleurait au-dessus de la lettre qu'elle lui avait laissée. Ça faisait comme des grosses taches d'encre dessus.

Elle n'avait pas oublié ses reniflements, tout bas, comme le bruit d'un cœur en train de se briser. Ce jour-là, elle s'était fait le serment de ne jamais aimer quelqu'un comme son père avait aimé sa mère, si cela voulait dire qu'un jour elle se retrouverait seule.

— Tu imagines le Noël qu'on a passé cette année-là. Elle avait écrit à chacun une lettre pour lui dire au revoir et lui demander de lui pardonner. Mais avec Bryan, c'était différent. Ils s'étaient disputés bêtement la veille de son départ, et il lui avait dit qu'il la détestait. C'était un peu sa manière de communiquer, à l'époque. Il me l'a sorti aussi, après, mais je savais que ce n'était pas vrai.

— Comment ça aurait pu l'être ?

Elle ne savait pas quoi répondre à cela, alors elle attendit de pouvoir continuer sans trémolos dans la voix.

— Il était tellement furieux, tellement blessé qu'elle ne lui ait pas dit au revoir. Ces lettres n'étaient pas d'un grand réconfort, mais au moins c'était quelque chose. Et elle ne lui avait même pas laissé ça. (Le regard de Victoria se perdit dans son verre.) Du moins, c'est ce qu'il a cru.

— Il y avait bien une lettre ?

— Oui.

Et elle était tellement remplie de colère et de reproches que Victoria l'avait cachée à son frère pour le protéger. Elle l'avait encore au fond d'un tiroir de commode, depuis toutes ces années. Vicky savait qu'un jour, il faudrait la donner à Bry. Elle le lui devait. Mais ça, c'était une histoire qui les concernait eux, et personne d'autre.

— Ta mère n'est jamais revenue, intervint-il à mi-voix.

S'il ne connaissait pas le début de l'histoire, au moins en connaissait-il la fin.

— Non.

— Et ton père... Il ne s'est jamais remarié.

Elle éclata d'un rire amer en repensant à l'homme qu'elle avait vu pour la dernière fois au début de l'été, et qui n'était plus que l'ombre de lui-même. Quelques mois plus tôt, après une carrière dans la comptabilité, il avait pris sa retraite et annoncé son intention de voyager. En traduction, cela donnait : se terrer dans un hôtel de Las Vegas et faire la tournée des casinos.

— Non. Il a un autre genre de maîtresse, maintenant.

— L'alcool ?

Elle secoua la tête.

— Les jeux d'argent.

— Et ta mère ? Tu lui as reparlé, depuis ?

— Oui, confirma-t-elle, avant de reprendre une gorgée de vin pour se donner du courage.

Victoria se souvenait encore du coup de fil et de la lettre qu'elle avait reçus à l'improviste plusieurs années auparavant. Sa mère avait changé d'avis, elle voulait revenir. Elle avait fini par se lasser de vivre seule, soi-disant. C'est seulement lorsque Vicky s'était retrouvée face à elle dans un café qu'elle lui avait révélé la vérité sur sa situation : Vicky accepterait-elle de venir lui rendre visite à la maison de repos, dorénavant ?

Ça l'avait sciée d'apprendre qu'elle vivait à une heure de route de ses enfants depuis plus d'un an, et qu'ils n'en avaient rien su. Avant ça elle avait beaucoup déménagé, tentant de s'enraciner quelque part sans jamais y parvenir. C'était sa maladie qui l'avait ramenée à Haven – et aux siens.

Depuis, il y avait eu des hauts et des bas. Vicky lui rendait visite religieusement, même quand elle n'avait pas la moindre envie de passer un après-midi dans cet environnement stérile, où les rires étaient toujours forcés. Ce qui lui pesait encore plus, c'était la pointe de culpabilité qu'elle ressentait chaque fois qu'elle repartait. Au départ, elle était déterminée à parler à Bryan et Melly dès que leur mère irait mieux, dans l'espoir de faciliter la réunion. Tu parles, quelle blague.

Ces derniers temps, l'état de santé de sa mère avait empiré malgré un nouveau traitement. Et le secret de Vicky devenait de plus en plus lourd à porter.

Quand elle se tut, Cory lui prit le verre des mains et l'attira dans ses bras. Il posa la tête de Victoria contre son épaule et l'incita à se laisser aller. À lui faire confiance sinon totalement, au moins pour ça.

C'était la seconde fois ce soir qu'il le lui demandait. Mais les larmes étaient loin d'être aussi simples à déclencher qu'un orgasme. Cela faisait bien trop longtemps qu'elle les refoulait.

Jamais elle n'avait pleuré dans les bras de quiconque, mais elle brûlait d'envie d'être réconfortée par quelqu'un – *Cory* – pendant qu'elle éclaterait en sanglots. Pour une fois, elle n'avait pas envie d'être forte.

— Tu peux, tu sais, fit-il d'une voix brusque. Je suis là.

Elle se risqua à lever les yeux vers lui. Il l'observait, et son beau profil baignait dans le clair de lune qui filtrait par la fenêtre derrière lui. Elle avait le plus grand mal à respirer, tant le besoin qu'elle avait de lui serrait sa poitrine comme un étau, et elle se sentait incapable de pleurer.

Elle agrippa le revers de sa veste et se pencha en avant, bien décidée à l'embrasser pour faire disparaître son éternel air boudeur. Mais à un centimètre de ses lèvres, elle eut un *flash-back* de la scène dans la cuisine des parents de Cory.

On est ensemble et on est fous amoureux.

C'est ça. Bien sûr. Elle n'aurait jamais imaginé qu'ils deviendraient amants au départ, alors qu'il soit tombé amoureux d'elle ? Qu'il l'aime avec la même passion qu'il mettait dans leurs disputes depuis toujours ? Il ne fallait pas rêver.

Elle n'était même pas certaine d'avoir envie de ça avec lui. D'accord, ces temps-ci elle avait comme un doute obsédant qui lui faisait dire que peut-être, elle pourrait tendre dans cette direction, mais les fantasmes n'avaient rien à voir avec la réalité. S'il y avait bien une chose qu'elle savait, c'était cela.

Désormais, elle mentait non plus à une famille mais à deux. La mère de Cory l'avait tellement soutenue, et c'est comme ça qu'elle la remerciait ? En faisant non seulement semblant de sortir avec son fils, mais en affirmant aussi qu'elle l'aimait ? Et qu'elle était aimée en retour ? Ces deux mots faisaient tout à coup passer un mensonge inoffensif pour une transgression énorme et irréversible.

— Qu'est-ce qui ne va pas ? demanda-t-il d'un ton bourru en la voyant battre en retraite vers son coin de canapé.

— C'est à cause de toi si tout ça est arrivé. Toi et ta grande bouche, marmonna-t-elle, même si ce n'était pas tout à fait vrai.

C'était *leurs* grandes bouches qui les avaient conduits à s'embrasser fougueusement sous le belvédère, et maintenant ils en payaient tous les deux le prix.

Elle s'attendait à ce qu'il réponde qu'elle était un peu gonflée de tout lui mettre sur le dos. Elle fut choquée de constater que non.

— Je le sais. Crois-moi, je le sais, répondit-il à la place, avant de poser la tête sur le dossier du canapé et de fixer le plafond. Ça ne devrait pas faire de différence.

Un mensonge est un mensonge, c'est clair. Mais quand on en dit trop, on va toujours au-devant des problèmes. (Il soupira.) La question, c'est : qu'est-ce qu'on fait ? Je ne peux pas exactement retirer ce que j'ai dit. Alors, je suppose qu'on n'a pas d'autre choix que de... passer à la vitesse supérieure. Ce ne sera plus très long, maintenant.

Clairement, il pensait qu'évoquer la fin prochaine de leur aventure jouerait en sa faveur.

Raté.

Elle regarda par la fenêtre, se remémorant les moments passés dans l'écurie. Elle ne s'était jamais sentie autant ébranlée par un simple acte charnel. Peut-être parce qu'elle l'avait laissé mener la danse si volontiers. Peut-être parce que c'était Cory. Ou les deux. Plus ils passaient de temps ensemble, plus elle avait de mal à ne pas se projeter, même en sachant que c'était dangereux. Encore plus avec lui.

Toutes les petites filles avaient un conte de fées préféré, et l'un des derniers auxquels Vicky s'accrochait encore était celui où elle trouvait son prince charmant. L'élément le plus important de son fantasme bucolique.

Elle faillit s'esclaffer. Qui l'eût cru ? Vicky Townsend, la fille toujours prête à tout, qui rêvait en fait d'une ferme, d'un mariage et de bambins accrochés à ses jupons. D'une famille, comme celle qu'elle avait eue pendant si peu de temps, et voulait recréer de toutes les fibres de son être.

Comparé à l'autre rêve qu'elle s'entêtait à faire – celui où sa mère allait mieux –, le premier était à sa portée. Elle pouvait être la copine de Cory pendant quelques semaines. Même si ce n'était pas vrai.

Sa vie de famille, quand elle était enfant, n'avait pas exactement été *vraie* non plus. Elle devrait pouvoir s'adapter.

Quand elle reporta brusquement son attention vers lui, il s'éclaircit la voix.

— Je n'ai jamais voulu que ça en arrive là, ajouta-t-il comme si cela lui était venu après coup.

Elle sentit ses yeux la piquer, et battit des cils frénétiquement. Quelque chose avait changé entre eux, dans l'écurie. Quelque chose qui s'était subtilement modifié, comme des atomes tout à coup libérés dans l'espace. Ils s'étaient rapprochés, et il était impossible de faire machine arrière désormais.

D'après ce qu'elle avait constaté dans la cuisine, son poste de P-DG était bien sur la sellette. C'était assez incompréhensible d'ailleurs : ses parents étaient des gens bien. Mais pour une raison indéterminée, la seule solution qu'ils envisageaient s'il voulait continuer à travailler pour Value Hardware était de se mettre en couple. Et à vrai dire, l'idée de Cory se retrouvant au chômage était plutôt effrayante.

Qu'adviendrait-il de lui, si ça devait se passer ainsi ? Était-elle vraiment capable d'infliger des souffrances à quelqu'un qui comptait pour elle, alors qu'une solution leur tendait les bras ?

Tout ce qu'elle avait à faire, c'était continuer sur la voie dans laquelle ils s'étaient engagés, malgré eux, le soir du gala. Et puis on ne pouvait pas dire que dans sa famille à elle, on était réputé pour trouver – et surtout garder – sa moitié. Peut-être qu'une fausse liaison était encore ce qu'elle avait de mieux à faire.

— Tu sais, mes parents ont établi une sorte de précédent en se séparant, dit-elle en secouant la tête. Maintenant, Bry est incapable de sortir plus de deux mois avec la même fille. Même deux semaines, parfois. Melly a bien tenté de se caser, mais ça n'a pas duré. Son copain l'a trompée et a fini par la quitter. Et enfin il y a moi, la reine des soirées au lycée, mais sûrement un peu trop. Sans blague, on m'a encore demandé ce soir – Cassandra, tu vois qui c'est ? – si j'étais bien la même Vicky Townsend qui s'était fait prendre par la police en train de faire l'amour au château d'eau. Je suis sûre qu'elle ne m'a pas crue quand je lui ai dit que les flics ne m'avaient pas menottée. (Elle éclata de rire, mais c'était un peu trop bruyant pour être naturel.) Ah, les petites villes, c'est trop chouette. Tout le monde s'occupe des affaires de tout le monde, et personne n'oublie jamais rien.

Lorsque Cory s'approcha d'elle, il paraissait résolu.

— Si Cassandra Martino – ou n'importe qui d'autre – refait une remarque désobligeante à propos de toi ou de ton passé, dis-le-moi. Je m'occuperai de son cas.

Elle sentit son cœur gonfler, mais elle tua dans l'œuf cet accès de sensiblerie. C'est ça, comme s'il allait rester dans les parages assez longtemps pour la protéger. Comme si elle avait besoin qu'on la protège. Elle était parfaitement capable de gérer. N'avait-elle pas géré bien pire ?

— Mon héros, murmura-t-elle, plaisantant à moitié.

— Je ne suis le héros de personne.

Il finit son verre et le reposa sur la table basse. Ils avaient pas mal bu, ce soir. Pas étonnant s'ils se sentaient un peu… différents.

— Tu crois être la seule à avoir un passé qui te colle à la peau ? Mon père n'était pas exactement l'homme le plus apprécié de cette ville. Il avait la réputation d'être bagarreur, et si tu vas au *Connor's Bar*, tu verras encore la marque de son poing dans un mur. Enfin, à ce qu'on m'a dit. Ajoute à cela qu'il avait un faible pour les femmes mariées alors qu'il était encore avec ma mère, et tu comprendras pourquoi certains s'en souviennent encore à Haven. Il a marqué les esprits.

— Je ne m'étais pas rendu compte.

Il se fit craquer les doigts, puis posa la main sur le genou de Victoria.

— Tu n'es pas comme tes parents, ni ton frère, ni ta sœur. Tu es toi, Vic, et tu es unique au monde. (Voyant qu'elle se tournait vers lui pour le regarder, il poursuivit.) Ne change jamais, pour personne. Même moi.

Elle baissa la tête de façon à ce que ses cheveux lui cachent le visage. Les mots de Cory révélaient une part de lui-même qui lui était totalement inconnue. C'était comme si elle le voyait sous un nouveau jour. Il lui mit une mèche derrière l'oreille et laissa sa main là. Si proche d'elle que ç'en était de la torture.

— Victoria ?

C'est à peine si elle l'entendit parler. Elle comprenait enfin que lui aussi était seul. Certes, il avait eu son lot de conquêtes, mais elle savait que son idéal n'était pas une petite amie soumise, qui ne voudrait surtout pas faire de vagues. Il s'ennuierait comme un rat mort au bout d'une semaine. Non, il avait besoin de quelqu'un qui avait un rire sonore, la larme facile, et qui n'hésitait pas à danser dans la rue en apprenant qu'une amie était enceinte. Quelqu'un qui vivait et aimait intensément.

Et elle, elle avait besoin d'un homme qui ne dévierait jamais de ses engagements, qui n'oublierait pas ses priorités – une fois qu'il les aurait déterminées pour de bon. Qui continuerait sans relâche à la stimuler, à l'intriguer, à la faire rire.

Elle songea qu'elle savait exactement quel homme il lui fallait.

Cory avait toujours insisté sur l'importance de changer de stratégie lorsqu'il y avait une nouvelle donne. Si c'était à elle de lui montrer qu'ils étaient faits l'un pour l'autre, elle mettrait du cœur à l'ouvrage. Elle ferait même tout pour qu'il ouvre les yeux.

— Victoria ? Tout va bien ?

La confusion sur son visage finit de la décider. Il tenait à elle, pas de doute. S'ils étaient faits pour être plus que des amants, mentir davantage n'y changerait rien. Au contraire, cela permettrait peut-être de lever toute ambiguïté.

Elle n'eut pas le temps de répondre que Cory se mit à tapoter un index sur sa bouche, comme s'il pensait soudain à quelque chose.

— À part quelques anicroches, cette soirée s'est bien passée, tu ne trouves pas ?

Ça aurait pu être pire, c'était certain. Elle acquiesça vaguement.

— Je pense qu'on devrait profiter de notre... apparente compatibilité pour s'afficher ensemble à d'autres soirées.

— Je suis encore à toi pour seulement deux petites semaines, jusqu'à la fête de départ de tes parents. (Vu le regard que Cory lui lança, elle comprit que sa phrase n'avait pas eu l'effet escompté.) Je veux dire, je vais avoir pas mal de boulot dans les jours à venir, mais si tu me préviens à l'avance, on peut...

Il serra les dents, ce qui creusa encore ses pommettes saillantes.

— Et combien de temps suis-je censé te prévenir à l'avance ? Tu es ma petite amie, oui ou non ?

Ce n'était pas comme ça qu'elle allait tourner la situation en sa faveur. Jusque-là, elle l'avait surtout agacé. Comme d'habitude.

— Je suis ta petite amie, confirma-t-elle d'une voix douce. L'amour de ta vie.

Il détourna le visage et, de profil, son expression était si sévère qu'elle hésita entre lui planter un baiser sur la tempe ou lui faire des chatouilles pour le décoincer.

Tout de même, elle devait veiller à ne pas se rendre trop disponible. Elle avait bien compris que le désir qui les consumait tous les deux reposait en partie sur sa réticence à lui céder. Ça paraissait logique de continuer, quand on avait trouvé une formule gagnante.

— Du moment que tu me préviens, je suis certaine qu'on arrivera à caser ça dans nos emplois du temps, ajouta-t-elle, ne s'attendant certainement pas à ce qu'il se retourne vers elle et lui aboie dessus.

— C'est quoi ces conneries, à la fin ? Tu étais toujours disponible, avant. Et maintenant, madame est devenue si importante qu'il faut programmer le moindre putain de rendez-vous ?

— Ouh, les vilains gros mots. Le maître de l'univers est en pétard, on dirait.

Un vague sourire se dessina sur ses lèvres.

— Je ne suis pas en pétard. Simplement, je trouve qu'on va bien ensemble, c'est même évident. Du coup, je me dis qu'on devrait sortir davantage. Ça rendrait notre couple plus crédible.

Vicky cala un coude sur le dossier du canapé et enleva délicatement la main de Cory posée sur sa jambe.

— On devrait pouvoir y arriver.

— Est-ce une manière polie de me repousser ?

Il observait sa main comme s'il n'en revenait pas que Victoria ne lui ait pas encore sauté dessus. Cela faisait un moment qu'elle était à un doigt de le faire.

Mais elle devait revoir sa stratégie de fond en comble si elle voulait retrouver son *sex-appeal*. Il était définitivement au plus bas. Si elle lui grimpait dessus maintenant, elle savait pertinemment que leurs ébats torrides n'allaient que lui embrouiller un peu plus le cerveau, peut-être même jusqu'au point de non-retour. Il était plus sage de prendre le temps de la nuit pour mettre tout ça au clair dans sa tête. Définir les étapes à franchir pour obtenir ce qu'elle voulait tout en minimisant les risques.

Des parties de jambes en l'air d'enfer avec option d'achat. Ça avait l'air sympa, dit comme ça.

— Bien sûr que non. Mais je m'aperçois qu'il se fait tard. (Elle lutta pour parler sur un ton neutre, et se mit debout pour souligner le trait.) Il vaudrait mieux... commença-t-elle, feignant de bâiller. Il vaudrait mieux que j'aille me coucher.

Seule.

— Tu dois te lever tôt demain ? dit-il avec une certaine raideur, comme s'ils ne s'étaient pas envoyés en l'air dans le foin deux heures plus tôt.

Encore mieux, comme si elle n'en portait pas la preuve sur son corps. Les marques rouges que ses lèvres avaient laissées dans son cou. Les bleus qui commençaient à se former sur ses hanches, depuis qu'il l'avait prise sauvagement.

Les deux petits mots qu'il avait prononcés et qui étaient quasiment gravés dans son âme.

— Pas plus tôt que d'habitude, mais je vais avoir une journée chargée. Je dois aller faire des courses avec Jill pour le *shooting* de vendredi. (Elle se força à paraître enjouée.) Je passe mon temps à lui trouver des choses à faire pour lui éviter des ennuis. J'en ai au moins jusqu'à ses trente ans. Pff, plus que huit ans à trimer !

Cory se leva et eut un petit rire guindé.

— Pourquoi ça ?

— Parce que j'ai promis à quelqu'un de le faire, rétorqua-t-elle sèchement, comme si ça venait tout expliquer.

Ayant décidé qu'il était temps pour lui de partir, elle avait juste envie qu'il le fasse, avant de changer d'avis.

Elle n'avait plus envie de parler ce soir. Encore moins avec lui. Elle se sentait bien trop vulnérable, à vif.

Son portable sonna et elle se pencha pour le prendre.

— Salut, Dill. Nellie va bien ?

— Oui, ils sont rentrés. Lex aussi, elle a eu sa dose d'émotions pour la soirée. Au final, c'était bien des fausses contractions. Et des gaz. Bon sang, je déteste quand ma mère a raison.

Un vrai pince-sans-rire, ce Dillon. Victoria s'esclaffa.

— Le plus important, c'est que Nellie et le bébé se portent bien, répondit-elle en faisant une petite danse joyeuse. Surtout, dis à Nellie de m'appeler quand elle aura le temps. Je lui ai promis de l'aider pour la déco de la chambre.

— OK. Passe l'info au grand taciturne, si ça ne t'embête pas.

Vicky jeta un coup d'œil vers Cory et se mordit la lèvre.

— Pas de problème, mon bricoleur préféré.

À ce surnom affectueux, Dillon rit et Cory se renfrogna.

— Merci.

Elle mit fin à l'appel et ouvrit la bouche, mais Cory l'interrompit.

— Je suppose que Nellie et le bébé vont bien, et qu'elle a juste paniqué, comme le font souvent les femmes ?

Il fallait quand même reconnaître que Cory avait un talent fou pour se comporter comme un con. Elle lui tirait son chapeau, vraiment.

— Tu supposes bien.

— Heureux de l'entendre, répliqua-t-il avant de fourrer les mains dans ses poches et de se balancer d'avant en arrière. Tu ne les connaissais pas avant ce soir, n'est-ce pas ?

— Nellie, Jake et Lex ? Non. Je les ai croisés à l'occasion en allant acheter des fleurs chez Divine, mais c'était la première fois qu'on discutait vraiment.

— Et on dirait que ce sont tes nouveaux meilleurs amis. C'est fou. (Avant qu'elle ait le temps de répondre, il lui demanda :) Tu as parlé de… nous à Jill, Bryan et ta sœur ?

— C'est le genre de chose qu'on raconte à sa famille et à ses amis, non ? Les photos étaient parlantes, j'ai simplement rempli les trous. Si je ne l'avais pas fait, ils auraient entendu les rumeurs et ça les aurait agacés.

Au lieu de se sentir mieux, il semblait encore plus embarrassé.

— Je sais que c'est délicat pour toi, de mentir à tes proches. Même mentir à mes parents te gêne. Je suis vraiment désolé de te mettre dans cette position.

Elle lui fit un sourire entendu.

— La seule position dans laquelle tu m'as mise ce soir, c'était jambes écartées contre une poutre. Ça ne m'a pas dérangée. (Voyant qu'il ne se déridait toujours pas, elle se décida à le pousser vers la porte, tout en bâillant une nouvelle fois.) Désolée d'être une si mauvaise hôtesse.

— Je ne suis pas un invité.

— Non. Pour l'instant, tu es l'amour de ma vie.

Elle se posta devant lui pour ouvrir la porte sur un vent piquant. Il était réellement tard, et elle aurait sans doute dû lui dire de rester. Il aurait décliné poliment, mais au moins cela aurait soulagé sa culpabilité. Un peu.

Quand elle se retourna, il était en train de l'examiner d'un air sombre.

— Peut-être devrait-on prendre du temps pour y réfléchir, Cory.

10

La réunion du lundi matin se passa sans accroc.

Bon, d'accord, pas tout à fait. Ils étaient peut-être censés s'aimer pour la vie, mais cela ne les empêcha pas de se disputer comme des chiffonniers à propos de l'éclairage sur telle photo, du placement de telle publicité rédactionnelle et de tout ce qu'il était possible d'imaginer. La seule différence, c'est que cette fois Cory eut le dessus en plongeant la main dans sa chevelure blonde et en plaquant sa bouche sur celle de Victoria alors qu'elle parlait encore. Le pire, c'est qu'elle le laissa faire.

Elle passa l'après-midi au magasin de meubles avec Jill, afin de trouver les derniers objets qui leur manquaient pour le *shooting* de la couverture, et demanda à ce qu'ils soient livrés le jeudi après-midi au plus tard. Le paravent chinois et les deux miroirs sculptés qu'elle avait commandés dans un autre magasin devaient arriver le mercredi. Non seulement elle les adorait, mais ils allaient contribuer à donner de bonnes vibrations à l'ensemble, pour que la séance se passe le mieux possible.

Et maintenant, si elle pouvait juste faire aussi du feng shui mental, le tour serait joué.

— T'aimes pas ce truc, quand même ?

Vicky leva la tête en voyant Jill approcher, et fixa la mèche violette que son assistante arborait depuis peu dans sa frange blonde de poupée. À vingt-deux ans, Jill ne se lassait toujours pas de vouloir attirer l'attention par tous les moyens. Elle avait de la chance que la plupart des clients voyaient les architectes d'intérieur comme des créatifs pouvant s'exprimer comme bon leur semblait, sinon elle aurait dû se contenter d'une couleur de cheveux autrement plus banale. Non pas que Vicky fût le genre de patronne à le lui reprocher. Jill était sa meilleure amie, mais même si elle ne l'avait pas été, Victoria ne l'aurait pas obligée à rentrer dans le rang. Ce n'était pas son truc de faire ça, sauf concernant ce que Jill souhaitait le plus changer dans sa vie : son statut de vierge.

Cet état de fait était un poids dont Jill tentait régulièrement de se débarrasser. Mais Vicky n'allait sûrement pas laisser une telle chose se produire sous sa surveillance. Elle-même étant incapable d'avoir une histoire stable, durable, bref, *normale*, elle ferait tout pour que Jill ne gâche pas ce qui devrait être une occasion spéciale pour un garçon qui n'en valait pas le coup. Ce n'était même pas la peine d'y penser.

— Allô ? T'es pas sérieuse, là, l'interpella Jill en montrant d'un geste le canapé à fleurs que Vicky caressait depuis cinq bonnes minutes. Ce machin est hideux.

— Sans blague, marmonna Vicky en consultant sa liste pour éviter le regard bleu pénétrant de Jill. OK, je crois qu'on a tout ce qu'il nous faut. On va juste s'arrêter chez Divine et prendre…

— Qu'est-ce qui t'arrive ? T'es super bizarre.

Vicky sentit sa poitrine se serrer comme chaque fois qu'elle pensait à Cory et à leur énorme mensonge. En général, elle était ensuite prise de vertiges et d'une envie soudaine de recourir aux techniques de gestion du stress qu'elle avait apprises.

— Désolée. C'est la migraine.

— Ce n'était pas aussi la migraine que tu avais le soir de mon anniversaire ? C'est à cause de ça que tu l'as zappé, non ? insista Jill avec un sourire en coin. Elle devait être carabinée, si t'as raté une occasion d'être ma chaperonne dans un lieu où non seulement on buvait, mais où en plus ça se trémoussait à tout-va.

— Carabinée, c'est le terme, confirma Vicky en glissant la liste dans son sac à main.

— C'était aussi le lendemain du soir où Cory et toi, vous vous êtes fait prendre en train de baiser. (Elle battit des cils innocemment.) Pardon, en train de faire l'amour gentiment. Sous un foutu belvédère.

Vicky accéléra le pas vers les caisses.

— Merci de me le rappeler.

— Mais c'est bien ce qui se passe quand on est amoureux. On est incapable de se contrôler, n'est-ce pas ?

Vicky jeta un regard vers Jill, et son étourdissement se transforma en un sentiment d'angoisse qui la submergea. Mon Dieu, c'était encore plus vrai que Jill ne le pensait. Plus vrai que même *elle* ne l'aurait cru.

— Au fait, et les décos de Noël pour la séance photo ? lui demanda-t-elle faiblement. Tu as vu ça avec Lorelie, n'est-ce pas ? Le sapin et tout le reste ? J'avais prévenu le magasin, ils devaient nous mettre de côté leur stock de l'an dernier…

— Eh, cool, je me suis déjà occupée de tout ça. (Jill la prit par le bras et la fit avancer dans le rayon qui les séparait encore des caisses, celui des canapés et des fauteuils.) Et je te l'ai déjà dit aussi. Tu n'écoutais pas ?

Non, pas vraiment. Elle n'était plus elle-même. Cory l'avait troublée un nombre incalculable de fois, depuis qu'elle avait accepté de se soumettre à lui dans l'écurie.

— Du moment que je n'ai pas à y penser, tout va bien. Je crois que je n'aurais pas pu gérer les décos de Noël en plus du reste.

Jill la dévisagea, les yeux plissés.

— Pourquoi tu dis ça ? C'est quoi, « le reste » ? Tu es censée être heureuse d'avoir trouvé l'amour, Vic. Ça fait si longtemps que tu l'attends.

— Qui t'a dit ça ?

— Je te le dis, moi. Ta meilleure amie, qui te connaît mieux que personne à part ta famille.

Avec un grand sourire, Jill tapota sur le pendentif en forme d'étoile de mer que Vicky ne quittait jamais, car c'était sa mère qui le lui avait offert des années plus tôt.

Surprise de sentir les larmes monter, elle baissa la tête au moment où son portable se mit à sonner dans son sac à main. Elle le sortit, vit que c'était Cory, et attendit qu'il laisse un message sur la boîte vocale pour l'écouter :

— Donc, je te préviens à l'avance comme tu me l'as demandé, et je t'annonce qu'il y a une soirée mercredi soir où ce serait bien qu'on aille tous les deux. J'aimerais te présenter à certaines personnes que tu seras contente d'avoir dans ton carnet d'adresses. Dis-moi si tu es libre ou pas.

Il allait raccrocher, mais il s'était ravisé et avait ajouté sur un ton visiblement amusé :

— Ma petite caille.

La gorge serrée, elle jeta un coup d'œil en direction de Jill et fut soulagée de voir son assistante discuter avec la vendeuse au sujet de la livraison de jeudi.

Bon sang, elle n'était quand même pas vraiment amoureuse de lui, si ? Pas complètement. Il lui restait encore une petite fenêtre pour fuir si nécessaire.

Elle n'accepta de l'accompagner à sa sauterie que le mardi soir. Elle n'avait pas vraiment l'intention de le faire mariner, seulement elle ne supportait pas l'idée de lui parler. Comme elle s'y attendait, Cory n'apprécia guère sa réponse tardive, et se vengea en se montrant glacial avec elle à la « soirée », qui était plutôt un machin guindé avec traiteur et serveurs en smoking, champagne haut de gamme et caviar. Ce n'était tellement pas le monde de Victoria.

Au moins, il respecta sa part du marché en la présentant à plusieurs hommes influents dont deux avaient prévu de faire appel très prochainement à un architecte d'intérieur, le premier pour sa maison – qui ressemblait davantage à un manoir qu'autre chose –, le second pour une galerie d'art qu'il ouvrait prochainement à Philadelphie. Elle passa son temps à distribuer des cartes de visite à des gens riches et importants d'un côté, et à subir les regards impénétrables de son amant de l'autre. En essayant de faire comme si rien de tout cela ne l'atteignait.

Puis Cory la ramena chez elle et lui annonça qu'ils se verraient le vendredi pour le *shooting*. Et ce fut tout. Pas de baiser, même chaste, pour lui dire bonsoir. Juste ce froid déconcertant entre eux, qui provenait peut-être de son manque d'empressement à accepter l'invitation, mais plus probablement du fait que Cory commençait déjà à s'éloigner.

Tout ça n'était que temporaire, après tout.

Vicky se tourna et se retourna dans son lit pendant la moitié de la nuit, et fut au radar toute la journée du lendemain. Le soir, voyant qu'elle n'allait pas fermer l'œil encore une fois, elle martela son oreiller de coups de poing et se repassa pour la millième fois dans sa tête la soirée pourrie de la veille. En dépit de sa prétendue stratégie – et de la froideur de Cory –, elle s'était retrouvée à deux doigts de lui déballer tout ce qu'elle ressentait dans la voiture, et avait été obligée de le quitter avant de tout gâcher. Ça n'avait rien à voir avec une passade. Ses sentiments étaient bien plus profonds que ça, et en les niant, elle ne faisait que se mentir encore plus.

Le mensonge était quelque chose de bien ancré dans sa famille, sa famille proche en tout cas. Elle avait vu sa mère dans la journée et lui avait menti en faisant semblant d'être heureuse, car Victoria savait qu'elle en avait besoin. Elle ne comprenait pas qu'à son âge, sa fille faisait encore des cauchemars où on l'abandonnait. Et que depuis quelque temps, Victoria s'imaginait souvent partir à son tour. Fuir sa vie et ses problèmes. Mettre tous les jetons d'un coup sur la table, comme son bon vieux père. Et pourquoi pas ? Qu'avait-elle à perdre ?

Les visages des gens qu'elle aimait défilèrent tout à coup dans son esprit, et elle soupira. Elle avait beaucoup à perdre. *Beaucoup*. Elle était stressée, surmenée, épuisée même. Mais elle tiendrait bon, comme elle l'avait toujours fait. Elle n'était pas du genre à mettre les voiles dès qu'elle traversait une passe difficile – même si elle ne pouvait s'empêcher d'y penser de temps en temps.

Et ce fichu sommeil qui ne venait toujours pas. Pour penser à autre chose, elle se leva, finit son article consacré aux meilleurs endroits où chiner dans la région – sa dernière contribution pour le premier numéro du magazine, Dieu merci – et l'envoya par e-mail à Cory. Puis elle se mit à surfer sur Internet.

Était-il encore éveillé lui aussi, le regard rivé au plafond ? Peut-être travaillait-il sur son lit, pieds et torse nus, vision enivrante s'il en était ? Ou peut-être était-il en ligne, à parler astronomie avec ses copains geeks. Comment s'appelait le site où il allait chatter, déjà ? Skychat, Moonview, un truc comme ça. Elle pouvait toujours faire des recherches, pour voir. C'était lui qui l'avait mentionné, ce n'était pas comme si elle le harcelait. Enfin, dans la limite du raisonnable.

Au bout d'une demi-heure, elle fit enfin mouche. Le groupe s'appelait Celestia et il était basé à Penderville, tout près de là. Elle se connecta et, *tadam*, cinq autres internautes étaient en train de discuter cette nuit-là. Si ça se trouvait, l'un d'eux était vraiment Cory.

Un des membres avait choisi comme pseudo le nom de Ra, et suivant son intuition, Victoria opta pour Nout. Dans de nombreuses versions de la mythologie égyptienne, Ra était le dieu du soleil et Nout la déesse du ciel, ainsi que l'épouse de Ra. Elle était aussi la mère d'Osiris, dont on disait parfois qu'il s'était incarné dans les étoiles sous la forme d'Orion. *Orion*, bon sang.

C'était bien utile, parfois, d'avoir été première de la classe.

Il y avait de grandes chances pour qu'elle perde son temps, mais elle tenta le coup quand même en engageant la discussion sur la récente pluie d'étoiles filantes. Presque aussitôt, Ra lui répondit par le biais de la messagerie instantanée. Son cœur s'emballa quand elle cliqua sur le bouton, mais elle s'efforça de rester calme. C'était peut-être lui. Ou peut-être pas.

`Alors comme ça, tu couches avec ton frère ?`

Elle éclata de rire devant son écran. Dans la mythologie, le père des enfants de Nout était son frère Geb.

`Seulement quand je n'ai pas d'autre choix.`

Une réponse apparut immédiatement :

`C'est le cas ce soir.`

`C'est à toi que je suis en train de parler, n'est-ce pas ?`

`Oui, pendant le prochain quart d'heure. Comment ça va ?`

Victoria se mordit la lèvre. Allait-elle oser ? La façon de parler et le fait qu'il n'y ait pas de coquilles ou de fautes correspondaient bien à Cory, mais elle tirait des conclusions légèrement hâtives. Elle ne savait même pas s'il était sur Internet. Elle ne savait même pas s'il était chez lui tout court.

Oh, et puis zut. Si elle voyait que ça devenait louche, elle pouvait toujours se déconnecter.

Je suis excitée.

Elle eut une bouffée de chaleur rien qu'en tapant ces mots.

Et toi ?

Ra mit si longtemps à répondre qu'elle l'imaginait déjà déconnecté. Elle continua à discuter avec les autres, gardant toujours un œil sur la petite fenêtre bleue en bas de l'écran. Et puis tout à coup, celle-ci clignota.

Tu es au courant que tu es sur le site de Celestia et pas sur Sexee Chat ?

Elle rit de plus belle. Sexee Chat était un service de téléphone rose dont on faisait la pub la nuit sur le câble.

Peut-être bien que j'aime les geeks autant que le sexe. Tu es partant ?

Comment on fait l'amour quand on est en ligne ? On se frotte contre son écran ? On culbute son disque dur ?

Elle ne put s'empêcher de glousser en lisant ces mots.

Oui. On se frotte beaucoup. On enfonce, aussi… les touches de son clavier.

C'est là que je devrais te demander ce que tu portes ? Et toi, me répondre : « un string et rien d'autre » ?

À vrai dire, je porte une chemise de nuit avec un dessin de Hello Kitty dessus. Pas de blagues vaseuses sur les chattes, s'il te plaît.

Je vais tâcher de m'abstenir. Et maintenant ?

Victoria pressa les poings sur ses cuisses. Si ce n'était pas Cory, est-ce que ça reviendrait à le tromper ? Elle jeta un coup d'œil vers son portable. Peut-être devrait-elle l'appeler pour lui poser la question.

Ou alors, elle pouvait continuer à jouer un tout petit peu.

Tu aimes dire des trucs obscènes aux filles ?

Je ne suis pas très bon pour ça. J'aime en faire, par contre.

Elle n'allait certainement pas le contredire.

On pourrait allumer la webcam, peut-être.

Sa réponse fut immédiate.

Pas question. Tu es célibataire ?

Elle n'hésita pas une seconde. Quel que soit le sentiment de Cory à ce sujet, pour elle ils étaient ensemble. Il était son amant, un point c'est tout.

Non. Et toi ?

Son cœur battit la chamade en attendant sa réaction.

Non. Pour être franc, je ne sais même pas pourquoi je fais ça. Mais quand j'ai vu ton pseudo, ça m'a fait penser à quelqu'un.

Elle se mit à taper plus vite, étant quasiment sûre que c'était lui, maintenant. C'était forcément lui.

Dans ce cas, je serai celle que tu veux. Je serai ton fantasme. Peu importe qui je suis tant que c'est bon, non ?

Elle avait fait exprès d'utiliser cette tournure de phrase. Elle espérait lui rappeler l'épisode des toilettes. Lui rappeler *elle*… et lui, ensemble.

Si, justement. Ça m'importe.

Et sur ce, Ra se déconnecta.

Vicky avait les yeux rivés sur son écran, et la déception était si vive qu'elle la ressentit physiquement, comme une douleur à la poitrine. Elle ne saurait jamais si c'était vraiment lui ou pas.

Et puis tout à coup, son téléphone sonna.

D'une main tremblante elle l'approcha de son oreille, trop stressée pour vérifier qui appelait.

— Tu as bien failli m'avoir.

La voix chaude de Cory l'envahit tout entière, et elle était si familière qu'elle en eut des frissons.

Merci, mon Dieu. Elle respira un grand coup pour chasser son étourdissement.

— Tu appelles toujours les gens à des heures aussi tardives ? Il est plus de trois heures du matin, je te signale.

— Je ne vois pas le problème, puisque tu ne dors pas. Sinon, tu pensais vraiment que j'allais tomber dans le panneau ? (Comme elle ne répondait pas, il poussa un grognement.) Ou bien tu ne t'es vraiment pas rendu compte que tu proposais une séance de cybersexe à ton propre amant ? Tu pensais que c'était un autre homme, c'est ça ?

— Je ne vois pas du tout de quoi tu parles. Du cybersexe ? fit-elle en essayant de paraître la plus innocente possible. C'est carrément sordide.

— C'est toi qui m'as fait des avances. Si tu es autant excitée que ça, tu aurais pu te montrer davantage réceptive hier soir.

— J'aurais pu me montrer réceptive ? Et toi, alors ? Tu ne m'as même pas touchée, s'indigna-t-elle.

— Parce que tout d'un coup tu es trop timide pour lever le petit doigt, c'est l'homme qui doit tout faire ? (Il ne lui laissa pas le temps de répondre.) Tu ne savais pas que c'était moi sur Internet, n'est-ce pas, Victoria ?

Il semblait tellement en rogne qu'elle ne put s'empêcher de sourire. Ce n'était pas très sympa, mais qu'est-ce qu'elle aimait le rendre jaloux. D'en être capable, tout simplement.

— Bien sûr que je le savais. En tout cas, je l'espérais. Je me suis inscrite exprès sur le site, en priant pour que tu sois connecté et qu'on puisse…

Quoi, exactement ?

— Pour qu'on puisse prendre notre cyber-pied ? susurra-t-il d'une voix qui avait baissé de plusieurs octaves.

— C'est-à-dire que je n'ai jamais fait ça. Je ne sais pas vraiment comment ça fonctionne.

— On a l'air malins, tous les deux. Tu crois que si on fait l'amour par téléphone, tu vas devoir te caresser avec le portable ?

Elle pouffa et se laissa aller en arrière contre les coussins. La tablette glissa à côté d'elle sur le lit.

— Vu comme tu m'excites, je ne peux pas prendre le risque. Je ne suis même pas sûre que la coque soit *waterproof*.

— Arrête, grogna Cory.

— En revanche, mes doigts peuvent très bien faire l'affaire, poursuivit-elle en les faisant glisser vers son ventre. C'est une bonne chose, parce qu'ils me démangent un peu, là.

— Tu as fini de me tenter, oui ? Je ne vais pas faire l'amour au téléphone avec toi.

— D'accord, répliqua-t-elle gaiement. Je sors mon vibro, dans ce cas.

— Tu as un vibromasseur ? s'exclama-t-il, tout à coup très intéressé.

— Non. Mais je vois bien une héroïne de comédie romantique dire ça.

Son doux rire lui mit du baume au cœur.

— Ma langue serait heureuse de te rendre ce service.

— Tu sais où j'habite, monsieur le P-DG. Je laisserai la lumière du porche allumée.

Il poussa un long soupir de frustration.

— Le *shooting* est dans moins de six heures, et avant ça j'ai deux réunions.

Elle fit glisser sa main plus bas.

— Alors, faisons semblant. On est tous les deux experts en la matière, non ? (Elle fit claquer sa langue.) À moins que tu sois un petit joueur.

— Bon sang, je te hais parfois.

Elle s'esclaffa.

— Moi aussi. Quand est-ce que tu t'es masturbé pour la dernière fois ?

— Tu penses vraiment que je vais répondre à cette question ?

— Je suis on ne peut plus sérieuse.

— La semaine dernière, grommela-t-il après quelques instants. Et toi ?

— Ce matin dans la douche. Ensuite, deux fois dans mon lit. La troisième n'était pas folichonne.

Elle avait l'impression d'avoir de la fièvre tant elle était rouge écarlate.

— Ce n'est pas étonnant. Tu devais avoir mal aux doigts, à ce stade. Pourquoi tu ne m'as pas appelé ?

— Tu étais au boulot.

— Et alors ? J'ai le sens des priorités. Si tu me dis que tu as la main entre les cuisses et que tu as besoin de moi, c'est une urgence.

— Et si c'est au milieu de la nuit que j'ai la main là ? murmura-t-elle en traçant les contours de son sexe.

Elle était déjà humide.

— Tu es vraiment en train... fit-il d'une voix étranglée.

— Oui, vraiment. Ta voix m'excite.

— Bon sang, Vic, je n'arrive pas à croire qu'on fait ça.

Elle ferma les yeux et attendit qu'il continue, car elle savait que jamais il ne la laisserait dans un tel état de frustration. Même s'il n'avait que des mots à disposition pour la faire grimper aux rideaux.

— Mais si, tu peux. Ça t'excite, même.

Il ne chercha pas à le nier.

— Est-ce que tu mouilles pour moi ?

— Tout le temps. Et mon clito est tout gonflé. Je ne vais pas mettre longtemps à jouir pour toi. (Elle roula sur le lit et glissa les genoux sous elle.) Surtout que je viens de me mettre sur le ventre. La meilleure position pour ce que j'ai envie de faire. Je n'ai plus qu'à glisser mes doigts à l'intérieur...

— Vas-y.

Le ton autoritaire résonna aux oreilles de Victoria, et la surprit par son assurance. Elle savait qu'il ne mettrait pas longtemps à la suivre.

— Dis-moi ce que ça te fait.

— Tu sais déjà ce que ça fait d'être en moi. Ou bien tu ne te souviens déjà plus ?

— Ne dis pas ça, gronda-t-il.

Son clitoris se mit à palpiter comme si Cory était à côté d'elle sur le lit.

— Impossible d'oublier à quel point ta chatte est brûlante. Tu es si serrée quand je suis en toi, ça me donne envie d'aller toujours plus loin, toujours plus profond. Je pourrais y rester pour l'éternité que ça ne me suffirait pas.

En tremblant, elle enfouit le front dans l'oreiller et commença à se caresser frénétiquement. Jamais il ne s'exprimait ainsi. Elle fit entrer et ressortir ses doigts de plus en plus vite, prête à tout pour faire durer les sensations, mais elle était incapable de parler. Seule sa respiration entrecoupée s'entendait au téléphone, et elle pouvait simplement espérer qu'il comprenait combien il lui faisait de l'effet.

— Bébé ?

Le fait d'entendre « chatte » dans la bouche de Cory lui paraissait presque plus naturel que ce genre de surnom affectueux. Il allait la faire mourir de plaisir s'il continuait.

— Je m'active. Et toi ?

— Pareil, dit-il à mi-voix. Mais c'est dur si tu ne me parles pas, si tu ne fais que panteler.

— En parlant de dur, qu'est-ce que tu fais ? Sois précis.

— Je me caresse, fort. Je fais comme si c'était ta main et qu'on était dans les toilettes de chez mes parents. Je t'imagine derrière moi, en train de me chuchoter des choses à l'oreille. Je sens ton odeur, le savon que tu utilises pour te laver, le parfum que tu portes. Ça me rappelle les senteurs du dehors, et du coup je repense à l'écurie. Aux odeurs de foin, de terre, d'air frais et pur. Tout est tellement net dans ma tête. Je porte cette odeur en moi même quand tu n'es pas là. Si j'inspire maintenant, tu es là. Toujours.

Elle se mordit la lèvre mais ne put s'empêcher de gémir.

— J'ai le pouce sur mon clitoris, et les doigts à l'intérieur. Mais c'est ta main. C'est toi qui devrais me faire taire quand je crierai, pas cet oreiller. Quand je le mords, c'est dans ton épaule que je plante les dents. C'est ton dos que je griffe.

— Vas-y, plus fort. Plus profond. Emmène-moi avec toi. (Sa voix s'était faite gutturale. Pressante.) Fais-moi croire que tu es dans ce lit avec moi, que ni toi ni moi ne sommes seuls ce soir.

Vicky s'exécuta, jouant des muscles de la main pour l'enfoncer toujours plus. L'orgasme arriva si vite qu'elle n'eut même pas le temps de prévenir Cory. Elle en fut réduite à crier son nom tout en poursuivant les va-et-vient le plus longtemps possible. Ses doigts étaient trempés.

Elle venait de s'écrouler sur l'oreiller quand elle l'entendit qui venait à son tour. Ces bruits rauques lui donnèrent le frisson, comme si c'étaient les siens, et elle s'en enivra tellement qu'elle fut prise de vertiges et reçut des décharges d'extase dans tout le corps.

La respiration chaotique de Cory la berça jusqu'à ce qu'elle oublie tout. Les mots paraissaient superflus. Il devait penser la même chose, car il garda le silence.

Ils n'avaient pas besoin de parler. Ensemble, ils pouvaient se contenter... d'être.

Bien plus tard, elle murmura :

— Je crois que je vais dormir, maintenant.

Il fut si long à répondre qu'elle se demanda s'il était encore là.

— Moi aussi.

— Bonne nuit, Cory.

— Bonne nuit, Vic.

Encore une fois, il lui avait menti.

L'aube n'était pas encore levée que Cory était déjà sur sa terrasse, occupé à scruter le ciel dans l'espoir d'apercevoir la ceinture d'Orion, comme il le faisait si souvent ces temps-ci. Il était encore tôt dans la saison pour qu'elle soit pleinement visible, mais son super télescope aidait bien. D'habitude il se contentait des jumelles, mais la vue était si dégagée ce matin qu'il avait sorti la grosse artillerie. Sirius clignotait éperdument dans le ciel rosissant, et même si c'était un peu bête, il fit un vœu, comme chaque fois. Seulement, la nature du vœu avait changé.

Elle lui avait fait quelque chose. Peut-être était-ce un sortilège qu'elle lui avait jeté, peut-être l'avait-elle envoûté. Cela faisait bien longtemps qu'il n'avait pas eu un coup de cœur pour une fille, ni quoi que ce soit d'approchant, d'ailleurs. S'enticher de quelqu'un avait de quoi perturber…

Non. Fini de mentir. Il souffrait de bien autre chose qu'une simple amourette, quelque chose de beaucoup plus profond. Et il n'avait aucune idée de ce qu'il était censé faire de ça.

Il y avait des hommes qui abordaient leur vie amoureuse avec autant de zèle et d'efficacité qu'en affaires. Pas lui. Il avait eu de nombreuses petites amies par le passé, et il lui était arrivé d'envisager d'aller plus loin avec certaines. Mais invariablement il avait fini par leur trouver un minuscule défaut – ou bien c'étaient elles qui avaient trouvé un défaut pas si minuscule que ça chez lui – et chaque fois, les choses avaient mal tourné.

Il avait failli faire de même avec Victoria, sans le vouloir ou presque. C'était sa réaction à la déclaration d'amour un peu forcée dans la cuisine de ses parents qui avait déclenché le processus. Bon sang, ce regard de biche blessée qu'elle lui avait lancé l'avait atteint en plein cœur. Ensuite, elle l'avait mis à la porte de chez elle alors que, manifestement, elle avait envie de le voir rester autant que lui ; et encore après, elle avait manifesté si peu d'intérêt quand il l'avait invitée à la soirée de mercredi que lui-même était passé en mode survie, le seul qu'il connaissait, en se fermant complètement. Cette histoire de dingue était en grande partie sa faute à lui, mais si elle commençait déjà à s'éloigner, il n'avait d'autre choix que de l'imiter. Simple question de prudence.

Le seul problème avec ce scénario, c'est qu'il l'avait obligé à penser à l'avenir. Il s'était mis à imaginer la vie qui l'attendait et il avait vu toujours la même chose, jour après jour. Il adorait son travail, là n'était pas la question. Mais il n'y avait pas que ça dans la vie, et il était beaucoup moins prêt à s'isoler désormais.

Un sortilège, un envoûtement, un miracle. Peut-être était-elle les trois à la fois.

La seule solution était de se montrer honnête envers elle. Cory voyait bien qu'elle était loin de lui avoir révélé ses secrets, mais en toute logique, si lui s'ouvrait davantage – il s'en rendait compte – ce serait plus facile pour elle de le faire aussi. Il voulait qu'elle soit son amie. Il voulait par-dessus tout qu'elle soit son amante. La façon qu'elle avait eue de se donner à lui dans l'écurie avait scellé leur destin, à ce niveau-là. Ils allaient si bien ensemble, sous tant d'aspects, même si parfois cela faisait des étincelles entre eux. Et il voulait peut-être même être… plus que ça.

Et ce tout petit mot, ce *plus*, lui flanquait une sacrée trouille.

Il écarta le télescope pour observer la Voie lactée à l'œil nu. Le spectacle du lever de soleil était toujours magnifique, même lorsque le stress lui donnait des courbatures aux épaules et le manque de sommeil lui irritait les yeux. À cette époque de l'année c'était encore plus beau, avec les feuilles qui commençaient à jaunir sur les collines entourant la ville. Celle-ci commença à se teinter de rose et d'orangé, et Cory huma des odeurs de feu de bois et d'automne dans la brise vivifiante.

C'était une matinée idéale pour la partager avec quelqu'un. Avec Victoria. S'il tournait la tête, il pouvait sentir ses cheveux, et se rappeler la façon qu'avaient ses doigts de se recroqueviller sur son torse. S'il se concentrait, il pouvait voir dans ses yeux dorés ce sens de l'humour inimitable, et aussi le désir, un désir qui brûlait rien que pour lui. Et au milieu de tout ça, sa compréhension totale et absolue de l'homme qu'il était. Ils se connaissaient depuis si longtemps que même ce gigantesque bond en avant dans leurs relations se faisait presque naturellement.

Et pourtant il était seul, comme toujours.

L'ironie, avec Victoria, c'est qu'il avait fallu qu'elle déboule dans sa vie comme une tornade pour qu'il se rende compte de tout ce qu'il ratait. Et c'était tout simplement impossible d'imaginer qu'elle n'en fasse plus partie après le départ de ses parents, dans un peu plus d'une semaine. Cette perspective lui donnait même envie de donner des coups de poing dans une surface bien dure et coupante.

Ça n'arriverait pas, car il ne le permettrait pas.

Jetant un coup d'œil à sa montre, il expira lentement puis se dirigea vers la porte-fenêtre. Il devait se préparer pour la journée.

Et la prochaine étape.

11

Cory était officiellement dans la merde.

Dès qu'il la vit ce matin-là au *shooting*, il se sentit comme un adolescent. Il lui avait pris un chocolat chaud à emporter, et il la dévora des yeux pendant qu'elle le buvait. Lorsqu'elle se mit au travail avec Jill et Lorelie pour décorer le salon, il resta planté là comme un crétin d'amoureux transi.

Elle était belle, clairement. Sexy, sans l'ombre d'un doute. Mais ce n'était pas ce qui l'attirait en premier chez elle. Son esprit, son intelligence, son cœur – c'était tout ça qui le troublait réellement. C'était ça qui lui donnait envie de croire à un amour qui durerait toujours, et lui faisait regretter amèrement de ne pas savoir comment s'y prendre.

Lorsqu'il se secoua pour s'éclaircir les idées et suivre la séance photo, il se rendit compte qu'il n'aurait pas dû se donner cette peine. Comme d'habitude, elle avait fait un boulot génial.

Le salon avait été transformé en Noël de rêve. Un immense sapin – un vrai ! – orné de guirlandes électriques de toutes les couleurs et de décos vintage se dressait fièrement dans un coin de la pièce. Il y avait une belle flambée dans la grande cheminée en brique, et un plaid rouge et vert avait été négligemment posé sur le rocking-chair d'époque. Ici et là, de petites touches donnaient l'impression d'un Noël de l'ancien temps, jusqu'aux moindres détails, comme ce bol débordant de sucres d'orge qu'elle avait mis à côté d'un canapé bas parfait pour faire la sieste l'après-midi devant la télé.

Le photographe donna quelques instructions à Victoria et son équipe entre chaque prise, mais les retouches restèrent minimes. Tout était quasiment parfait.

Hormis une chose.

— Un instant ! s'exclama Cory vers la fin, alors que le photographe s'apprêtait à zoomer sur un ours en peluche déguisé en lutin.

Trois paires d'yeux se tournèrent vers lui.

— Il manque quelque chose sur la photo.

Victoria croisa les bras sur sa poitrine, avec un air courroucé.

— Comme quoi ?

Il sourit.

— Toi.

— Hein ?

En la voyant perplexe, son sourire s'agrandit.

— Viens t'asseoir ici, dit-il en se positionnant derrière le canapé pour lui indiquer la place à côté de l'ours en peluche. Laisse-toi faire. Tu vas voir, l'objectif va te manger toute crue.

Quand elle s'installa comme il le lui demandait, il se pencha vers elle et lui murmura à l'oreille :

— Et tout à l'heure, ce sera mon tour.

Elle piqua un fard et le pénis de Cory passa du stade semi réveillé à celui de « la vache, encore mieux que le Viagra ».

— Je ne comprends pas, tu tenais absolument à prendre des clichés des intérieurs et rien d'autre. C'est toi-même qui l'as dit, tu voulais que les gens puissent s'imaginer dans les photos sans mannequin pour les distraire.

— Tu seras la seule à figurer dessus. Elles ont besoin d'un peu de peps, je trouve. (Voyant Vicky se hérisser, il déposa un baiser sur sa tempe.) Elles ont besoin de toi.

Cory fit signe au photographe, puis sortit du champ.

Au bout de quelques essais, elle se sentit à l'aise dans son nouveau rôle. L'ours en peluche à ses côtés, elle posa, et elle était aussi rayonnante que l'étoile dorée au sommet du sapin. De temps en temps, elle faisait un clin d'œil à Cory, comme si elle repensait à une *private joke*.

En la voyant faire, Cory ressentit une bouffée de fierté. Elle était tellement douée, aussi unique que les feuilles qui bientôt tomberaient de l'arbre visible par la fenêtre derrière elle.

Il la voulait, corps, cœur et âme. Peut-être même… pour la vie.

Était-ce complètement fou de penser ça, alors qu'ils ne se voyaient que depuis quelques semaines ? Tout ce qui s'était passé entre eux auparavant avait été une sorte de prélude bizarre, composé de violence rentrée pour Victoria et d'agacement perpétuel pour lui. Ce n'était peut-être pas le point de départ le plus habituel pour une histoire d'amour, mais il n'en restait pas moins valable. Il ne doutait pas un instant qu'elle continuerait à le provoquer dès qu'elle en aurait l'occasion, et ce jusqu'à la fin de leur existence. Qu'elle le ferait rire, l'exciterait, et lui ferait aussi rêver d'autre chose que de chiffres et de lettres sur un document Word. En étant dans sa vie, elle lui donnerait enfin un sens.

S'il était malin, il arriverait peut-être même à la convaincre que c'était son idée à elle. Il voyait d'ici sa réaction quand il lui poserait la question : « Eh, ça te dirait de faire pour de vrai ce qu'on faisait jusqu'ici pour de faux ? » Si elle pensait lui avoir soufflé l'idée, elle s'appliquerait à lui montrer en quoi celle-ci était excellente.

Cory avait comme l'impression qu'il allait adorer ça.

Une fois les photos terminées, ils allèrent déjeuner au resto chinois à côté de Value Hardware. Il lui demanda si elle voulait bien l'accompagner à une autre soirée le dimanche suivant, et cette fois-ci il n'y eut pas d'hésitation. Elle accepta aussitôt.

Jusque-là, tout allait bien.

Ils se tinrent la main sur tout le chemin du retour. Ils ne s'étaient pas vraiment concertés, mais à un moment donné leurs doigts s'étaient frôlés maladroitement et il avait fini par les saisir franchement, ce à quoi elle avait souri au lieu de le repousser d'un coup de coude dans les côtes. Rien de plus facile ou de plus naturel, autant que de l'arrêter au beau milieu du trottoir pour l'embrasser. Ses lèvres avaient le goût de *gloss* à la fraise et d'ice tea à la pêche, et Cory se surprit à humecter les siennes tout l'après-midi pour vérifier s'il la sentait encore sur lui.

Ce soir-là, elle l'appela pour lui dire bonne nuit. Après avoir passé toute la journée de samedi au bureau, il lui téléphona à son tour pour lui souhaiter de beaux rêves. En son for intérieur, il savait qu'il leur tardait d'être à la fête du lendemain – et à ce qui viendrait après.

Cory n'était pas un romantique et ne croyait pas aux contes de fées. Ça, c'était son rayon à elle. Mais lorsque Victoria lui ouvrit le dimanche soir et qu'il vit ses beaux cheveux coiffés en un chignon élégant, et son corps superbe drapé dans un fourreau de soie noire qui partait du cou pour lui descendre aux orteils – hormis cette fente qui s'arrêtait dangereusement près de la cage thoracique – il eut le coup de foudre. Elle portait des boucles en diamants en plus du piercing qu'elle avait au nez, mais ni l'un ni l'autre n'étincelait autant qu'elle. Elle l'avait bien ensorcelé, et il priait pour que le charme ne se rompe jamais.

— On dirait un ange, murmura-t-il.

Elle se tourna pour lui montrer le lacet qu'elle avait dans le dos. Il était interminable.

— Un démon, tu veux dire, répliqua-t-elle en lui faisant un immense sourire par-dessus l'épaule – mais ses yeux étaient trop sombres, les cernes en dessous trop marqués.

Sourcils froncés, Cory entra. Il y avait un problème.

— Qu'est-ce qui ne va pas ?

— Comment ça ?

— Ne me mens pas. Je te connais trop bien. (Il lui caressa la joue et son cœur chavira quand elle pressa le visage contre sa paume.) Que se passe-t-il ?

— On va être en retard.

— Je m'en fiche, déclara-t-il en fermant la porte et en posant son manteau dans l'entrée, pour lui prouver qu'il était sérieux. Parle-moi.

Elle secoua la tête si fort qu'il commença à s'inquiéter pour ses cervicales.

— Je ne peux pas.

— Si, tu peux. C'est moi, Vic.

Tout à coup elle se retrouva dans ses bras, et il aurait été bien en peine de dire comment elle était arrivée là. Mais qu'est-ce que c'était bon. Et naturel.

Tellement naturel, bon sang.

Ce fut seulement lorsqu'elle s'écarta qu'il remarqua ses larmes.

— Je suis désolée. On n'a rien de… tout *ça*, tenta-t-elle d'expliquer en les désignant tous deux d'un geste. Tu n'es pas mon copain. Tu n'es pas mon…

Il la souleva pour la porter jusqu'au canapé du salon, puis l'installa sur ses genoux.

— Chut. Arrête.

— Regarde comme tu viens de me porter. On dirait un héros de film romantique.

Il se retint de rire en l'entendant renifler.

— Tu n'as qu'à m'appeler Barbe Noire le Mangeur de Chair Humaine, et on n'en parle plus.

— T'as vraiment un problème avec les pirates, tu le sais ça ?

— Au vu de ce commentaire castrateur, il est de mon devoir de faire une remarque un peu virile pour redorer mon blason de héros romantique. Par la présente, j'exige que tu te mettes à genoux et que tu me tailles une pipe. (Il fit semblant de la pousser vers l'avant.) Allez, jeune fille.

— Puis-je vous donner une reconnaissance de dette, maître ?

Il lui passa un doigt le long de l'arête du nez.

— Compte sur moi pour revenir la percevoir.

— Oh oui, s'il vous plaît.

Elle eut un faible rire et blottit son visage baigné de larmes dans son cou.

— Je suis vraiment désolée. Je sais qu'on devrait y aller, mais… J'ai besoin de toi ce soir.

Il s'attendait à moitié à éprouver une sensation d'étouffement à la simple idée qu'elle puisse avoir besoin de lui pour autre chose que le sexe. Au lieu de cela, il se sentit euphorique, et encore plus lorsque le corps de Victoria vint s'appuyer langoureusement contre le sien.

Il prit une respiration pour se calmer, et s'obligea à lui dire les mots qu'elle voulait entendre.

— Moi aussi, j'ai besoin de toi.

Pendant longtemps ils restèrent ainsi, sans parler, et sans percevoir de gêne pour autant. La tenir dans ses bras lui paraissait aussi évident que de respirer. Il se demandait juste pourquoi il n'avait pas tenté quelque chose plus tôt avec elle, à l'époque où ils n'étaient pas encore empêtrés dans les mensonges en tous genres.

— Je suis allée voir ma mère aujourd'hui, dit-elle finalement.

Cory savait qu'elle lui rendait visite régulièrement, mais c'était à peu près tout.

— Elle est dans le coin ?

— Oui. À Rillings.

— D'accord.

Le nom lui disait vaguement quelque chose, mais sans plus.

Elle se mit à trembler et il l'attira encore plus près pour qu'elle profite de sa chaleur. C'était dans des moments comme ceux-ci qu'il se rendait compte à quel point elle était fragile.

— C'est une maison de repos pour malades psychiatriques, expliqua-t-elle avant de lever les yeux vers les siens.

Et c'est là qu'il découvrit toute la force qu'elle avait en elle. Bien plus qu'il ne l'aurait imaginé.

— Elle souffre de troubles bipolaires graves et de tendances suicidaires, entre autres choses. Quand elle n'est pas dans une phase maniaque ou dépressive, elle va bien. C'est même une vraie boute-en-train, l'âme du groupe. Mais quand elle s'effondre… (Victoria ferma les yeux.) C'est dû à un déséquilibre hormonal, donc la plupart du temps le facteur génétique entre en compte.

En un seul long regard, elle fit comprendre à Cory la peur que cela lui inspirait.

— Est-ce que tu as fait un bilan ?

— J'ai parlé à un psychologue là-bas. Il pense que je suis assez stable pour ne pas basculer. (Elle éclata d'un rire bien faible.) Pendant des années elle s'est sentie bien, elle pensait être « guérie ». Et puis, après son départ de la maison, tout s'est accumulé. Elle n'arrivait pas à trouver de boulot stable, la culpabilité la rongeait…

— Encore heureux, intervint-il en la serrant un peu plus fort. Elle a quand même abandonné sa famille, merde.

Il ne savait que trop l'effet que cela faisait de voir un parent déserter le foyer mais, dans son cas, le vide avait fini par être comblé. Victoria n'avait pas eu cette chance. Loin de là.

— Elle sait qu'elle a commis des erreurs, murmura-t-elle en baissant les yeux comme si, quelque part, ces erreurs-là étaient les siennes.

Comme si tout était sa faute.

— Melinda et Bryan ne sont pas bipolaires, si ?

— Ils n'ont pas fait de tests. Ils ne savent même pas que maman l'est.

— Tu leur as dit que tu la voyais ?

De nouveau, elle secoua la tête.

— Personne n'est au courant à part toi.

Il fit glisser un doigt le long de son visage, et releva celui-ci délicatement.

— Ça fait combien de temps, Vic ? Combien de temps que tu assumes ça toute seule ?

— Des années.

Cory dut fermer les yeux tant sa souffrance était palpable.

Mon Dieu. Tout ce qu'elle avait été obligée d'endurer sans personne pour l'épauler. Il avait passé son temps à lui prendre la tête sur des stores en bambou et la maquette du magazine, et pendant ce temps, elle faisait de son mieux pour prendre soin des gens qu'elle aimait. Sa mère, Bryan, Melly, Jill.

Et même lui. Pour quelle autre raison aurait-elle accepté de marcher dans sa combine alors qu'il savait pertinemment que ça allait à l'encontre de tous ses principes ? Certes, elle devait penser à sa propre réputation après l'incident du belvédère, mais c'était un problème mineur finalement. L'agitation serait retombée toute seule, au bout d'un moment. Non, elle avait vraiment voulu l'aider. Dieu seul savait pourquoi.

Il voulait la supplier de lui donner une chance. Une vraie chance. Il ne savait absolument pas comment s'y prendre pour faire fonctionner un couple, mais il était prêt à tout tenter, si elle voulait bien lui en laisser le temps.

Cela faisait beaucoup de « si ». À chaque nouveau risque pris, la probabilité d'échouer augmentait. Et le mot « échec » ne faisait tout simplement pas partie de son vocabulaire.

Vicky s'essuya le menton rapidement.

— Ce n'est pas toujours aussi horrible. Il lui arrive d'aller mieux, et quand c'est comme ça, c'est vraiment chouette.

— Mais en ce moment, ça ne va pas, reprit-il doucement en effaçant les larmes qui recommençaient à rouler sur ses joues.

Chacune d'entre elles était comme un coup de poing dans le ventre.

— Non, confirma-t-elle avant de reposer la tête sur son épaule et de respirer le plus calmement possible. Je t'ai parlé de la lettre et du coup de fil que j'ai reçus d'elle il y a des années. À l'hôpital, on l'avait encouragée à reprendre contact avec moi, ça faisait partie de sa thérapie. J'avais toujours été proche d'elle, j'étais son bébé, et ce jour-là elle m'a affirmé que c'était moi qu'elle aimait le plus. Ce que je vais te dire est horrible mais, mon Dieu, comme j'avais besoin d'entendre ça. Bryan et Melly volaient la vedette partout où ils allaient, et j'ai eu envie de la garder rien que pour moi. Elle m'avait tellement manqué.

— Elle t'a manipulée parce qu'elle savait que tu compatirais pour elle.

Sauf qu'il avait fait plus ou moins la même chose, alors en quoi valait-il mieux que la mère de Victoria, exactement ?

— Non, ce serait injuste de tout lui mettre sur le dos. C'est ma faute si cela dure depuis si longtemps. J'ai essayé de parler à Bryan une fois, mais il s'est complètement fermé. Il a pas mal de problèmes à régler de son côté, et Dieu sait si maman n'a plus rien à voir avec la femme qu'elle était. Je ne voulais pas le forcer à porter en plus ce fardeau. Alors, quand il m'a demandé de ne plus aborder le sujet, j'ai capitulé. Pareil avec Melly. Ils sont persuadés que je me laisse emporter par un accès de nostalgie, et de mon côté je n'ai clairement pas assez insisté. J'aurais dû les obliger à m'écouter.

— Comment obliges-tu quelqu'un à entendre ce que tu as à dire s'il ne veut pas ?

Elle n'avait pas de réponse à cette question, malheureusement.

— Je suis allée la voir en secret pendant toutes ces années, en espérant qu'elle guérirait pour de bon. Un beau jour, elle serait rentrée à la maison et moi j'aurais été une héroïne, parce que grâce à moi notre famille aurait été réunie. (Elle rit jaune et pressa les doigts contre ses paupières fermées.) Mais elle ne va pas mieux, et à présent elle n'a plus personne sauf moi, et moi je n'ai plus aucune ressource pour l'aider. Je me sens vidée. J'ai tourné le dos à mon père au moment où il allait le plus mal, et tu sais pourquoi ? Elle m'a convaincue que c'était *lui* qui l'avait chassée, même si au fond de moi j'ai toujours su que c'était sa maladie qui lui faisait dire ça. Et maintenant je culpabilise, parce que j'ai besoin de souffler.

— Et tu culpabilises aussi parce que tu crois être comme elle. Tu crois que tu serais capable de quitter les gens que tu aimes. Mais ce n'est pas vrai, martela-t-il en lui prenant le menton pour l'obliger à le regarder. Je te connais comme si je t'avais faite, et je sais que jamais tu ne ferais une chose aussi cruelle et égoïste. Tu n'es tout simplement pas comme ça, Vic. Tu es la plus belle personne que j'ai rencontrée.

Elle se blottit contre lui, comme si elle avait l'intention de rentrer sous sa peau.

— J'aime bien quand tu m'appelles Vic.

— Vic, répéta-t-il en déposant un baiser sur sa joue mouillée. Vic. (Sur son front. Sur une paupière, puis l'autre.) Vic. (Sur son menton. Et enfin sur sa bouche, toute salée à cause des larmes.)

Elle déglutit, et ses yeux ambrés brillèrent soudain de mille feux.

— Tu veux bien rester ? J'aimerais qu'on ait une nuit rien qu'à nous.

Il voulait avoir bien d'autres nuits avec elle, mais le temps pressait. La soirée organisée par ses parents pour fêter leur départ avait lieu le week-end suivant, là où s'était tenu le gala de Value Hardware trois semaines plus tôt. S'il n'y prenait pas garde, leur fausse histoire d'amour n'aurait jamais l'occasion de devenir vraie.

Chassant ses sombres pensées, il lui sourit en lui caressant tendrement la hanche.

— Je pense que ça peut s'arranger. Prépare-toi, petite. Revoilà le héros de film romantique.

— Attends, fit-elle en posant une main sur sa joue, pour être sûre qu'il la regarde. Tu... tu m'as dit que tu voulais me faire certaines choses.

L'incertitude dans sa voix enflamma littéralement Cory.

— Ce n'est pas le bon soir pour ça. Laisse-moi juste t'aimer.

— Non. Tu ne comprends pas. J'en ai *besoin*. J'ai besoin de me sentir vivante, et tu es le seul à pouvoir me donner ça. S'il te plaît, chuchota-t-elle, les yeux à nouveau voilés de larmes.

Cory se contenta de hocher la tête, tant il était incapable de lui répondre. Elle n'hésitait pas à se mettre en position de vulnérabilité pour lui, et c'était une leçon d'humilité. Chaque fois qu'elle lui faisait un peu plus confiance, il avait davantage envie de voir le reste. Il se rendait compte que jamais il ne pourrait se passer d'elle, et cela lui fichait une trouille bleue.

Il n'avait peut-être pas vécu ce que Victoria avait subi avec sa mère, mais le départ de son père à un si jeune âge l'avait marqué. Même si l'arrivée de Raymond avait cicatrisé les blessures, il savait qu'il aurait toujours cette souffrance en lui. Petite, mais bien réelle.

Pendant si longtemps, il s'était servi de son travail pour colmater les fissures de son armure ; si bien qu'il ne savait pas s'il était capable de faire autrement. C'était l'homme qu'il était devenu. Sauf qu'il n'était plus le même quand il était avec elle. Elle lui donnait envie de vivre plus. Tellement plus. Il savait prendre soin des gens d'un point de vue matériel, c'était déjà ça. Peut-être réussirait-il à faire encore mieux s'il essayait.

S'il investissait toutes ses forces dans la bataille.

Il la souleva dans ses bras.

— J'ai besoin d'une table.

Vicky le dévisagea d'un air perplexe. Elle s'attendait à tout sauf à ça.

— Quoi ? fit-elle tandis qu'il l'emmenait jusqu'à la salle à manger – la salle à manger ? – et allumait la lumière.

— On est dure d'oreille, tout d'un coup ?

Et il lui fit un sourire insolent tout en la posant à terre.

Elle mit les poings sur les hanches.

— Alors comme ça, le lit ne te suffit plus ?

— Le lit, c'est très bien. Mais je maîtriserai davantage les choses ici.

Le mot « maîtriser » provoqua comme un court-circuit dans le cerveau de Victoria.

— Ah oui, vraiment. Tu veux qu'on détermine un mot d'alerte, au cas où ça deviendrait un peu trop intense pour toi, monsieur le P-DG ?

Lentement, il se lécha l'intérieur de la lèvre.

— Tu connais les mots d'alerte ?

— Bien sûr.

Elle haussa les épaules et pria pour ne pas rougir, car elle ne voulait pas flinguer son numéro de la fille cool. Elle en avait entendu parler avant que Cory lui révèle ses sulfureux secrets d'alcôve, mais elle avait vraiment potassé le sujet ces deux dernières semaines. Bonne élève un jour, bonne élève toujours.

— Pour moi, la domination ne s'applique qu'à la chambre, et seulement quand les partenaires sont d'humeur. En dehors de ça, je n'ai pas besoin d'une soumise. (Il eut un rictus.) Et si c'était le cas, ce n'est pas toi que je choisirais en premier.

Même si en toute probabilité il avait dit ça pour plaisanter, Victoria se vexa affreusement. Détournant le regard, elle se perdit dans la contemplation du vernis rose bonbon qu'elle avait appliqué aux pieds le matin même.

— Je vais avoir besoin d'un mot d'alerte, ce soir ? demanda-t-elle à mi-voix.

— Et moi ?

Elle sourit. À peine quelques minutes plus tôt, elle pleurait toutes les larmes de son corps. Mais déjà, elle sentait la tristesse la quitter.

— Ah oui. Absolument. Je ne voudrais pas te faire mal.

Cory ne lui rendit pas son sourire. En voyant son expression, elle ressentit comme un picotement dans le ventre, qui allait de pair avec la pulsation lancinante entre ses cuisses.

— D'accord. Mon mot d'alerte sera « orgasme ». Et pour toi ?

Il lui avait susurré cela d'une voix si douce qu'elle remarqua à peine le choix qu'il avait fait. Quand elle réalisa, elle leva les yeux au ciel.

— Sympa. Moi, je choisis… (Elle opta pour un mot qu'elle ne prononcerait jamais à la légère.) « Amour ».

Elle s'attendait au moins à un commentaire, sinon à une objection, mais il n'en fit rien.

Il s'approcha d'elle et lui prit le visage entre les mains.

— Je sais que tu as eu une journée difficile. Ce n'est peut-être pas une si bonne idée que ça. Cela pourrait faire remonter à la surface des choses que tu préférerais oublier.

Elle aurait aimé lui demander ce qu'il voulait dire, mais se contenta de le regarder dans les yeux.

— Ne t'inquiète pas. J'ai envie de ça, Cory, dit-elle en recouvrant les mains qu'il avait posées sur ses joues. J'ai envie de toi.

Sa pomme d'Adam tressauta, et elle sut qu'elle l'avait atteint en plein cœur.

— Si tu changes d'avis, dis-le-moi. Je m'arrêterai. Peu importe ce qu'on fait et le stade où on en est. Je m'arrêterai, je te le promets.

— Je ne te le demanderai pas.

Il regarda autour de lui, mâchoires serrées.

— J'ai besoin de quelques accessoires avant de commencer. (Il se dirigea vers le buffet et prit les trois bougies blanches qui étaient posées dessus. Ensuite, il s'éclipsa dans la cuisine et se mit à tripoter le lecteur CD sous le plan de travail.) T'as rien à part du hip-hop ?

— Je viens d'acheter un album de musique latino pour m'entraîner...

Elle laissa tomber l'explication, car le CD en question avait déjà été repéré et inséré dans le lecteur. Des accords de guitare andalouse puis un battement de tambour langoureux résonnèrent dans la pièce, et elle eut tout à coup du mal à déglutir. Pas de doute, c'était sexy.

Cory revint dans la pièce et posa les bougies sur la table, en les alignant comme des soldats à côté du bol rempli de glaçons qu'il avait rapporté de la cuisine. Puis il prit un coussin de chaise, le posa en bout de table et lui jeta un regard en coin.

— Briquet ?

Pas de panique. C'est juste Cory. Ton vieil ami – ennemi.

— Second tiroir.

Lorsqu'il eut posé l'objet à côté du reste, il regarda autour d'eux. Il avait allumé le lustre en arrivant mais c'était un petit modèle, destiné à un éclairage d'ambiance, et hormis la table, la pièce était dans la pénombre. Ce qu'il voulait, visiblement.

— Huile ?

Elle lui sortit la première réponse qui fusa dans son esprit embrouillé.

— Végétale ou d'olive ?

— Une huile de massage, Victoria, dit-il en secouant la tête, un bref sourire aux lèvres. Tu en as ?

— Oui. Dans ma chambre.

Elle se dirigea vers la porte, mais il l'arrêta d'une main levée.

— Je m'en charge. Où ?

— Dans la commode. Le grand flacon rouge. C'est une huile à base de cerises japonaises.

Encore un bref sourire.

— Parfait. Je reviens.

Pendant qu'elle attendait, elle sortit son portable du sac et regarda l'écran. Elle avait deux messages : un de Jill, qui l'informait que Mme Dealey détestait les idées qu'elle lui avait proposées pour sa véranda et exigeait qu'elle retourne la voir le plus tôt possible pour discuter des changements à apporter au projet, et un autre de la mère de Cory. Étonnamment, le premier la stressa beaucoup moins que le second.

Lorsque Cory revint, elle empoignait fermement une chaise. Elle eut le plus grand mal à la lâcher.

— Tout va bien ?

Elle ne lui répondit pas. Entre ce qu'elle avait vécu le jour même et les charmantes perversions que Cory devait avoir en tête, elle ressentait comme le besoin de pousser un cri primal.

— Ne t'inquiète pas. J'ai bien l'intention de te faire crier.

Venait-elle de parler à voix haute ? Manifestement.

Il l'observa de la tête aux pieds.

— Enlève ta robe.

— Comme ça ?

Le tremblement qu'elle perçut dans sa propre voix ne lui plut guère, mais elle avait tout de même des circonstances atténuantes, avec ce regard brûlant qui la déshabillait littéralement du regard.

— Comme ça.

Il avait l'air de bien s'amuser.

— Toi d'abord, rétorqua-t-elle.

— Qu'est-ce que je disais ? Jamais je ne te choisirais comme soumise.

Il porta la main à son nœud papillon et l'ôta avec une détermination qui la fit fondre. Elle était si distraite depuis son arrivée qu'elle avait à peine remarqué combien il était beau en smoking. Mince alors, il était même canon. Et ce soir, il était tout à elle.

Peut-être même beaucoup plus que ça, si elle s'y prenait bien. Mais l'homme à qui elle avait affaire était têtu, et il envisagerait qu'ils puissent former un vrai couple seulement s'il aboutissait à cette conclusion par lui-même. Cette soirée allait prouver une nouvelle fois à Cory combien ils étaient compatibles.

À elle aussi, d'ailleurs.

Il passa à sa chemise, qu'il se mit à déboutonner sans lâcher Vicky des yeux.

— Qu'est-ce que tu attends ?

Elle croisa les bras sur le dossier de la chaise et l'observa comme s'il était un morceau de viande appétissant.

— Je profite du spectacle.

— Ce sera bientôt à mon tour.

Il ôta sa veste de smoking et sa chemise en un seul geste gracieux, puis se pencha pour enlever chaussures et chaussettes. Au moment de tirer sur la ceinture, il caressa le cuir d'un geste ouvertement sensuel et Victoria s'humecta les lèvres, tout en se demandant si la fessée faisait aussi partie de ses péchés défendus.

— Tu as déjà frappé une femme ?

Quand il leva un sourcil interrogateur, elle s'empourpra. Feignant la nonchalance, elle reporta son attention sur le torse sublime émaillé de poils sombres et faillit bien en oublier la question qu'elle avait posée.

— Au lit, je veux dire. Tu sais, avec ta main, ou bien avec… ça.

Il laissa tomber la ceinture sur les vêtements. Elle s'enroula comme un serpent, prête à donner une claque sur les fesses de Victoria si elle se montrait insolente envers son propriétaire.

— Je ne suis pas contre, mais ma préférence va à d'autres souffrances agréables.

« Souffrances agréables ». En disant cela sur un ton d'homme cultivé, il la fit quasiment baver de désir.

Il baissa la braguette de son pantalon, qu'il retira, ainsi que son boxer noir. Une fois pliés, il les ajouta à la pile et se tourna vers elle. Il ne souriait plus. Il ne parlait plus. Il l'autorisait simplement à se rincer l'œil, comme s'il ne se sentait pas le moins du monde concerné par ce regard scrutateur qui examinait les moindres contours et angles de son corps – surtout un angle en particulier, qui était terriblement impressionnant –, comme s'il s'agissait d'une nouvelle collection mise en vitrine dans le magasin de chaussures préféré de Victoria.

Sauf que dans ce cas précis, elle avait emporté chez elle toutes les paires qui lui plaisaient et pouvait les mettre autant qu'elle voulait. Jusqu'au bout de la nuit, même.

— À ton tour, dit-il à voix basse.

12

C'est parti.

Vicky se retourna et jeta un coup d'œil par-dessus son épaule.

— Tu vas devoir m'aider un peu, beau ténébreux.

Ses iris se teintèrent de la couleur de l'acier en fusion lorsqu'il approcha.

— Avec plaisir.

Il prit son temps, la caressant au passage de ses doigts experts. Le lacet servait davantage à faire joli qu'autre chose, étant donné qu'une fermeture Éclair était dissimulée dans un pli du tissu, mais Victoria trouvait l'idée sexy. Lorsqu'il eut terminé, il la contourna pour lui faire face.

Visiblement, il ne voulait pas rater une miette de son strip-tease. Mais elle-même venant de jouer aux voyeuses, elle n'allait pas le lui reprocher.

Elle retint sa robe un instant de plus, puis laissa glisser la soie à ses pieds. Il ne dit rien lorsqu'il la découvrit en soutien-gorge transparent et talons hauts – et rien d'autre –, mais il serra les poings lorsque la main de Victoria se dirigea vers l'agrafe du sous-vêtement, qui se fermait devant. D'une chiquenaude, elle lui fit rejoindre la robe par terre. Elle allait se baisser pour enlever ses escarpins, mais l'ordre impérieux de Cory l'arrêta net.

— Garde-les.

— Tes désirs sont des ordres.

Elle ramassa ses habits et les ajouta aux siens. Leur effeuillage sensuel lui avait donné chaud, et sa peau était déjà recouverte d'un voile de sueur.

Comme il gardait le silence, elle leva la tête vers lui, s'attendant à voir cette lueur familière dans ses yeux. Mais il ne jouait plus. Il expira bruyamment et s'empara d'un sein, manquant la faire tomber. Il passa un pouce sur le téton tout en la dévisageant fiévreusement.

— Bon sang, t'es tellement belle.

Il la souleva pour la déposer sur la table, à proximité des bougies et du bol de glaçons, en plaçant sa tête sur le coussin le plus doucement possible.

Elle regarda autour d'elle.

— Je n'arrive pas à croire que je suis couchée sur ma table de salle à manger. C'est là que je mange.

Il eut un sourire en coin.

— Moi aussi, et dans très peu de temps.

Pour éviter de rougir – et, avec un peu de chance, détourner son attention – elle se cacha les yeux de la lumière du lustre. Il prit le foulard qu'elle avait posé sur un dossier et le lança au-dessus du luminaire, créant une ambiance chaude dans les tons rouge et bleu.

— C'est mieux ?

— Oui.

Il enleva les épingles qui retenaient son chignon et passa les doigts dans les longues mèches.

— Tes élastiques, sur la commode, aussi ?

Il semblait déjà à bout de souffle tant il était excité.

Elle tendit le cou pour mieux voir, mais il lui prit le menton et se positionna au-dessus d'elle pour lui parler.

— Ne me regarde pas sauf si je te l'ordonne. OK ?

Comme par ce petit mot il lui demandait son avis, elle ne trouva rien à redire.

— OK. Oui, tu vas les trouver sur la commode.

Il disparut de nouveau et revint avec deux élastiques à la main. Puis il coiffa ses cheveux en deux couettes sommaires, et tira dessus pour voir si elles tenaient. Victoria aurait sûrement poussé un petit cri si elle ne s'était pas mordu furieusement la lèvre inférieure.

— En temps normal je t'aurais bandé les yeux parce que ça décuple les sensations, mais comme tu es très visuelle, on va faire sans. (Il prit un autre coussin de chaise et le glissa sous ses fesses, en la soulevant si haut que ç'en était presque gênant.) Tu vas prendre autant de plaisir à voir qu'à sentir.

— Mais tu m'as interdit de te regarder, objecta-t-elle, et aussitôt elle tricha en l'observant à la dérobée.

Ses yeux s'assombrirent et il se délecta de la vision de ce corps offert à lui.

— C'est *toi* que tu vas regarder.

Il attrapa une des bougies ainsi que le briquet, et elle se détendit. C'était marrant, quand même. Elle n'aurait jamais cru que Cory serait du genre à se mettre en quatre pour créer une ambiance. Elle sourit en le voyant allumer délicatement la première mèche, puis les deux autres. Pour une fois, elle était contente de s'être trompée.

Elle se cala sur les coudes quand elle vit qu'il posait les bougies entre ses jambes, l'une après l'autre. Elles étaient petites, mais leur flamme venait réchauffer agréablement l'intérieur de ses cuisses. Ainsi que d'autres parties de son corps. Elle se décala un peu pour s'en approcher. C'était si agréable, cette chaleur…

— Tu ne dois pas bouger. (Il posa une main sur son ventre pour indiquer qu'il ne plaisantait pas.) Quoi qu'il arrive. Regarde-moi maintenant, Victoria.

Elle s'exécuta, et le regard qu'ils échangèrent fut tellement puissant qu'elle réprima un frisson.

— Tu as un mot d'alerte, libre à toi de t'en servir si tu en as besoin. Mais en attendant, interdiction absolue de remuer le petit doigt sans mon accord. Le plus important, c'est ta sécurité. Compris ?

Elle en eut le vertige. Sa sécurité ? Il n'était pas allé chercher de cordes ou d'autres liens. Qu'est-ce qu'il pouvait bien avoir en tête ?

En silence, elle acquiesça.

— Dis-le, Vic.

Il prit le flacon d'huile, et en sentant l'odeur de cerises, elle eut une révélation. *Oh.* De la cire chaude. Après la remarque qu'elle avait faite pour plaisanter le premier soir, elle s'était renseignée. Tout à coup, la chaleur enivrante qu'elle sentait sur la chair délicate de ses cuisses lui parut beaucoup moins agréable.

— Je ne veux prendre aucun risque.

Elle scruta les flammes dansantes.

— Je ne bougerai pas.

Sans transition, ses grandes mains enduites d'huile parfumée se retrouvèrent sur le corps de Vicky, et ses inquiétudes s'envolèrent. Son cerveau aussi, d'ailleurs.

Il se mit à la frictionner sur le ventre, les hanches et les cuisses, avec des gestes presque brusques. Elle avait toujours aimé se faire masser, mais Cory appuyait sur des points d'acupression dont elle ignorait l'existence jusqu'alors, et il finit par stimuler chacune de ses terminaisons nerveuses, au point que la flamme la plus proche de son entrejambe lui arracha un gémissement lorsqu'elle vint lécher cette zone-là.

Il se frotta les mains pour faire pénétrer l'huile et les plaqua sans plus attendre sur ses seins, les malaxant énergiquement pendant que Victoria secouait la tête de gauche et de droite tant le tourment était délicieux. Le CD n'était pas fini, mais elle entendait à peine la musique par-dessus les cris plaintifs qu'elle ne pouvait s'empêcher de pousser. Il lui griffa les tétons, et la sensation se répercuta dans son clitoris palpitant, puis il les tordit jusqu'à ce qu'ils soient bien rouges et bien dressés. C'était la première fois qu'elle les voyait de cette couleur, comme si tout le sang de son corps avait afflué vers ces deux points.

Ses mains se firent plus douces lorsqu'il remonta vers sa gorge mais, lorsqu'il arriva au menton, il poussa si fort qu'elle faillit se retrouver avec la tête dans le vide. Le sang qui n'était pas piégé dans sa poitrine lui monta au cerveau, et elle ferma les yeux pour tenter d'endiguer le flot de sensations qui la submergeait.

C'était peine perdue. Il la dominait totalement.

— Si belle. (Quand elle sentit son souffle lui murmurer à l'oreille, elle tressaillit. Il lui donna une tape sur le ventre pour qu'elle reste tranquille.) Je t'ai dit de ne pas bouger.

— Désolée. C'est juste que... Désolée. (Elle se mordit la lèvre et – c'était plus fort qu'elle – lui empoigna une épaule pour planter ses ongles dedans. Elle aurait tout donné pour le voir tout luisant d'huile, comme elle devait l'être désormais.) Je ne pensais pas que tu étais si près.

Au lieu de la disputer une nouvelle fois, il lui donna un court mais intense baiser.

— Je vais être beaucoup plus près, à partir de maintenant.

Sans lui laisser le temps de comprendre il lui écarta les cuisses, et son cœur cessa de battre lorsque les flammes vacillantes vinrent la chatouiller. Et puis soudain, elle sentit la bouche de Cory à cet endroit, et un tout autre genre de feu s'alluma en elle lorsque sa langue se mit à la lécher, alors qu'elle ruisselait déjà de désir pour lui.

Son sexe ainsi exposé, elle se rendit compte qu'elle s'était offerte en sacrifice à Cory – à ce détail près qu'elle n'était plus vierge. Elle était à sa merci. Et ça l'excitait incroyablement.

Elle était loin d'être une débutante. En omettant l'huile et les bougies, des hommes lui avaient déjà donné du plaisir comme ça. Seulement, cette fois, c'étaient les lèvres de Cory qui se collaient à son vagin, et la langue de Cory qui venait titiller son clitoris plus qu'impatient. Cette langue qui alternait entre caresses le long de la fente et habiles incursions à l'intérieur. Quand les va-et-vient se firent plus pressants, les hanches de Victoria se soulevèrent toutes seules pour lui faciliter la tâche, malgré la main posée à plat sur son ventre. Cette dernière l'obligeait à rester calme, et lui donnait un point sur lequel se concentrer dans le tourbillon qu'il ne s'excusait pas du tout de provoquer en elle.

Le yoga lui avait appris à canaliser ses pensées, à repousser ses limites, à tenir une posture jusqu'à ne plus ressentir la douleur. Ce qu'il ne lui avait pas appris, c'était à réprimer ses gémissements et à rester de marbre devant l'insistance de ces deux doigts qui venaient de s'enfoncer profondément en elle, si profondément qu'elle en ressentit des picotements dans ses mamelons rougis. Autour d'elle la pièce se mit à tournoyer follement, et elle à panteler éperdument. Comprenant qu'elle n'était plus très loin du précipice, Cory lui pinça la cuisse en guise d'avertissement, et elle serra les poings le long du corps.

— Je veux te toucher.

Victoria ne reconnaissait plus sa propre voix. Elle était faible, à peine un filet. Comme si toute son énergie avait convergé vers la zone qu'il parcourait avec une telle adresse, de sa langue, de ses doigts. De ses lèvres. Bon sang, quelles lèvres.

— S'il te plaît, Cory.

Au lieu de répondre – il avait la bouche occupée – il retourna la main qui était posée sur son ventre, et à la vue de cette immense paume tendue vers elle, l'émotion l'étreignit.

Elle s'y agrippa et serra le plus fort possible. Alors, il augmenta la cadence et se mit à lui chuchoter des mots qu'elle entendit à peine mais comprit quand même. Des mots comme « belle » et « parfaite », et enfin ceux qui la troublèrent le plus :

« À moi. »

Il les répéta encore et encore, jusqu'à ce qu'ils se mélangent au torrent de plaisir qui se déversa dans tout son corps, lui provoquant un orgasme si fort qu'elle se demanda si le grognement de Cory était dû au fluide qu'il sentit sur la langue ou bien à sa poigne de fer. Peut-être les deux.

Elle se laissa aller, percevant vaguement qu'il allait se lever. Elle poussa un soupir lorsqu'il retira sa langue mais n'ouvrit pas les yeux, trop heureuse de flotter sur ce petit nuage de plaisir. Elle remua les paupières en entendant un bruit qui ressemblait à des glaçons tintant dans un verre mais, au même moment, la paume chaude de Cory vint lui recouvrir les yeux pour l'empêcher de les ouvrir.

— Attends, Vic.

Elle planait tellement qu'elle lui obéit sans même y penser. Il avait son odeur sur la peau et, quand elle s'en aperçut, elle sourit.

— Ah, le voilà enfin. Je n'ai pas vu ce sourire depuis que je t'ai fait jouir dans la salle de yoga. Il m'a manqué, précisa-t-il en lui embrassant la commissure des lèvres. Je veux te faire sourire chaque fois. Sinon, je continuerai jusqu'à y arriver.

Il commença à s'affairer et elle tenta de suivre ce qu'il faisait, les paupières toujours fermées. Il eut un petit rire en déplaçant les bougies, et lorsque ses avant-bras la frôlèrent par mégarde, elle faillit bien en perdre la raison. Le cœur battant, elle se mit à trembler tant il lui tardait de découvrir la suite. Elle n'arrivait pas à déchiffrer tous les bruits, et ça devenait de plus en plus dur de garder les yeux…

C'est là qu'elle sentit la première goutte brûlante sur sa peau.

Elle enfonça la tête dans le coussin et gémit. La douleur cuisante se transforma rapidement en une chaleur diffuse. Au bout de la table, ses escarpins claquèrent contre le bois. Elle avait envie de planter les talons dedans et de se soulever, tout pour l'inciter à éteindre le brasier entre ses jambes.

— Ne bouge pas, Victoria, ordonna-t-il sur un ton coupant court à toute contestation.

De toute façon, cela ne lui serait pas venu à l'esprit. Elle était trop alanguie pour ça, et plus que jamais prête pour le sort qu'il lui réservait. Pinçant les lèvres, elle se cramponna à la table et attendit.

Lorsque d'autres gouttes coulèrent sur son ventre, elle ne put se retenir d'haleter. La douleur était à la limite du supportable, mais la chaleur se transforma vite en une sensation si intensément agréable que Vicky crut bien défaillir.

La main de Cory était de nouveau sur elle, l'effleurant avec la cire chaude pour lui faire prendre la forme qu'il entendait. Soudain, il s'arrêta pour exercer une douce pression sur son nombril. Il tira délicatement sur son piercing, et ce simple geste la ramena à la réalité de son environnement, derrière ses paupières closes.

Elle n'avait pas besoin de les ouvrir. Tout était si clair dans sa tête. La musique lancinante, l'odeur de cire se mélangeant à celle de l'huile, le bien-être enivrant que lui procuraient les caresses de Cory.

Elle était à lui, l'avait toujours été, et désormais tous deux le savaient.

La paume de Cory s'immobilisa sur son buste et elle sentit la température de son corps monter d'un cran, puis de deux. Elle dut faire un effort suprême de volonté pour ne pas se contorsionner dans tous les sens en sentant cette boule de feu piégée en elle. Elle avait l'entrejambe en fusion, et son corps se contractait dans l'espoir vain d'être soulagé.

— Maintenant regarde, Victoria.

Un peu hébétée, elle ouvrit les yeux dans la pénombre et poussa un petit cri en voyant la bougie posée au centre d'une minuscule flaque de cire sur son estomac. Elle resta un long moment à contempler la flamme, l'air interdite, puis se tourna vers Cory. Il avait les iris presque bleus dans la faible lueur, jamais elle ne les avait vus d'une couleur aussi vive.

— Tu… tu as éteint la lumière.

— On n'en a plus besoin.

Le regard fixé sur elle, il fit passer son doigt au-dessus de la flamme, encore et encore, et elle enfonça les ongles dans le bois de la table pour s'obliger à rester tranquille. C'était une vision si sensuelle, et ils étaient allés tellement au-delà de tout ce qu'elle avait pu expérimenter en la matière qu'elle en avait la respiration coupée.

— C'est toi qui nous éclaires, maintenant.

Les yeux toujours braqués sur elle, il retira la bougie et elle gémit en sentant la paraffine rafraîchissante quitter sa peau. Le reste de la cire combla aussitôt le trou, puis se figea, et la sensation vint se répercuter dans tout le corps de Victoria et lui provoquer un spasme puissant. Jouant avec son appréhension, Cory tint la bougie près de sa poitrine un instant, puis il la pencha lentement et laissa les gouttes de cire encercler un téton, puis l'autre.

À chaque goutte, elle pantela. Elle implora. Sa vision se troubla, et ses mains s'agrippèrent si fort à la table qu'elle en eut des crampes. Soudain elle eut un autre spasme, plus fort encore que le premier. D'une hallucinante intensité. Puis, lorsqu'elle fut sûre et absolument certaine de ne plus pouvoir endurer ce tourment une seconde de plus, il replaça la bougie entre ses jambes, prit un glaçon et le fit glisser sur un mamelon entouré de cire chaude. Il abaissa l'autre main, et elle sentit deux doigts s'introduire brusquement en elle.

Elle cria.

Son orgasme se propagea en elle à la vitesse d'un coup de fouet. Elle n'avait jamais joui aussi fort de sa vie, et la lame de fond fut d'autant plus irrésistible que la flamme entre ses cuisses l'empêchait d'oublier les conséquences qu'il y aurait pour elle si son corps se laissait aller comme il en avait envie.

Si elle bougeait ne serait-ce qu'un tout petit peu, elle se ferait brûler. Dans cette immobilité forcée, elle découvrit la forme de plaisir la plus pure qu'elle ait jamais connue.

Haletant, Cory vint poser le front sur celui de Victoria.

— Merci, dit-il d'une voix épuisée.

Elle lui prit le visage entre ses mains et planta son regard dans le sien. Il n'y avait pas de mots pour décrire ce qu'ils venaient de partager, ni combien elle s'était ouverte pour lui, rien que pour lui. Impossible de cacher quoi que ce soit. Ni son amour pour Cory, ni ses peurs.

Vaincue par ça, par lui, elle n'avait d'autre choix que de tenir bon pour ce qui allait venir ensuite.

Il finit par s'écarter gentiment et se mit à passer le glaçon sur son ventre tremblant, la faisant frissonner.

— Là, Vic. Là. Ça aussi tu vas aimer. Fais-moi confiance.

Elle essaya de hocher la tête mais ne fut pas certaine d'y avoir réussi. Lentement, il fit glisser le petit cube sur elle, et des gouttelettes d'eau glacée commencèrent à couler un peu partout sur sa peau chauffée à blanc. Elle se remit à gémir tant le contraste des sensations était intense. Tant le désir qui se lisait sur le visage de Cory était pur, à l'état brut. La gorge de Vicky se serra d'émotion.

À ce stade de l'expérience, il prit mille précautions avec elle, enlevant la cire à l'aide de ses doigts puis, quand cela ne suffit plus, avec un couteau à beurre. Ensuite il lui passa le glaçon sur le corps, autour des mamelons endoloris et, dès qu'ils refroidissaient, il les renflammait par une simple pression de la langue et des dents.

Elle fit appel à tout ce qu'elle avait appris en yoga pour ne pas se mettre à trembler vraiment, mais lorsque de ses doigts agiles il promena le glaçon sur les contours lisses de son sexe, elle s'abandonna à l'orgasme qui était prêt à exploser en elle. Elle jouit et jouit encore, son corps tout entier vibrant d'extase. Si bien qu'elle se noya dedans, et finit par scander le prénom de Cory jusqu'à s'en casser la voix.

Lorsque enfin elle reprit pied, elle était blottie contre son torse puissant, le visage baigné de larmes pressé contre son cou. Il la berçait doucement, tout en lui murmurant des paroles de réconfort à l'oreille.

— Je suis là. Tout va bien, bébé.

Les larmes de Victoria redoublèrent lorsqu'une fois de plus il répéta ces mots si précieux : « Tu es à moi. »

Elle n'eut pas honte de se cramponner à lui. Elle comprit que ces larmes qui éclaboussaient sa peau étaient un second cadeau à lui faire, un cadeau bien plus beau que son corps. Ils restèrent ainsi enlacés, leurs deux cœurs si près l'un de l'autre que les battements finirent par se synchroniser.

Lorsque les tremblements diminuèrent, il lui ôta les escarpins, la souleva et l'emmena à l'étage, dans la salle de bains. Il la posa délicatement dans la douche et se plaça derrière elle, refermant la porte et ouvrant le robinet à fond pour que l'eau soit bien chaude. Elle frissonnait toujours.

Il l'attira contre lui, l'enveloppant de ses bras puissants, et l'embrassa tendrement dans le cou si tendrement qu'elle ne put s'empêcher de sangloter de nouveau. Elle parla, de toute évidence. Mais ses paroles décousues n'avaient aucun sens, et elle finit par s'abandonner dans son étreinte. Encore une fois.

D'une main il lui caressa le ventre, les seins, les épaules et enfin le visage. Elle pencha la tête en arrière et le jet de la douche la fouetta, tandis qu'il lui embrassait le cou avec ferveur. Toutes ces choses qu'elle avait refoulées pendant si longtemps – son amour, sa peur, son besoin immense – jaillirent d'elle en cascade, et Cory s'en imprégna.

Sous ses mains ô combien patientes, tout s'estompa, tout hormis l'amour qui brûlait plus que la plus brillante des flammes.

Cory tenait Victoria dans ses bras, et les petits bruits qu'elle faisait en dormant le firent sourire. Cela en disait long qu'il soit encore capable de sourire, alors qu'en toute probabilité il venait de gâcher la plus belle histoire d'amour de sa vie.

Cette nuit avait été au-delà de toutes ses espérances. Il n'avait même pas joui et pourtant, il n'avait jamais vécu quelque chose d'aussi fort.

Certes, il avait eu amplement l'occasion de regretter ce rendez-vous manqué avec l'orgasme pendant sa longue nuit insomniaque. Mais c'était un détail en comparaison du reste.

Il baissa les yeux vers la chevelure blonde qui reposait sur son torse. Elle avait recroquevillé un poing à l'orée de sa bouche, et de temps en temps ses paupières tressautaient, comme si elle rêvait. Ses seins nus et souples appuyaient contre sa peau, un supplice quasi insoutenable. Même le drap qui frottait contre lui dès qu'elle bougeait le faisait grimacer.

Au lieu de se blottir contre elle – au moins, ils ne se faisaient pas de *câlins* – il aurait mieux fait d'aller s'occuper de son érection. Il pouvait bien la laisser quelques minutes dans le lit, il n'allait rien lui arriver. Mais il était tout bonnement incapable de se résoudre à la quitter.

Elle ne se doutait pas à quel point elle allait se sentir vulnérable dans les heures et les jours à venir, mais lui si. Après les jeux érotiques auxquels ils s'étaient livrés, la confusion régnait probablement dans la tête de Vicky, et il n'allait certainement pas la laisser gérer seule le trop-plein d'émotions.

Même si lui avait désespérément envie de s'isoler, afin de mieux se botter les fesses pour avoir été si loin avec elle. Et peut-être même effacer certaines images de son esprit.

Mais bon sang, où avait-il eu la tête en la poussant à ce point, alors qu'il savait parfaitement l'état dans lequel elle était ? Elle avait eu une journée éprouvante, et tout ce qu'il avait fait, c'était profiter d'elle jusqu'à ce qu'elle ne soit plus qu'une magnifique poupée de chiffon dans ses bras, et que les larmes coulant sur ses joues le marquent au fer rouge aussi sûrement que des gouttes de cire brûlante.

C'était si beau, la façon dont elle s'était donnée à lui, sans aucune réserve. Son corps lui avait pleinement appartenu, et il avait pu à sa guise lui procurer du plaisir, le protéger, l'aimer. Seulement, il n'avait pas prévu qu'elle lui donnerait aussi son cœur.

Il ferma les yeux, cherchant de toutes ses forces à chasser de son esprit l'image de Victoria dans la douche. Les deux couettes dégoulinant de part et d'autre des seins, la tête penchée en avant, les épaules tremblantes. Ce n'étaient pas ses sanglots qui l'avaient ébranlé jusqu'au tréfonds de son âme. Depuis le soir où elle s'était confiée sur sa mère pour la première fois, elle s'était montrée si résolue à ne pas craquer devant lui que Cory n'avait plus de doute : elle ressemblait à un baril de poudre prêt à exploser. Non, le problème était que les choses avaient été beaucoup trop loin.

Je t'aime, Cory.

Au cours de ses recherches sur le bondage, il avait lu combien *l'après* était important, une fois les fantasmes assouvis. Il avait déniché un article expliquant que les endorphines libérées pendant l'orgasme, surtout lors d'une mise en scène telle que la leur, pouvaient ensuite provoquer une descente brutale et angoissante. C'était sans aucun doute pour ça que Victoria lui avait fait cette déclaration à mi-voix.

Mais allait-elle seulement s'en rendre compte ? Et lui, *voulait-il* qu'elle s'en rende compte ?

Il avait été prêt à se battre pour conquérir son amour. Pour le gagner comme tout ce qu'il avait gagné dans sa vie : en étant patient et en bossant dur pour l'obtenir. Il n'aurait jamais pensé qu'elle le lui donnerait aussi facilement, avant même qu'il ait pu s'en montrer digne.

Elle se mit à gigoter dans ses bras et il l'embrassa sur les sourcils jusqu'à ce qu'elle arrête. Persuadé qu'elle allait se rendormir, il se laissa aller à fermer les yeux.

— Cory ?

Il se retint péniblement de grogner. Elle avait dit cela d'une voix si… tremblante. Il n'arriverait tout simplement pas à garder son calme devant une Victoria aussi nue que vulnérable, alors qu'il était trois heures du matin et qu'il bandait comme un dingue.

— Rendors-toi.

S'il te plaît. Que je puisse continuer à faire semblant de ne pas être un hédoniste avec la sensibilité d'un ogre.

— Tu ne dors pas, toi.

— Mais c'est que vous êtes très observatrice, miss Sherlock.

Il ouvrit les paupières, se demandant comment elle allait réagir à cette remarque un peu cavalière.

Elle sourit contre son torse.

— Grognon au réveil. Pourquoi est-ce que ça ne m'étonne pas ?

— En fait, je ne me suis pas endormi.

Quand elle leva la tête, ses cheveux mouillés tombèrent en avant, lui donnant l'air d'être plus jeune que jamais. Et plus sexy que jamais, avec ces yeux immenses et ces lèvres qui faisaient la moue.

Son érection se rappela à son bon souvenir. Merde, pourquoi avait-il fallu qu'il pense à sa bouche ? Brillante et charnue. Et tellement humide, bon sang.

Cette fois-ci, impossible d'étouffer un râle.

Avec un sourire entendu, Victoria commença à promener des doigts froids sur son abdomen. Elle s'empara de son sexe raide avant qu'il ait le temps d'implorer sa clémence, mais une fois qu'elle l'eut en main, il perdit toute envie de protester.

— Effectivement, tu es très réveillé, ronronna-t-elle sur un ton approbateur, avant de se pencher pour le prendre dans sa bouche.

D'une seule caresse de sa langue experte, il se mit à vibrer comme un accro en manque. Il prit une de ses mèches et l'enroula autour de son poignet, se sentant désarmé devant le besoin qu'il avait de la guider, de lui baisser encore la tête, pour que les gémissements qui montaient du fond de la gorge de Vicky se répercutent sur toute la longueur de sa verge. Elle lui empoigna les testicules, déclenchant une pointe de douleur suprêmement érotique.

Il serra les mâchoires pour endiguer le flot qui menaçait déjà de le submerger. L'excitation de Victoria accentuait encore la sienne, et il sentit que cela augmentait, jusqu'à ce que son corps se crispe et qu'il lui tire les cheveux, prêt à sombrer…

Elle s'arrêta.

Il grogna et, quand il la regarda, elle lui évoqua une bête sauvage. Elle reprit les mouvements de sa bouche sensuelle, si lentement qu'elle devait vouloir sentir chaque veine, chaque pulsation, chaque relief. Puis de nouveau elle s'arrêta, se mit à califourchon sur lui et entoura son membre des deux mains. Quand elle les tourna en sens opposés, un grondement puissant échappa à Cory.

Elle darda la langue, comme pour l'attirer dans sa toile. Et cela fonctionna à la perfection.

— Tu as envie de moi ?

— Tu sais bien que oui.

— Assez pour me supplier ?

Il plissa les yeux. Il ne suppliait pas. Jamais. Personne.

Les mains de Victoria l'enfermèrent dans un étau, lui provoquant une pression dans les testicules qui lui envoya des décharges jusque dans la colonne vertébrale.

— Tu peux venir comme ça si tu veux, dit-elle en baissant la tête pour se regarder, et cette vision intime faillit bien l'achever. Sur mes seins. Mon ventre. Ou... (Quand elle le frôla de son sexe humide, il frisa la crise cardiaque.) En moi, si profondément que je ne sentirai plus rien sauf toi.

Elle posa une main sur l'abdomen de Cory pour prendre appui, et ses muscles se raidirent tout seuls. Puis elle commença à se frotter vigoureusement contre la peau de son partenaire pour le saturer de désir. Le torturer avec, jusqu'à ce qu'en grondant de nouveau, il la prenne par la taille, la soulève et glisse en elle en un seul long mouvement.

Elle fut tellement surprise de le voir prendre le dessus qu'il se redressa brusquement et, entre deux éclats de rire, plaqua une main sur sa nuque pour lui faire oublier sa domination d'un baiser.

— Ma douce, tu ne seras jamais aussi costaude que moi.

Mais tout à coup, ce fut lui qui se retrouva en position de faiblesse, tant l'expression émerveillée de Vicky l'hypnotisa lorsqu'elle le prit par les épaules et se mit à bouger. Ils étaient si près l'un de l'autre dans cette posture, les genoux de Victoria tout contre ses hanches, leurs bouches qui s'effleuraient. Il sentait l'odeur agréable des cerises, mêlée à celle plus légère de la cire, qu'elle portait encore sur elle. Elle vint déposer un soupir sur ses lèvres comme si c'était un baiser, et il donna un violent coup de reins vers le haut, plongeant en elle pour s'imprégner de son désir, de manière à ce qu'il palpite aussi en lui.

Elle poussa un petit cri devant cette soudaine urgence et, dans ses yeux, il vit qu'elle était encore désarmée, comme plus tôt dans la nuit. Songeant qu'elle n'allait pas tarder à fermer le rideau sur ses émotions pour l'empêcher de passer, il savoura ce moment au maximum. Il savait qu'il était en elle d'une façon qui allait bien au-delà du physique.

Et c'était ce qu'il voulait. Il voulait tout savoir d'elle, il voulait être le seul pour qui elle frissonnait, le seul à qui elle ouvrait son cœur, tandis que de ses hanches fines elle l'emmenait vers les sommets du plaisir.

Elle changea d'angle pour donner de l'ampleur à ses mouvements et multiplier ces acrobaties qui le rendaient fou. Elle contracta les muscles autour de son membre, accéléra encore plus sous l'effet de l'excitation, lui intima de la suivre. Quand il prit ses seins gonflés à pleines mains elle poussa un cri, et lorsqu'il entendit cette voix brisée, Cory lui offrit ce qu'il n'aurait jamais pensé lui donner.

— S'il te plaît, Vic. Pour moi. S'il te plaît.

Elle en frémit de la tête aux pieds, ses yeux se fermèrent. Puis elle pressa le rythme, le griffant sur les avant-bras pour l'encourager à faire cette course avec elle, à la besogner aussi fort qu'il pouvait. À l'emmener jusqu'à la ligne d'arrivée.

Elle jouit en premier, mais avec très peu d'avance. Son spasme précipita Cory vers l'abîme, et ce fut violent. Leurs lèvres entrèrent en collision, et il souleva les hanches une dernière fois, en y mettant toute son énergie. Ils s'enlacèrent brutalement, leurs bouches s'aplatirent l'une contre l'autre et il pénétra aussi loin qu'il put dans son corps généreux. Ce n'était pas encore assez.

Ce ne serait jamais assez.

Il laissa retomber sa tête sur les seins de Victoria, et le vide se fit dans son esprit. La nuit avait été longue. Tout ce qu'il voulait à cet instant, c'était s'allonger à ses côtés et dormir. Juste dormir.

Mais il se força à la regarder pour s'assurer qu'elle allait bien. C'était son devoir. En guise de récompense, elle lui offrit le sourire qu'il aimait tant.

Il en traça les contours, honoré de constater qu'il en avait mérité un autre ce soir.

— Un de plus pour ma collection. Merci.

— Si je comprends bien, les images érotiques que tu gardes en tête pour t'en servir ensuite pendant tes plaisirs solitaires, ce sont des sourires.

— Seulement les tiens. Remarque, maintenant que tu en parles, j'ai stocké pas mal d'autres images de toi, ces derniers temps.

Il éclata de rire lorsqu'elle lui donna une claque sur l'épaule.

Elle laissa sa main là, aussi pâle qu'un rayon de lune contre la peau hâlée de Cory.

— Ta mère m'a invitée à une soirée entre filles demain soir. Tu crois que ça l'embêterait si j'amenais Jill ?

— Tu n'es pas tenue d'y aller si tu n'en as pas envie.

— Je croyais que c'était mon devoir de maîtresse.

— De petite amie, la corrigea-t-il, et il grimaça intérieurement en la voyant déjà retirer sa main. Si je n'y vais pas, ne te sens pas obligée. Et puis, tu ne… ce n'est pas… (Mince alors, voilà qu'il bégayait. Il était si crevé que ça ?) Tu détestes mentir. Je ne veux pas te forcer à le faire pour moi.

Le sourire qu'elle lui fit était l'exact opposé de celui qu'il avait décidé de baptiser son « sourire d'extase ».

— Merci, mais ça ira. Et puis, ça évitera à Jill de se fourrer encore dans le pétrin. Elle passe tous ses lundis soir au bar. Les filles ont droit à un cocktail gratuit, tu comprends. (Victoria poussa un lourd soupir.) Je te jure, elle me tue.

— En quoi ça te concerne, exactement ? Tu n'es pas sa mère.

Le regard dur qu'elle lui lança donna envie à Cory de ravaler ses mots, même s'il ne savait pas pourquoi.

— Sa mère n'est plus là, figure-toi. Elle n'a que moi. J'ai promis de tout faire pour qu'elle reste dans le droit chemin, et je n'ai qu'une parole.

— Où elle est, sa mère ?

— Morte. (En un battement de cils, son regard un peu trop brillant redevint normal.) Jill était sa fille unique, et elle m'a demandé de veiller sur elle. Si je suis obligée de lui mettre une foutue ceinture de chasteté pour la protéger, je jure que je le ferai.

Il s'étrangla de rire.

— Elle a vingt-deux ans, non ? T'es sûre qu'il reste quelque chose à protéger ? De nos jours, les filles s'y mettent très jeunes.

Elle balaya sa remarque d'un geste de la main.

— T'as oublié que j'étais la pire traînée de tout Haven ?

— Arrête ! s'exclama-t-il en lui prenant la main pour la remettre contre son torse. Je ne veux plus entendre ce mot sortir de ta bouche. Sinon, je vais...

Voyant qu'il ne finirait pas sa phrase, elle le fit à sa place.

— Tu vas faire quoi ? M'humilier encore ?

13

Cory fut secoué comme si elle l'avait frappé. Et encore, il aurait probablement été moins choqué.

— Parce que tu penses que c'est ce qu'on a fait ?

S'était-il trompé sur toute la ligne à son propos ? Mon Dieu, et si en réalité elle faisait partie de ces filles qui ne pensent qu'à s'amuser ? Qui ne veulent surtout pas s'engager, et enchaînent les aventures d'un soir ou de quelques jours ?

Considérait-elle la soirée qu'ils venaient de passer comme une énième expérience à rayer de sa liste des choses à tenter avant de mourir ? Il avait été tellement persuadé d'avoir atteint un niveau d'intimité sans précédent avec elle, il pensait que ça signifiait quelque chose pour elle aussi. Peut-être pas de l'amour, malgré ce qu'elle avait dit sous la douche. Non, évidemment.

Mais quand même, ils s'étaient compris. Du moins c'est ce qu'il avait cru, en abruti qu'il était.

Il allait la repousser pour se lever, mais elle le saisit par les épaules.

— Ne sois pas bête. Je rigolais. J'ai aimé tout ce qu'on a fait. (Sans ménagement, elle lui tourna le visage pour l'obliger à la regarder.) Correction : j'ai *adoré* tout ce qu'on a fait. Je n'ai jamais… fit-elle avant de souffler longuement. Je n'ai jamais vécu un truc pareil.

Il se mit à fixer un point derrière elle.

— J'ai conscience d'avoir des goûts un peu atypiques.

— Ça, c'est toi qui le dis. Une fois, je suis sortie avec un type qui avait un faible pour mes pieds. Et par « faible », je veux dire que son truc, c'était que je le masturbe avec. J'ai rompu avec lui quand il m'a annoncé qu'il voulait prendre des photos de mes pieds autour de son sexe. J'avais des crampes partout, de toute façon.

Ce n'était pas bien de se moquer des bizarreries des autres. Il le savait mieux que quiconque. Mais entre le ton très direct de Victoria et son sourire à la fin, il ne put se retenir.

— Moralité, il vaut mieux laisser l'appareil photo dans le tiroir. (Il leva les yeux au plafond en disant ça – et manqua s'étrangler.) Tu as mon système solaire.

Elle vint se blottir contre sa joue.

— Tu n'avais pas remarqué ?

— Quand est-ce que tu l'as pris ?

— Ta mère m'a invitée à déjeuner hier. On a fait quelques cartons, et elle m'a proposé de prendre certaines choses qui t'appartenaient.

Elle eut un sourire mélancolique, et une étrange chaleur se répandit dans la poitrine de Cory.

— Ça a toujours été mon rêve de vivre dans une maison comme ça, avec une famille comme la tienne. Ce n'est pas que je n'aime pas la mienne, mais enfin bref, tu vois.

En regardant les choses de son point de vue à elle, il se rendit compte qu'il n'avait jamais su les apprécier à sa juste valeur. Et cela lui fit mal.

— C'est pour ça que tu es devenue architecte d'intérieur ? dit-il avant de hausser les épaules en voyant qu'elle ne réagissait pas. Pour pouvoir aménager encore et encore la maison de tes rêves.

Elle baissa les yeux.

— Cory Santangelo, vous avez le cerveau le plus sexy que je connaisse.

— Merci. Je crois.

— C'était un compliment. En parlant de travail, je voulais te dire que ton frère m'a chargée de reprendre l'organisation de la fête de départ de vos parents. Visiblement, ta secrétaire ne s'éclate pas vraiment à faire ça.

— Ma secrétaire a un vrai travail, figure-toi, répondit-il sèchement. Et depuis quand tu es dans l'événementiel ?

— Je ne le suis pas, mais en revanche j'aime décorer les salles de réception, et j'aime aussi tes parents. (Elle lui fit un immense sourire.) En plus, le gros du travail est fait. Il ne reste qu'à faire le point sur les invités qui ont répondu et les retardataires, passer voir le traiteur et Alexa pour confirmer les commandes, et vérifier que tout est en ordre. Ensuite, Jill et moi, on n'aura plus qu'à recréer la féerie de l'automne dans la salle.

Cédant à son envie, il la serra plus fort contre lui. Il ne voulait pas la laisser partir. Jamais. Plus il passait de temps avec elle, plus il avait la certitude que leur arrangement était tout sauf temporaire. Il devait mettre rapidement les choses au clair, car la fête de départ allait vite arriver et Victoria croirait peut-être qu'à la fin, ce serait aussi terminé pour *eux*.

À ce stade, cela semblait plutôt incongru de reprendre tout à zéro en commençant par sortir ensemble. Sans rire, il lui avait déjà fait couler de la cire chaude sur tout le corps, et il l'avait tenue à bout de bras pendant qu'elle pleurait. Deux fois. Ils se connaissaient depuis l'adolescence. Il était déterminé à explorer dans un futur proche les rares parties d'elle qu'il n'avait pas encore découvertes. Il lui arrivait d'être impulsive et difficile à cerner, et alors ? Ces derniers temps, il avait été exactement pareil, lui aussi. Et il avait *aimé* l'être, en plus.

Non, il avait adoré. Et il aimait…

Cory ferma les yeux. Une chose à la fois. D'abord, il fallait mettre au point une stratégie. S'il voulait garder

Victoria pour toujours, il devait lui donner le plus de raisons possible de faire sa vie avec lui. Peu importe si elle était déjà amoureuse de lui ou pas, cela viendrait. Elle méritait qu'on lui décroche la lune, et il le ferait avec joie.

Enfin, dès qu'il aurait arrêté de trembler.

Elle lui enfonça un doigt dans les côtes.

— Tu es bien silencieux.

Il s'obligea à se concentrer sur le plafond.

— Tu as mis Pluton trop près de Neptune.

— Dans ce cas, grimpe là-haut pour l'arranger. Mais plus tard. (Elle se pelotonna contre lui.) Ça te dit… un câlin ?

Il n'eut même pas de mouvement de recul en entendant cette proposition. Elle le rendait heureux. Elle lui donnait même envie de laisser des mots doux sur l'oreiller.

— Tourne-toi. Je me mets derrière toi.

— Des promesses, toujours des promesses, susurra-t-elle en jouant des sourcils.

Il s'esclaffa et lui donna une tape sur la fesse quand elle se cala tout contre lui.

— Je saurai me rappeler ton intérêt pour cette position.

— Oh, mais j'y compte bien.

Il déposa un baiser sur son épaule nue, puis s'installa confortablement pour s'endormir. Ce soir, il allait peut-être vraiment y arriver.

— Bonne nuit.

Le portable de Cory sonna bien trop tôt. Ou alors il était vraiment à la bourre. C'était lundi matin, et il n'avait pas le temps de lambiner.

Il jeta un coup d'œil au réveil de Victoria. Il était tourné vers le mur et, pire, elle l'avait débranché. Pas étonnant qu'elle soit si souvent en retard.

Il prit le Smartphone sur la table de nuit pour ne pas la réveiller, et alla dans la salle de bains attenante pour écouter le message. C'était l'imprimeur. Un problème de planning. Si Cory ne lui amenait pas les épreuves finales aujourd'hui, il ne pourrait pas sortir le magazine à la date prévue. À moins qu'il accepte de renoncer à la quadrichromie ou de revoir à la baisse le nombre d'exemplaires, ce que Cory n'envisageait absolument pas.

Il appela aussitôt la graphiste qui s'occupait du magazine. Elle pouvait insérer les photos dans la maquette avant la fin de la matinée, mais à condition qu'il les lui amène dans l'heure suivante. Oh, et il ferait bien de prendre son chéquier aussi, parce qu'elle allait le faire casquer pour ce changement de dernière minute.

Il mit la main sur le micro le temps de pousser un juron, puis il accepta et raccrocha.

Et merde. Il n'avait pas eu le temps de regarder les photos de vendredi avec Vic, et il savait qu'elle avait un emploi du temps super chargé pour la journée. Ils avaient même été obligés de déplacer leur rendez-vous du lundi au mardi, à cause d'un problème urgent dans une véranda. Ou une salle de jeux. Un truc comme ça. Il ne doutait pas que les photos seraient superbes, mais il allait quand même devoir sélectionner les meilleures, et ça ne se faisait pas en un claquement de doigts.

Il retourna dans la chambre et poussa un tendre soupir en voyant le spectacle qui s'offrait à lui dans le lit. Vic était affalée sur le ventre, et elle écrasait. Jamais il ne réussirait à la faire se lever et s'habiller à temps pour aller chez la graphiste.

En vitesse, il griffonna un mot qu'il posa sur la table de nuit. Après l'avalanche d'émotions qui lui était tombée dessus en quelques heures, elle avait besoin de se reposer, pas de courir partout. Il fit l'impasse sur la douche et remit son smoking. Tout le monde allait le regarder avec des yeux ronds au magasin, mais il n'avait pas vraiment le choix.

Il l'embrassa dans les cheveux puis s'écarta, un sourire aux lèvres. Elle en valait tellement la peine. Et ils auraient tellement d'autres nuits comme celle-là, s'il parvenait à ses fins.

Non, *quand* il y parviendrait.

Le sourire de Cory s'agrandit lorsqu'il déposa un autre baiser dans le creux de ses reins. Il pouvait être très persuasif, quand il voulait.

Il se surprit à fredonner un air en se dirigeant vers sa voiture. Il était déterminé à ce que Victoria soit à lui, et il ne reviendrait pas sur sa décision tant qu'elle ne lui appartiendrait pas pour de bon. Tout ce qu'il avait à faire, c'était trouver le moyen le plus rapide de réussir.

Lorsque Vicky se réveilla, le lit était froid et vide. Cela aurait dû la surprendre, mais en fait non. Une partie d'elle s'attendait à ce que Cory soit parti sans demander son reste. Après tout, il était le roi de l'évasion, celui qui arrivait toujours à se sortir d'une liaison difficile avant qu'il ne soit trop tard, et elle avait commis une grosse erreur.

Elle lui avait révélé la vérité.

Elle ne s'était rendu compte de ce qu'elle avait dit dans la douche que tard dans la nuit, alors qu'elle était dans ses bras et qu'un rayon de lune tombait sur le visage de Cory, faisant ressortir les contours de son visage comme pour l'aider à mieux les mémoriser. Longtemps elle avait étudié la courbe de ses lèvres, les angles de ses pommettes, la ligne de ses sourcils. Elle avait eu beau se dire qu'elle était en proie au traditionnel élan d'affection postcoïtal, elle n'était pas dupe.

Il finirait par la quitter, car elle ne saurait pas le retenir.

En toute probabilité, elle ne représentait qu'une complication de plus pour lui. Une façon de passer le temps, jusqu'à ce qu'il trouve une solution pour se tirer de ce mauvais pas et tourner la page.

Sauf qu'elle n'y arriverait pas. C'était dur de l'admettre – même en son for intérieur –, mais elle lui appartenait corps et âme. De toute évidence, elle lui avait donné un premier bout de son cœur le soir de cette fameuse boum, quand ils s'étaient un peu parlé, et qu'ensuite il avait passé son temps à dévorer sa sœur des yeux.

Rétrospectivement, ça aurait pu être un de ces moments tire-larmes comme on en voit dans les films – s'il s'était vraiment passé quelque chose ce soir-là. Mais il n'était pas revenu la voir après ces quelques phrases échangées. Et elle ne lui avait pas sorti le grand jeu non plus pour le tirer des griffes désintéressées de sa sœur.

Ils étaient partis chacun de leur côté et ensuite, de temps en temps, leurs chemins s'étaient croisés. Il avait été le premier à lui demander pourquoi elle avait « gâché » son talent en se lançant dans des études d'architecte d'intérieur. Elle n'avait pas pris la peine de lui expliquer en quoi ce métier était une vocation, mais il avait fini par le comprendre tout seul.

Au final, les connaissances qu'ils avaient en commun et le fait qu'ils habitaient dans une petite ville leur avaient imposé cette forme d'amitié bancale, parfois belliqueuse. Il n'avait rien tenté avec elle, elle non plus, et peut-être était-ce pour une bonne raison.

Jamais il ne l'aimerait comme elle le souhaitait. En se donnant totalement à elle. Il était marié à son boulot, et quelque part en chemin elle avait eu la bêtise de tomber trop amoureuse lui. Elle était tout simplement incapable de se contenter de ses cartes de crédit, de ses soirées au champagne ; de faire comme si leur très grande compatibilité sexuelle et les fous rires suffisaient. Elle ne serait pas satisfaite tant qu'elle n'aurait pas Cory Santangelo tout entier, même la part de lui qu'il refusait de lui donner, par peur. Surtout celle-là.

Elle se redressa dans le lit, enfouit le visage dans les mains et laissa libre cours à ses larmes. Elle pleura en pensant à sa mère, qui était probablement en train de fabriquer une boîte à bijoux en bâtonnets de glace dans une pièce où la lumière du jour ne passait jamais. À son père, qui jetait ses dés sur une table, entouré d'inconnus. À Jill, qui cherchait tant à faire croire que sa mère ne lui manquait pas et qu'elle ne pensait qu'à s'amuser, s'amuser, s'amuser. À son grand frère, qui lui faisait semblant de ne rien attendre d'autre de la vie qu'une bonne bière et une jolie nana à son bras.

Et elle pleura sur son propre sort, pour avoir eu la bêtise de tomber amoureuse d'un homme qui n'aurait pas été plus parfait si elle l'avait façonné de ses mains.

Lorsque le flot se tarit, elle se leva et prit une douche bien chaude. Puis elle s'habilla rapidement et releva ses cheveux en un chignon négligé.

En se jetant à corps perdu dans le travail, la journée passa plus vite, même s'il ne lui tardait pas qu'elle se termine. Finalement, elle s'obligea à arrêter de vérifier son portable toutes les cinq minutes.

Lorsqu'il appela, l'après-midi touchait à sa fin. Elle savait qu'il aurait fini par le faire. Il était peut-être plus dur à coincer qu'une anguille, mais il avait le sens des responsabilités. Et tant qu'elle serait sa fausse petite amie, elle en ferait partie.

Elle fit basculer son appel sur la boîte vocale. Celui d'après aussi.

Elle était censée lui dire quoi, exactement ? Elle pouvait toujours lui affirmer qu'elle ne l'aimait pas vraiment. Ou faire comme si rien de tout cela n'était jamais arrivé. Encore mieux, elle pouvait éluder le problème, en évitant ses appels jusqu'à ce qu'elle soit absolument obligée de le voir le lendemain, pour leur réunion de travail.

La troisième option lui convenait très bien.

Le temps de pousser la porte du bureau de Cory le mardi matin, les remparts étaient érigés. Son cœur était littéralement impénétrable.

Jusqu'à ce qu'il ouvre la bouche.

— On peut savoir pourquoi tu ne m'as jamais rappelé, bordel ? (Il était debout derrière son bureau et lui fit signe de fermer la porte. Quand elle refusa de le faire, il s'en chargea lui-même, en la claquant bien fort.) Je me suis inquiété.

Elle lui montra sa tenue, une robe en laine accessoirisée avec une grosse ceinture et des bottes en cuir. Après un bref redoux, les températures avaient encore baissé.

— Je vais très bien, comme tu peux le voir.

Il se dirigea vers elle avec raideur et lui leva brutalement le menton pour la regarder, plongeant si profondément dans ses yeux qu'elle aurait juré sentir son âme frissonner. Ensuite il plaqua ses lèvres sur celles de Victoria, venant réclamer son dû. Les doigts accrochés à son menton se crispèrent, et elle put dire adieu à son sang-froid lorsqu'il entreprit d'explorer les moindres recoins de sa bouche avec la langue. Au bout d'un moment, le baiser se fit plus doux et il s'écarta enfin, puis leva l'autre main pour la promener sur sa joue.

Elle dut faire appel à toute sa raison pour ne pas répondre à la tendresse qu'elle discernait dans son regard. Elle voyait bien que c'était du toc. Le reflet factice d'une chose qu'il ne ressentait pas vraiment. S'il tenait ne serait-ce qu'un peu à elle, il ne l'aurait pas laissée seule dans le lit après la nuit qu'ils avaient passée. Sans même lui écrire un mot, ou lui envoyer de SMS, rien. Non, ce qui l'intéressait c'était de pouvoir la caser entre deux rendez-vous après le déjeuner. Eh bien c'était trop tard pour ça, merde !

Elle se détourna et s'essuya la bouche du revers de la main, impatiente de s'ôter le goût de Cory.

— Mettons-nous au travail, dit-elle en se dirigeant vers un fauteuil.

— Je t'ai posé une question, je te signale. Pourquoi tu n'as pas répondu quand je t'ai appelée ?

— J'étais occupée. Je t'ai dit que j'enchaînais les rendez-vous hier. Ce qui compte c'est que je sois là maintenant, non ? (Apercevant du coin de l'œil une pile de pages imprimées sur papier couché, elle s'avança et plaqua les deux mains sur le bureau.) Je peux savoir ce que c'est, Cory ?

Il prit le tas de feuilles en question.

— Ça, ce sont les épreuves de *Simply Home* que l'imprimeur m'a envoyées. Jette un coup d'œil à la couverture.

Elle regardait déjà, et elle bouillait. Elle lui arracha les pages des mains, se fichant bien de froisser le papier haut de gamme.

— Je n'ai pas choisi ce cliché. Je n'ai même pas pu voir les photos. Je croyais que je devais être associée à chaque étape.

Tu rêves, ma pauvre fille.

Elle n'était jamais associée avec lui, à aucune étape. OK, hormis pour le sexe. Et après ? Rien. Le néant. Une rage immense monta en elle mais elle s'obligea à la refouler en pensant au magazine. Elle n'y pouvait absolument rien s'il ressentait – ou ne ressentait pas – quelque chose pour elle, mais elle pouvait exiger que ses foutus droits en tant que consultante soient respectés. Certes, il lui avait laissé une grande liberté de créativité sur *Simply Home* et c'était inhabituel ; mais bon sang, elle ne lui avait pas mis le couteau sous la gorge, quand même.

— Depuis quand as-tu décidé de faire ça seul, sans m'en parler ?

— Depuis qu'il y a eu un problème avec l'imprimeur et que le planning a été bouleversé. Si tu veux bien te calmer, je...

— J'ai mal entendu ou tu viens de me dire de me calmer, comme si j'étais une gamine ?

Il venait déjà de briser – non, pas briser, *ébrécher* – son cœur. Elle n'allait pas en plus se laisser affecter dans sa vie professionnelle.

— Arrête de te comporter comme une gamine, et j'arrêterai de te traiter comme telle. (Il lui reprit les épreuves des mains et les posa à plat sur le bureau.) Pourquoi tu ne regarderais pas le résultat au lieu de monter sur tes grands chevaux ?

Elle serra les poings pour refréner son envie – suprême – de le frapper. Ce ne serait pas la première fois, mais elle avait fait le serment de garder son calme face à Cory, du moins jusqu'à ce que la couche de glace autour de son cœur soit assez épaisse pour pouvoir marcher dessus.

— Ce n'est pas la question.

Même avec les yeux plissés, la couverture avait l'air d'enfer. Il avait fait le bon choix. Évidemment.

— On était d'accord pour dire qu'on sélectionnerait ensemble ces photos. Que c'était un gage de qualité. Alors, où sont passés tes grands principes ? Ils se sont envolés à la minute où tu m'as baisée ?

Il serra tellement fort les mâchoires qu'elles craquèrent.

— Je te prierais de parler moins fort. Tu es dans un bureau, au cas où tu l'aurais oublié.

— Comment le pourrais-je ? C'est tout ce qui compte pour toi !

Elle allait prendre la porte, mais n'eut le temps de faire qu'un pas avant qu'il l'attrape par le coude et la ramène vers lui. Tout ça sans lui faire mal, en plus. Hallucinant.

— Lâche-moi.

— Vas-y, force-moi, fit-il en l'obligeant à se redresser pour qu'ils soient nez à nez. En parlant de baiser, c'est ça ton problème ? Je devrais peut-être te prendre sur ce bureau, histoire de te décrisper ? Je t'ai dit d'appeler quand tu avais besoin.

Seigneur, c'était vraiment un petit con arrogant, parfois. Alors comme ça, elle était *crispée* ? Elle allait lui montrer, à ce salaud.

— Tu es incapable de me donner ce dont j'ai besoin.

— Sûre de ce que tu dis, Vic ?

Le souffle de Cory effleura ses lèvres et les fit s'ouvrir, tant elles étaient en manque. Il baissa les yeux vers sa bouche, puis la regarda de nouveau.

— Là, tout de suite, je crois que je pourrais te donner plus qu'il n'en faut.

— À ton foutu boulot, en pleine journée ? Les stores relevés ? Ça m'étonnerait.

Il la plaqua si vite qu'elle n'eut aucune chance d'esquiver. Aussitôt, sa main se retrouva sous la robe de Vicky, et déjà elle lui écartait sans ménagement le string. Choquée, elle laissa échapper un petit cri contre le sous-main, mais il la réduisit au silence en pressant le poing contre sa bouche. Elle le mordit mais ne laissa aucune marque.

Bon sang, elle n'était même pas capable de le faire saigner un peu.

Il ne perdit pas de temps en amabilités. C'était une agression sensuelle éclair, et ses doigts étaient déjà en surchauffe, tandis que sa bouche s'attaquait à la nuque de Victoria. Il lui griffa la peau avec les dents, et elle sentit son souffle chaud près de son oreille.

— Tu vois ce que tu me fais faire ? C'est toi qui me rends comme ça, et je devrais me haïr. Mais non. J'en veux plus. (D'une main sur le dos de Victoria, il l'obligea à allonger le buste, puis à écarter les jambes.) Admets que tu le veux aussi. Que tu me veux, Vic.

Est-ce que ça ne crevait pas les yeux, pourtant ? Son corps tremblait de désir alors même que sa gorge se resserrait autour de ces mots qu'elle refusait de lui dire. Ce n'était pas le problème. Le problème, c'était qu'il ouvre les yeux sur eux et sur tout ce qu'ils pourraient être, si seulement il avait le courage d'affronter la vérité.

Elle secoua la tête mais ne put stopper la sensation de fourmillement qui finit par éclore en elle, tandis qu'il lui frottait frénétiquement l'entrejambe de ses doigts et lui faisait un suçon derrière l'oreille. Des étincelles apparurent dans son champ de vision et ses gémissements furent piégés par la main de Cory, si bien qu'elle en eut des bouffées de chaleur.

Il était sur elle, derrière elle, autour d'elle. Il l'embrassait, l'empêchait de bouger, et la laissa s'envoler.

Ce ne fut pas tant un orgasme qu'un effondrement, et elle eut l'impression de se briser en tant de morceaux que jamais elle n'arriverait à tous les recoller. Sans même lui donner le temps de revenir sur terre, il la retourna sur le dos et se dressa au-dessus d'elle, qui n'en finissait plus de panteler. Quand il lui empoigna le menton, elle sentit sa propre odeur sur les doigts de Cory.

— Voilà, *ça*, c'est réel, cracha-t-il, ses yeux se réduisant à deux fentes d'un gris étincelant. Si tu es incapable de l'accepter, si tu n'en as pas autant envie que moi, tu peux te tirer de mon bureau. Et ne jamais revenir.

Elle le repoussa brutalement, car elle manquait d'air sous le poids de ce corps qui l'emprisonnait. Il chancela, la regardant se relever d'un air stupéfait, mais il s'écarta et elle baissa sa robe d'un geste sec.

Son erreur – la dernière en date, plutôt – fut de se retourner pour l'observer. La fureur et la confusion de Cory s'enroulèrent autour des chevilles de Victoria comme des ancres de pierre, l'implorant de rester. Elle n'était pas sa mère, lui n'était pas son père, et à eux deux ils n'étaient vraiment pas du genre à baisser les bras. Ça n'avait aucun sens de fuir la seule chose qui importait davantage pour elle que de respirer. Mais ce qui venait de se passer n'avait rien à voir avec de l'amour, pas pour Cory en tout cas. Lui, il voulait son corps. Ce que *elle* voulait était tellement plus profond qu'elle ne saurait se contenter de cet *ersatz*, même si cela impliquait de rester seule.

S'il lui avait demandé de rester, s'il avait même juste prononcé son prénom, rien que ça, elle ne serait pas partie. Pour une fois, elle avait besoin qu'il se batte pour elle. Qu'il lui prouve qu'elle comptait.

Mais il se contenta de la regarder prendre la porte.

14

Cory ne parla à personne de leur rupture. Il ne parla pas du tout, d'ailleurs, même lorsque sa mère lui fit la remarque que Vic n'était pas venue à sa soirée entre filles, car il n'avait rien à dire. Elle avait peut-être accepté de jouer la comédie pour lui mais en chemin ils avaient découvert autre chose, quelque chose de *vrai*, et de toute évidence elle s'en fichait comme de sa première culotte.

Il avait plongé dans la tourmente de ses yeux noisette, et n'avait rien vu d'autre que le désir d'être libre. Cory aurait été bien incapable de dire comment, mais il était devenu comme des menottes aux poignets de Victoria, et elle s'était lassée de tirer sur ses liens.

Alors il lui avait donné ce qu'elle voulait : une porte ouverte. Et il espérait bien que le battant avait claqué ses jolies petites fesses en se refermant.

Il n'avait plus d'amante, plus de consultante pour le magazine, et plus d'amie avec qui se bagarrer. Des trois, deux étaient remplaçables. La dernière ne l'était pas, et ne le serait jamais. Vicky était la raison numéro un pour laquelle il était si impatient de bosser sur le magazine, même s'il était trop buté pour se l'avouer.

Et ses parents, qui avaient été si déterminés à ce que leur fils se trouve une compagne, ce qui au final l'avait mené à l'épisode du belvédère ? Ils avaient d'autres chats à fouetter.

Comme par exemple déménager à des milliers de kilomètres de là. Et le laisser avec cette jolie pagaille sur les bras. Cela aurait été facile de les pointer du doigt et de leur reprocher ce qui était arrivé, mais ç'aurait été la culpabilité, et non lui, qui aurait parlé. Un an plus tôt, peut-être aurait-il cherché à se montrer sous le meilleur jour possible dans cette affaire, à passer pour la victime, même. Mais ce n'était plus d'actualité. Il savait exactement qui était le fautif – et c'était bien son reflet à lui qu'il était en train de fixer dans le miroir de l'entrée, chez ses parents.

La gorge serrée, il se détourna pour affronter une autre réalité. Petit à petit, la maison se vidait et son enfance était mise en cartons. Ses parents rayonnaient de bonheur, comme on peut l'être à la veille d'une grande aventure et, pendant ce temps, son monde à lui était plus sombre que l'œil d'un cyclone.

Il n'avait jamais ressenti une telle fureur. Il n'en avait pas le souvenir en tout cas. En général, il canalisait très bien ses émotions. Sa vie, c'était le travail, et encore le travail. Il n'avait pas une minute à perdre en rêvasseries et en idées fofolles, et encore moins pour remonter l'allée de chez ses parents en trombe, entrer sans frapper et leur avouer l'énorme connerie qu'il venait de faire.

Et pourtant il était venu, et maintenant qu'il était là, personne ne pourrait l'arrêter.

Il emprunta le couloir qui menait à la cuisine et se figea en voyant tout ce… vide. L'endroit avait l'air abandonné des dieux. Il avait été tellement accaparé ces dernières semaines à tomber amoureux, puis à perdre Victoria, qu'il ne s'était pas rendu compte de ce que le déménagement signifiait vraiment. La ferme de ses parents serait bientôt reléguée dans le passé. La cabane dans l'arbre, qui attendait patiemment des enfants fantômes ; la balançoire, qui bougeait toute seule dans la bise d'automne ; le triangle de fleurs sauvages dans le pré, là où ils avaient enterré son chien Rusty. Tout cela appartiendrait bientôt à quelqu'un d'autre, et s'il voulait revenir, il devrait demander la permission. Pire, il y avait toutes les chances pour qu'on la lui refuse.

Et ça, il n'en était pas question.

C'était la maison où il avait grandi, le seul endroit où il se sentait vraiment lui-même. Il n'allait quand même pas les laisser la vendre pour que lui puisse garder son loft aseptisé. Il n'avait que faire de surplomber la ville tout seul comme un idiot. Il voulait cette maison. Il voulait ces souvenirs, mêlés à ceux qu'il venait de se créer avec...

— Mon chéri ! s'exclama sa mère en arrivant précipitamment dans la cuisine. On a dû te dire.

— Me dire quoi ?

— Pour Misty. Elle nous a quittés.

Cory fronça les sourcils.

— Mais elle allait très bien la dernière fois que je suis venu.

Une dizaine de jours plus tôt seulement. Il avait vu le cheval à l'écurie, mais ce n'était pas exactement l'animal qui avait motivé sa visite

— Qu'est-ce qui s'est passé ?

— Elle était vieille, tu sais.

— Pas tant que ça. Elle avait seulement... Oh merde.

Elle avait été là toute sa vie. Et il avait cru qu'il en serait toujours ainsi, parce que c'était ce qu'il voulait croire. Il n'avait jamais eu le temps de s'occuper de Misty, mais un jour prochain, lorsqu'il aurait enfin pris les vacances qu'il repoussait sans cesse, il serait venu ici une journée et l'aurait montée. Il se serait rattrapé pour toutes ces années où il n'avait pas pris la peine d'aller la brosser ou de lui donner quelques carottes en douce.

La vie de Cory s'était transformée en un vaste regret. Autant écrire son épitaphe tout de suite.

Ci-gît Cory Santangelo, qui aurait voulu faire mieux, mais est décédé avant d'en avoir eu le temps.

— Si tu n'étais pas au courant pour Misty, pourquoi es-tu venu ?

Elle le connaissait trop bien. Jamais il ne venait les voir juste pour dire bonjour, surtout en pleine semaine. Non, il avait toujours une intention, laquelle faisait partie d'une stratégie bien pensée, et il ne repartait pas sans s'assurer qu'elle serait mise à exécution. Et sans hésiter non plus, car hésiter, c'était déjà un peu échouer.

Alors il se lança :

— Je veux cette maison, annonça-t-il d'une voix plus limpide qu'elle ne l'avait été depuis des mois, peut-être même des années. Je vous la rachète. Au prix que vous estimez être le plus juste.

Corinne sourit, mais sa bouche tremblait.

— Tu penses vraiment ce que tu dis ?

— Oui. Appelle l'agent immobilier et enlève l'écriteau accroché à la clôture. Elle est à moi. (Il s'approcha et lui prit les mains pour les porter à sa bouche.) Je suis désolé pour Misty. C'était une très belle bête. Et je suis désolé d'avoir été si peu présent ces derniers temps.

Les yeux de sa mère se remplirent de larmes.

— Mais non, ne dis pas ça.

— C'est la vérité pure et simple. J'étais tout le temps au bureau et, quand je n'y étais pas, j'y pensais. Misty avait vieilli et je n'ai même pas pris la peine de lever le nez de mes dossiers pour le voir. Ça va changer.

— Tu es un fils dévoué, mon chéri.

— Je suis accro à mon boulot, plutôt. C'est bien pour ça que vous m'avez sommé de trouver une femme, n'est-ce pas ?

Une étrange lueur passa dans le regard de Corinne.

— C'est ce que tu as fait, non ?

— Je l'avais trouvée. Et je l'ai perdue.

Il lâcha les mains de sa mère pour se diriger vers la fenêtre qui donnait sur la cour jonchée de feuilles d'automne. Il était grand temps de cracher le morceau. Depuis le début, Cory savait que ce moment arriverait, mais il s'était quand même enfoncé dans le mensonge. Il avait simplement retardé l'inévitable.

— On ne sortait pas vraiment ensemble, maman. On a fait semblant pour que vous me fichiez la paix, papa et toi.

— On sait, mon cœur.

— Non, maman, tu n'écoutes pas. Je viens de dire qu'on n'était pas un vrai couple. Elle n'a jamais été ma copine, on a… (Lorsque la réponse de sa mère atteignit enfin le cerveau, il pivota brusquement pour lui faire face.) Hein ? Comment ça ?

Elle secoua la tête en souriant faiblement.

— Tu te crois toujours tellement plus malin que les autres. Ton intelligence est à la fois ce qui te sauve et ce qui te mènera à ta perte, parce qu'à cause d'elle, les trous que tu creuses pour t'enterrer sont deux fois plus profonds.

— Tu es en train de me dire que vous saviez depuis le début ? reprit-il d'un ton impassible. Je veux dire, bien sûr vous m'avez tous sauté dessus au dîner dimanche soir mais, quand on est partis, je pensais vous avoir convaincus…

— Pas tant que ça, mon ange.

Cela semblait la réjouir tout particulièrement.

La fureur qui s'était estompée en voyant le désert qu'était devenue la maison familiale revint en force.

— Vous… vous m'avez tendu un piège ? Vous saviez que j'allais engager la première venue pour ne plus vous avoir sur le dos ?

— Pas la première venue. Vicky. Que veux-tu, tu étais le seul à ne pas voir qu'elle était faite pour toi.

Cory porta une main à sa poitrine et appuya fort. Avait-il enfin dépassé la quantité conseillée de caféine dans le sang ? Son cœur lui faisait l'effet d'être en fusion, au bord de l'implosion.

— Mais tu ne m'as même jamais encouragé à l'inviter à dîner. Qu'est-ce qui t'a fait penser que j'aurais l'idée de me tourner vers elle tout seul ?

— La foi.

Elle allait se déboîter la mâchoire, si elle continuait à sourire autant.

— Je me suis dit que vous alliez bien finir par voir ce que papa et moi savions depuis des années. Le problème, c'est que vous êtes tous les deux très… têtus. Et aussi très intelligents.

— Comment pouvais-tu être certaine que je… que Victoria et moi, on…

Cory avait le cerveau tout embrumé. Il n'arrivait pas à croire qu'il avait pu se faire manipuler aussi facilement. Par sa propre mère.

Qui, concrètement, n'avait rien fait de mal dans cette histoire, malgré l'impression que ça donnait.

— Cela fait des années que vous vous tournez autour, elle et toi. Il était grand temps, ajouta-t-elle en haussant les épaules. Et puis, qui d'autre que Vicky arriverait à te supporter assez pour endosser le rôle de ta petite amie ? Cette jeune femme est une sainte.

— Je ne suis pas si horrible que ça, bougonna-t-il. (C'est là qu'il repensa à sa grande déclaration dans la cuisine.) Mais quand même, comment avez-vous su qu'elle accepterait de jouer la comédie ?

— Disons que la soirée de gala nous a donné un coup de pouce. Enfin, surtout les photos. (Devant le regard courroucé de son fils, Corinne haussa de nouveau les épaules et lui refit ce petit sourire agaçant.) Aux grands maux les grands remèdes, mon chéri. Quand tu auras des enfants, tu comprendras.

— Je comprendrai qu'il faut les manipuler, soi-disant pour leur bien ? Ça, ça m'étonnerait.

En s'entendant parler ainsi, il grimaça. C'était la première fois qu'il ne remettait pas en cause le fait qu'un jour il serait père.

— Je ne vois pas en quoi c'est de la manipulation. A-t-on déjà mentionné le nom de Vicky devant toi ? Et puis, il me semble que tu t'y connais aussi en la matière, ajouta-t-elle en ignorant le regard noir qu'il lui lançait. Souviens-toi du gala de Helping Hands, lorsque quelqu'un que je ne citerai pas a payé les loyers en retard d'Alexa dans l'espoir que Dillon et elle se remettent ensemble. Je pense qu'ils y seraient arrivés tout seuls, mais tu as fait ce que tu pouvais pour les pousser dans la bonne direction.

— Ce n'était pas de la manipulation. Techniquement.

— Ah bon ? Comment appelles-tu un homme qui se sert de toutes les ressources qu'il a à disposition pour aider son frère à retrouver la femme qu'il aime ?

Il se retint *in extremis* de grogner, car il n'aimait guère la tournure que prenait cette conversation. Ils tournaient en rond, et pendant ce temps-là il ne cherchait pas de solution pour reconquérir Victoria. Si seulement il savait par où commencer…

Il fourra les mains dans ses poches et détourna le regard.

— La vérité, c'est que je ne sais pas comment arranger les choses avec Vic, marmonna-t-il, se sentant comme un parfait crétin.

Pour lui, admettre qu'on ignorait quelque chose revenait à montrer sa faiblesse. Ça ne lui arrivait pas. Jamais. Et pourtant, à cause de ses désirs inavouables, il en était arrivé là.

Devait-il se réjouir d'être humain, au fond – alors que pendant des années tout le monde avait cru le contraire –, ou plutôt casser tout ce qui lui passait sous la main, ou encore insulter tout le monde – bref, faire comme les autres hommes quand ils se faisaient éconduire ?

Non. Ce qu'il devait faire, c'était arrêter de tergiverser et trouver une foutue solution.

— Oh, mon petit Cory. Tu l'aimes ?

D'un air absent, il se frotta l'épaule. La sensation de chaleur qu'il avait dans la poitrine remontait lentement, et allait peut-être bien finir par l'embraser tout entier.

— Je crois que oui. Mais je n'ai pas de point de comparaison. Comment on se sent quand on est amoureux ? C'est différent, pour l'autre sexe ?

— Non, c'est à peu près la même chose pour tout le monde.

Son expression indulgente atténua la gêne que ressentait Cory à poser ce genre de question.

— Sauf que c'est cent fois pire et mille fois meilleur. Si merveilleux qu'on a du mal à respirer, et si atroce que l'idée de ne pas être aux côtés de l'être aimé donne envie de mourir.

Il hocha la tête.

— Ouais. Je me disais que c'était peut-être une intoxication alimentaire, vu que j'ai arrêté de me nourrir. Mais d'après ce que tu dis, ça m'a tout l'air d'être l'amour. (Il soupira.) Putain, c'est vraiment trop nul. Désolé, maman, ajouta-t-il après coup.

Elle balaya sa remarque d'un geste et s'avança pour le serrer bien fort dans ses bras.

— Tu dois lui dire la vérité, et ensuite la laisser décider. Si ce n'est pas déjà fait.

— Et elle, elle ne devrait pas me dire certaines choses ?

— Ne te préoccupe pas de ça pour l'instant. L'important est de te montrer correct envers elle, et de faire en sorte qu'elle ait toutes les cartes en main. Après, à elle de choisir.

Il en était arrivé à peu près à la même conclusion. Il devait trouver le moyen de lui parler, et de la faire écouter jusqu'au bout – pour ça, il avait sa petite idée. C'était risqué comme plan, mais c'était mieux que rien. Il n'y avait plus qu'à mettre les choses en branle, tout en priant pour ne pas faire un infarctus avant.

Il mit les mains sur son estomac en l'entendant gargouiller.

— Tu vois ? Je suis à l'article de la mort.

Corinne s'esclaffa et tira sur sa chemise.

— Assieds-toi. Je vais te préparer un bon déjeuner, comme ça tu pourras raconter à ta vieille mère ce qui se passe dans ta vie en ce moment.

— Désolé, je ne peux pas. J'ai rendez-vous avec... (Il s'arrêta net et soupira longuement.) Bonjour, je m'appelle Cory et je suis un drogué de travail. T'inquiète, maman, je vais le reporter.

— Bien.

Elle attira son front vers elle pour y déposer un baiser.

Sa mère avait visé juste. Il devait tenter le tout pour le tout et avouer ses sentiments. Il devait aussi agir vite, avant de laisser passer sa chance. Pour cela, il allait demander l'aide de Jill, qui semblait ne pas trop le détester.

Et peut-être aussi de Bryan qui, lui, devait le haïr. Son frère s'était toujours montré possessif envers Victoria, et quelque chose lui disait que ce grand gaillard n'avait pas apprécié de voir sa petite sœur faire la une des journaux avec Cory.

Mais peu importe. Avec ou sans eux, il allait y arriver. Cette fois, il ne renoncerait pas à Victoria sans se battre.

Victoria y était presque.

Dans moins de cinq heures, son vol à destination de la Caroline du Sud décollerait, et elle pourrait enfin laisser Haven derrière elle pendant quelques jours. Elle avait dû jongler un peu pour caser ce voyage dans son emploi du temps, mais heureusement Jill et Lorelie avaient accepté de prendre le relais. Le plus chouette dans tout ça, c'était que son ancienne camarade de chambre à la fac s'était montrée super excitée à l'idée de sa visite surprise.

Elle avait fini par trouver quelqu'un qui voulait bien d'elle sur Terre. À ce détail près que ce n'était pas un beau ténébreux mordu d'astronomie.

Cela faisait une éternité qu'elle n'était pas partie en vacances, mais quel meilleur moment pour fuir le présent ? Melly avait été tellement accaparée par sa recherche d'un local pour son bar à yaourts qu'elles avaient à peine eu le temps de se parler. Bryan devait se concentrer sur sa rééducation, c'était le plus important. Quant à sa mère, elle allait se retrouver seule à la maison de repos. Évidemment ça l'embêtait, mais Victoria ne pouvait pas mettre sa vie entre parenthèses pour toujours.

Tout se passerait bien.

OK, ce n'était pas vrai. Elle était malheureuse comme les pierres, et Cory lui manquait tellement qu'elle s'était obligée à effacer son numéro du répertoire pour s'empêcher de l'appeler. Lorsqu'elle avait reçu son exemplaire de *Simply Home* la veille et qu'elle avait vu son visage rayonnant sur la couverture et un petit mot écrit par Cory à l'intérieur, elle avait dû résister à l'envie de humer le papier, pour voir s'il y avait laissé un peu de son after-shave. À la place, elle avait lu et relu sa dédicace.

Victoria, voici ton exemplaire de l'édition originale. Je te suis reconnaissant de tout ce que tu as fait pour le magazine. Je n'y serais jamais arrivé sans toi. C.

Bon. Pas grand-chose à se mettre sous la dent. Et probablement pas de quoi appeler un expert en graphologie non plus. Elle était plus proche de la crise de nerfs qu'elle ne le croyait, si elle pensait que trois phrases gribouillées à la hâte pouvaient révéler les sentiments de quelqu'un.

Est-ce qu'elle lui manquait ne fût-ce qu'un tout petit peu ?

En soupirant, elle regarda la salle de réception qu'elle avait aidé à décorer pour la fameuse fête de départ. Elle n'avait aucune intention d'être encore là lorsque la soirée débuterait, et elle espérait que les Santangelo comprendraient. Son cadeau à elle c'était cette déco, qu'elle avait réalisée avec tout son cœur. Avec un peu de chance, elle pourrait passer à la ferme avant le grand départ la semaine suivante. Elle ne s'absentait que quelques jours.

Mais elle se sentait tout simplement incapable d'être au même endroit que Cory. Pas ce soir-là. Et peut-être jamais plus.

Elle se consola en observant la salle, qui était splendide. Il n'y avait pas à dire, le thème de l'automne avait de l'allure. Une piste de danse avait été créée sur un côté, et les tables disposées en demi-lune autour d'un buffet gargantuesque. Dans un coin se dressait un immense arbre que Vicky avait fait acheter au rayon jardinerie de Value Hardware, et des rails miniatures venaient s'enrouler autour de la base. Elle s'était rappelé que le beau-père de Cory était fan de trains électriques, et elle avait fait le tour des antiquaires pour en trouver un qui lui plairait. Elle espérait même que cela lui donnerait envie de l'emporter en Arizona.

D'autres arbres en pots décorés de guirlandes lumineuses étaient posés ici et là et, pour chaque table, Lex avait imaginé une composition de pommes de pin parfumées à la cannelle et de fleurs fraîches dans les tons orangés. Vicky avait aussi fait mettre un arbre illuminé à l'entrée, pour que les invités aient l'impression de voir un phare dans la nuit en arrivant. Si les averses prévues voulaient bien ne pas tomber, tout serait parfait.

Jill apparut tout à coup. *Waouh !* Elle en mettait carrément plein la vue. Sa fine robe en satin démontrait sans l'ombre d'un doute qu'elle avait bien plus de rondeurs que Vicky, et très peu d'hésitation à les montrer.

— Alors, ton étalon de frère n'est pas venu ?

— Non. Tu sais bien qu'il n'est pas à Haven en ce moment. Arrête de le harceler.

Jill s'esclaffa et Vicky ne résista pas à l'envie de la prendre dans ses bras. Jill l'étreignit à son tour.

— Eh, c'était pourquoi, ça ?

— J'avais besoin d'un câlin.

— Ça va ? demanda Jill en s'écartant. On a été tellement bousculées qu'on n'a même pas eu le temps de discuter, toi et moi.

Vicky passa un bras protecteur autour de son épaule. Elle était vraiment la petite sœur qu'elle n'avait jamais eue. Si jamais un homme osait lui faire du mal, elle lui casserait les doigts un par un.

— Je vais bien. Tu es sûre que vous vous en sortirez, avec Lorelie ?

Jill leva le pouce en guise de confirmation.

— On gère, chef. Et toi, t'es sûre que tu dois t'en aller ?

— J'ai un tiroir rempli de bikinis qui n'attendent que ça, confirma Vicky avec un grand sourire. Merci pour tout. Tu es la meilleure.

Jill acquiesça d'un signe de tête, et ses yeux bleus se mirent à briller.

— Tu me connais, tu sais que je déteste les grandes tirades un peu cul-cul, mais je voulais te dire combien j'apprécie tout ce que tu fais pour moi. Personne ne t'a demandé de remplacer ma mère, mais tu ne baisses jamais les bras, même quand je te rends folle. Je t'aime, Vick. (Elle poussa un lourd soupir.) Et je te promets de ne pas faire de bêtises pendant ton absence. Enfin, pas trop grosses.

Vicky éclata de rire et la serra un peu plus fort.

— T'es bête. Moi aussi, je t'aime.

Jill se décala pour regarder l'heure à sa montre, un geste plutôt inhabituel pour sa meilleure amie, qui ne pensait qu'à s'amuser. Disons qu'elle n'avait pas exactement d'horaires. Jill rappelait beaucoup à Vicky l'adolescente qu'elle avait été, et l'analogie avait de quoi la faire flipper. Après toutes ces années, des flics patrouillaient encore régulièrement aux abords du château d'eau. Elle ne pouvait s'empêcher de penser que c'était peut-être à cause d'elle.

C'était même sûrement à cause d'elle.

— Tu ne devrais pas y aller, là ?

Eh bien, oui, elle n'allait pas tarder à rentrer pour terminer ses bagages, mais pourquoi avait-elle l'impression que Jill la pressait de partir ?

— Mon vol n'est pas avant plusieurs...

— Oui, mais tu sais bien qu'ils ont renforcé les mesures de sécurité dans les aéroports. Il vaut mieux prendre de la marge pour passer la douane. (Elle tira sur la manche de Victoria.) Tu ferais bien de filer.

Vicky la regarda en souriant. Jill semblait vraiment inquiète qu'elle rate son avion. Elle était trop chou.

— Très bien, espèce de sale gosse. Sois sage.

Elle se dépêcha de rentrer chez elle pour boucler son sac. Elle avait déjà fait le plus gros la veille au soir. Si elle arrivait à remettre la main sur ses ballerines blanches, elle serait fin prête.

En désespoir de cause, elle se glissa sous le lit pour voir si elles n'étaient pas planquées là. À la place, elle trouva un mot sur un Post-it qui ne collait plus, mais dont elle aurait reconnu l'écriture entre toutes.

Bonjour ma belle, je suis vraiment désolé de ne pas t'avoir vue avant de partir. Il y a un problème urgent, mais je n'ai pas voulu te réveiller. Je m'en veux de t'avoir épuisée cette nuit. Appelle-moi quand tu te lèves, OK ?

Et pour finir, la cerise sur le gâteau : un smiley. Dessiné par Cory.

La gorge serrée, elle s'étendit sur le dos et plaqua le mot contre sa poitrine. Cela changeait beaucoup de choses. Ce n'était pas une déclaration d'amour, loin de là, mais au moins il n'avait pas imposé de silence radio comme elle l'avait cru. Il ne l'avait pas simplement plantée là, comme si ce qui s'était passé entre eux la nuit précédente avait été sans importance.

Mince alors, elle allait devoir investir dans des Post-it de meilleure qualité. Ils n'étaient pas censés terminer sous le lit, ces satanés papiers.

Elle se mit à genoux et jeta un coup d'œil à sa montre. La fête des parents de Cory venait de commencer, et son vol n'était plus que dans quelques heures. Peut-être ferait-elle mieux de laisser les magnats du bricolage tranquilles pour l'instant, et de régler ça à son retour. Avec un peu de chance, elle aurait trouvé comment s'y prendre entre-temps.

Elle s'affaira un moment, arrosant ses plantes et vérifiant que la gazinière était bien fermée. Et puis, quand elle n'eut vraiment plus rien à faire, elle empoigna son sac cabine bourré de fringues et éteignit toutes les lumières, sauf celle du salon. Son regard s'attarda sur le canapé et elle se souvint du soir, il y avait de cela quasiment un mois, où Cory était apparu sur le pas de sa porte, avec en tête ce plan insensé. Plan qui était devenu le sien, puis le leur. Elle avait cru pouvoir en profiter pour le séduire, et au final c'était elle qui s'était fait envoûter. En chemin, il l'avait astreinte à une perte de contrôle hallucinante – et libératrice. Il lui avait aussi dit qu'il était là pour elle, et peut-être était-ce vrai. Mais encore fallait-il qu'elle le lui permette.

En soupirant, elle éteignit dans le salon et se dirigea vers la porte d'entrée. Elle sentait bien qu'elle rechignait à l'idée de partir, mais c'était absurde. Cory n'allait pas se pointer avec un bouquet de roses à la main pour lui faire des excuses. Ce n'était tout simplement pas son genre. Elle le savait.

En entendant la sonnette, elle sursauta. La vache, elle prenait vraiment ses désirs pour des réalités. Et puis on sonna de nouveau, et là, elle se demanda si elle n'était pas entrée dans la quatrième dimension.

Elle alluma la lumière du porche et posa la main sur la poignée, un sourire se dessinant déjà sur ses lèvres. Avait-elle eu tort sur toute la ligne ? Cory était-il vraiment derrière la porte ? En l'ouvrant, elle se prépara à lui sauter dans les bras – et tomba sur le visage renfrogné de son frère.

— Punaise, enfin ! Il va quand même falloir qu'il se calme un peu, le coco. J'ai dit que je le ferais, je le fais.

Pendant que Victoria le regardait bouche bée, son frère lui agita une petite enveloppe blanche sous le nez.

— Tiens, lis.

15

Vicky observa la main de Bryan comme s'il lui tendait une grenade dégoupillée.

— C'est quoi ?

— Une lettre, on dirait. Ouvre-la.

— Attends un peu ! s'exclama Vicky en posant son sac par terre. Qu'est-ce que tu fais là ? Ton équipe...

— Le match a lieu lundi soir. Je reprends l'avion le matin pour y assister depuis la touche. (Bryan sourit dans la faible lumière du porche.) Je vais bien, ajouta-t-il en voyant le regard de Vicky alterner entre l'enveloppe et ses yeux fatigués. Je te jure.

— Tu n'as pas l'air d'aller bien.

— Sympa, merci. Mais vu que je descends d'un avion retardé deux fois à cause d'un orage, et que ton mec bourre ma boîte vocale de messages où il m'ordonne « d'arrêter de faire foirer son plan », je dirais que ça ne va pas si mal que ça.

Il laissa tomber son paquetage sur le paillasson et passa la main dans ses cheveux blonds.

Il avait raison. Même s'il était bien différent du Bryan insouciant et jovial qu'elle connaissait, il restait quand même canon et les filles se pâmaient toujours autant devant lui. Comme sa meilleure amie, par exemple. Jill l'avait vu de loin à quelques reprises, et même s'ils ne s'étaient jamais parlé, elle s'arrangeait toujours pour mentionner son nom au détour de la conversation. Ça, c'était Jill tout craché. Toujours sur la brèche.

C'est là que le reste du discours de son frère fit tilt. *Son mec ?*

— J'ai un mec ? murmura-t-elle.

Bryan lui montra son téléphone.

— Je dois avoir une trentaine de SMS qui disent que oui. Et maintenant tu veux bien lire cette foutue lettre, que je puisse enfin aller aux toilettes ? J'ai la vessie qui va exploser.

Elle ne put se retenir de rire tout en ouvrant l'enveloppe d'une main tremblante. En découvrant l'écriture soignée de Cory, elle eut envie de rire plus fort – ou alors de vomir de peur.

> *Ta scène de film romantique, tu la préfères en public ou en privé ? Si tu choisis en privé, va à la page deux. Si tu choisis en public, va à la page trois.*

Intriguée, elle alla à la troisième page.

> *Est-ce que tu la verrais plutôt du genre grandiloquente, ou plutôt intime mais dans un endroit fréquenté ?*

Elle tourna les pages jusqu'à trouver celle de son choix.

> *Grandiloquente, donc. Entre une escapade à deux pour quelques jours et la totale, avec violons, roses rouges et mots doux, qu'est-ce que tu choisirais ?*

Pour cette question, il y avait trois options. La numéro un, la numéro deux, ou bien les deux. Elle décida de prendre les deux, et resta scotchée devant les mots qu'elle avait sous les yeux, à tel point qu'ils devinrent flous.

Prière de rendre cette lettre au messager, afin qu'on puisse organiser au plus vite la scène de tes rêves. Merci. À samedi soir.

Toute tremblante d'excitation et de stress, elle lança un regard à son frère qui la scrutait de ses yeux verts tout en restant sur ses gardes.

— Qu'est-ce que c'est que cette histoire ? Et qu'est-ce que je dois comprendre quand il me dit « à samedi soir » ? On *est* samedi soir, et je ne le vois nulle part. En plus, je m'en vais en Caroline...

— Oui, et Jill l'a prévenu dès que tu lui as annoncé ton départ. Elle est de mèche avec lui, expliqua Bryan en roulant exagérément des yeux. Et moi aussi, même si monsieur n'a pas l'air satisfait de mes services.

— C'était bidon, Bry. Cory et moi, on n'a jamais vraiment été ensemble.

Même s'ils l'avaient été de la seule façon qui comptait. Et même s'ils étaient trop têtus et aveugles pour se l'avouer.

Bryan ne sourcilla même pas.

— Je sais, Cory m'a tout expliqué quand il a appelé pour me demander ma « bénédiction » parce qu'il voulait se mettre avec ma sœur. Ce à quoi j'ai répondu que c'était légèrement superflu, vu qu'il t'avait déjà sautée devant tout le monde et que je n'approuvais carrément pas ce genre de connerie.

Elle pouffa, mais son frère n'avait pas terminé.

— En échange, Cory m'a fait promettre de venir à la soirée et à un rendez-vous qu'il a pris spécialement pour moi avec le Dr Garvey demain. Et maintenant je suis là, mais tellement en retard que sa foutue soirée doit être quasiment terminée, et lui il est en train de ronger son gland parce qu'il a la trouille que tu ne viennes pas à son rendez-vous porte C.

— Je crois que tu voulais dire « ronger son frein ». Fais gaffe, frérot, ce n'est pas tout à fait pareil. (Victoria eut un petit sourire, et prit les billets que Bryan lui tendait.) Bora-Bora ? Pour un départ dans quatre jours ?

— Eh ouais, je crois bien qu'il s'incruste avec toi en Caroline du Sud. Jill l'a aidé à prendre une place sur le même vol que toi. Ensuite il a fallu changer les réservations pour Bora-Bora. C'était son idée depuis le départ, mais tu as tout fait foirer en décidant de partir voir ta copine et de zapper la soirée.

Si la tête de Victoria continuait à tourner comme ça, elle allait finir par se dévisser de son cou. Pour de bon.

— Résultat, il pète un câble parce que je suis en retard, poursuivit Bryan, sans remarquer dans quel état d'agitation sa sœur était. Il est déjà à l'aéroport, il a insisté pour rester au cas où tu te pointerais. Moi je lui ai dit que je pouvais très bien aller là-bas pendant qu'il venait te chercher ici, mais il a un plan hyper compliqué à exécuter dans un ordre précis, alors il est tout chamboulé, tu comprends. Comme si j'étais responsable de la météo, commenta-t-il en levant les yeux au ciel. Bref. Faut vraiment qu'il se détende. C'est juste des vacances, hein.

Victoria se sentit submergée, tout à coup. Leur rupture, le petit mot de Cory trouvé sous le lit, cette idée d'escapade romantique. Le fait qu'il était en train de l'attendre à l'aéroport, comme dans un film. OK, un film un peu tordu, étant donné tous les obstacles qu'ils avaient dû surmonter pour en arriver là, mais est-ce que ce n'était pas aussi ça qui faisait les meilleures fins ?

Dans leur mélo, ils avaient même un type qui avait super envie de pisser mais qui devait se retenir, comme tout bon cinéphile qui ne veut pas rater une miette du générique. C'était vraiment parfait.

Mon Dieu, et si elle était sur le point d'obtenir ce qu'elle voulait depuis tant d'années ?

Elle fut prise de vertiges et tendit une main pour s'agripper à quelque chose, n'importe quoi. Elle trouva les biceps de son frère, et s'approcha jusqu'à pouvoir caler le front contre son torse. Enfin, plutôt son estomac, vu comme il était immense.

— Je crois que je vais m'évanouir.

Sans rien dire, il la prit par le bras, attrapa leurs sacs et se débrouilla pour rentrer le tout à l'intérieur. En le voyant clopiner pour aller fermer la porte, le visage de Victoria se décomposa. Son pauvre frère. Qu'allait-il devenir s'il ne pouvait plus jouer au foot ?

— C'est pas le moment de faire une crise ! s'exclama-t-il en prenant une voix de grand frère sévère. T'as un avion à prendre.

Ç'en était trop. Au lieu de s'évanouir, elle éclata en sanglots.

Se précipitant vers lui, elle enfouit le visage dans son maillot, qui dégageait une odeur si familière. Pendant qu'elle pleurait à chaudes larmes, il lui donna quelques tapes maladroites dans le dos et lui murmura des paroles apaisantes. Mais à cause du bourdonnement dans ses oreilles, elle n'en entendit pas la moitié.

Au bout d'un moment, elle se reprit, leva les yeux vers ce visage rassurant – et complètement dérouté – et lâcha les mots qu'elle se retenait de prononcer depuis si longtemps. Elle refusait de laisser la peur de perdre ceux qu'elle aimait la dominer une minute de plus.

— Il faut que je te parle de maman.

Elle n'arrivait toujours pas.

Cory faisait les cent pas près de la porte C, son bagage cabine dans une main et un ballon de baudruche dans l'autre. Un foutu *ballon*.

Il avait l'estomac tellement noué que le jus de chaussette qu'on vendait dans le terminal ne passait pas. Alors il continuait de marcher nerveusement, de vérifier l'heure et de se cramponner à son ballon comme un bébé à son doudou.

Si elle ne venait pas, c'était fini. Il ne croirait plus jamais au romantisme. Il n'était peut-être pas fait pour les gestes grandiloquents. Elle ne ressentait pas la même chose que lui, et elle était en train de le lui faire comprendre. Bryan lui avait remis la lettre, mais elle avait décidé de décliner sa proposition. Une fois qu'il aurait réussi à retirer le poignard qu'elle lui avait planté dans le cœur, sans doute parviendrait-il à l'accepter.

Tu parles, *jamais* il ne l'accepterait.

Il passa la lanière du sac à son épaule. Il allait sonner chez Vicky et lui expliquer que oui, il était un crétin, mais un crétin qui l'aim...

— Bouh.

Son cœur et ses pieds se figèrent en même temps. Ce « bouh » à peine audible venait de derrière lui. Halloween était dans plus d'un mois, il était bien trop tôt pour se faire accoster par des fantômes dans un aéroport.

Ça ne pouvait signifier qu'une chose.

Il pivota et se retrouva face à Victoria, et sa main moite manqua lâcher le ballon. Elle pencha la tête, perplexe, devant son cadeau symbolique.

— « Bon rétablissement » ? Je suis malade ?

Pas à ce qu'il voyait, et c'était même tout le contraire. Elle avait remonté ses beaux cheveux en une queue de cheval et portait un maillot des Mariners sur un jean et des baskets. Une tenue de voyage simple et décontractée. Mais même ainsi, elle brillait de mille feux, encore plus que le diamant qu'elle avait à la narine.

Ou que celui qu'il avait dans la poche de son pantalon.

Plutôt que de s'épancher en lui disant combien il était soulagé de la retrouver – et de constater qu'elle n'avait pas l'air de le haïr à mort –, il lui tendit brusquement le ballon.

— C'était le seul qu'il leur restait. Et puis, tu as vu le cœur ?

Elle accepta son cadeau et examina longuement le cœur sur lequel n'était pas inscrit « bon rétablissement ».

— Oh, oui. Très joli. Alors, euh, merci.

En la voyant si sincèrement perplexe, il sourit. Et sa résolution de garder la tête froide s'envola. Il posa son sac, la prit dans ses bras et la fit tournoyer dans les airs, avant de lui donner un baiser qui transforma ses balbutiements en gémissements passionnés, le tout en une minute, top chrono.

Peut-être même trente secondes.

— Tu m'as manqué, bredouilla-t-elle pendant une pause.

— Tu m'as manqué encore plus.

— Je n'ai jamais trouvé ton petit mot, celui que tu m'as laissé au lendemain de notre soirée un peu olé olé.

Il aurait pu en rire, s'il lui avait resté encore quelques neurones en état de marche.

— C'est pour ça que j'étais si remontée contre toi. Le Post-it était tombé sous mon lit, je l'ai trouvé ce soir seulement. J'ai cru que tu avais pris tes jambes à ton cou, que rien de tout ça n'était vrai pour toi…

— Ça l'est, pourtant, souffla-t-il tout contre ses lèvres chaudes.

Elle acquiesça, les yeux brillants.

— On peut faire la paix un moment ?

Il leva un sourcil.

— Un moment, c'est-à-dire ?

Elle eut un petit sourire entendu. Puis elle alla attacher son ballon au fauteuil le plus proche et revint.

— D'accord pour renégocier ? Disons qu'à partir de maintenant, on ne se dispute que si on peut se réconcilier sur-le-champ.

— Si je comprends bien, on se bagarre seulement au lit, quand l'un des deux s'étale trop ou prend toute la couette ? reprit-il en tirant gentiment sur sa queue de cheval. Ça me paraît faisable.

— À moi aussi.

Elle éclata de rire, puis plaqua sa bouche sur la sienne et l'embrassa jusqu'à ce qu'il en oublie qu'ils étaient à l'aéroport, en Pennsylvanie, et même qu'il n'était pas réellement en état d'apesanteur. Le baiser ardent de Victoria était le seul élément qui le rattachait à la réalité.

Mais il avait des choses à lui dire. Des choses importantes, du genre à donner la migraine.

Lorsqu'il s'écarta pour plonger le regard dans ses yeux noisette déjà tout étourdis de plaisir, il eut l'impression que la pièce finale de son puzzle intérieur trouvait enfin sa place. Soudain, il n'avait plus peur. Et les mots qu'il avait eu tant de mal à prononcer se bousculèrent dans sa bouche.

— Je t'aime. Pour de vrai.

Elle cligna les yeux, mais il eut quand même le temps de voir une larme briller.

— Je t'aime aussi. Pour de vrai.

Cory n'avait jamais autant souri de sa vie.

— Vraiment ?

— Oui, fit-elle en reniflant et en lui enfonçant un doigt dans l'épaule. Soit c'est ça, soit j'ai un faible pour ton gros…

Il se raidit en voyant son air narquois.

— … télescope.

— Je te jure, Vic.

Tout en éclatant de rire avec elle, il l'étreignit et déposa un baiser dans ses cheveux parfumés. En humant son odeur, il eut le sentiment d'être chez lui. De posséder tout ce qu'il avait toujours rêvé d'avoir.

— Je n'aurais pas dû te forcer la main dans mon bureau. Je n'aurais pas dû être aussi brutal, ni exiger de toi que tu choisisses…

— Que je choisisse quoi ? demanda-t-elle d'une voix douce.

— Moi, murmura-t-il en fermant les yeux.

Elle s'écarta légèrement et posa une main sur sa joue jusqu'à ce qu'il relève les paupières.

— Tu seras toujours mon choix numéro un. Toujours.

La boule dans sa gorge était si grosse qu'il n'arrivait plus à respirer. Il allait forcément bégayer, alors, au lieu de parler, il fouilla dans sa poche et en sortit la petite boîte noire. Il était censé se mettre à genoux pour faire ça, mais comme techniquement ce n'était pas une demande en mariage, il se dit qu'il pouvait tricher. Tout pour la retenir quelques minutes de plus.

En l'entendant pousser un « oh » de surprise, il secoua la tête et ouvrit la boîte.

— Pas de panique. Ce n'est pas une bague de fiançailles.

Elle n'arrivait pas à ôter les yeux du diamant en forme d'étoile entouré de rubis, sa pierre porte-bonheur. Cory avait eu l'idée grâce à ce pendentif qu'elle portait tout le temps, et il croisait les doigts pour que ça lui plaise. Le joaillier avait fait des prouesses pour façonner une bague aussi raffinée en si peu de temps.

— Ça m'en a tout l'air, pourtant.

— C'est simplement une preuve de mon amour. Je ne veux pas te faire peur. Ça ne fait pas longtemps qu'on est, euh, ensemble, et je veux te donner du…

— Pour quoi faire ?

C'était une bonne question. Ils étaient tous deux volontaires. Pourquoi tourner autour du pot alors qu'ils savaient ce qu'ils voulaient ? Du moins lui le savait ; et peut-être qu'elle aussi.

Il l'attira plus près de lui et planta son regard dans les yeux candides de Victoria. La sincérité et l'amour qu'il y vit l'époustouflèrent, et lui donnèrent encore plus envie d'être l'homme qu'elle méritait.

— Acceptes-tu de m'épouser ?

Elle n'hésita pas une seconde.

— Et comment, Cory Santangelo ! s'exclama-t-elle, avant de glousser. Oups. Je veux dire : oui.

Le poids qu'il sentait sur sa poitrine se volatilisa, et il souffla longuement.

— D'accord. C'est bien. Autre chose…

— Tu crois que je suis déçue parce qu'on a consommé notre union avant la nuit de noces ? le taquina-t-elle en lui tapotant la joue. Ce n'est pas grave, chéri. Je ne t'en veux pas si tu ne t'es pas réservé pour moi.

Il avait très envie de rire, mais encore plus de lui annoncer la nouvelle.

— J'ai acheté la ferme de mes parents, Vic. Elle est à nous. Si tu veux y vivre. Et je te promets que je ne serai plus comme avant – je ne rentrerai plus du bureau à pas d'heure. Je veux avoir une vraie vie auprès de toi, et je ferai tout ce qu'il faut pour. (Il prit un air espiègle.) Je te laisserai même coller mon système solaire au plafond de notre chambre, si tu insistes.

Elle mit les mains sur son front pour se calmer.

— Encore ces vertiges, dit-elle en respirant lentement pour tenter de se calmer. Ça va. Ça va. Du moins, j'ai les yeux en face des trous.

— C'est déjà ça, murmura-t-il, en se demandant s'il devait se réjouir ou pas.

— Désolée, c'est toujours impressionnant. Et je n'arrête pas d'en avoir ce soir.

— Je peux essayer de te trouver un sac en papier…

Elle balaya sa suggestion d'un geste.

— Tu sais, j'ai tout dit à Bryan pour maman. Et il ne me déteste pas. Enfin, je crois. (Elle prit une autre profonde inspiration.) C'est comme si toute ma famille se retrouvait d'un coup. Comme si *j'avais* une famille de nouveau.

Au moment où la poitrine de Cory recommençait à se serrer, elle hocha vigoureusement la tête.

— Tu penses, bien sûr que je veux vivre avec toi dans la ferme de tes parents. Je veux qu'elle soit à nous. Et je veux avoir des planètes phosphorescentes au-dessus de ma tête quand je m'endormirai le soir.

— Banco. (Il prit la bague et la glissa à son doigt.) Elle te va.

— Elle est parfaite, répliqua-t-elle, soupirant d'aise. Bon, eh bien je me passerai de margaritas pendant les vacances, parce qu'il n'est pas question que je me sépare de ce bébé. À cause du sel sur le rebord du verre. Ça fait gonfler, précisa-t-elle en voyant l'expression interdite de Cory.

— Pigé.

Ils restèrent un long moment dans les bras l'un de l'autre, à sourire comme des idiots. Puis Cory empoigna leurs sacs de voyage.

— En route pour la Caroline du Sud.

Elle cligna les yeux, le regard humide et un peu hébété. Il devait probablement avoir la même tête.

— Tu n'as pas entendu ? L'embarquement est terminé. Notre avion a décollé. (Elle pencha la tête d'un air résolu.) Vas-y, engueule-moi. Dis-moi que j'aurais dû t'interrompre pour un stupide vol. Parce que tu crois qu'on me demande souvent en mariage, mon gars ?

Il rejeta la tête en arrière et éclata de rire. Cette femme allait bien finir par le tuer.

Logique, d'une certaine façon, puisqu'elle lui avait sauvé la vie.

AVENTURES & PASSIONS

07 octobre

Eloisa James

Les duchesses - 4 - Lady Isidore

Inédit

Mariée par procuration à douze ans, lady Isidore n'a jamais rencontré son mari, lord Simeon. Lasse de l'attendre, Isidore invente un stratagème pour faire revenir son aventurier d'époux au bercail. Elle se rend aux fêtes libertines organisées par lord Strange dans son domaine de Fonthill…

✦

Victoria Alexander

Secrets de famille - 2 - Un séducteur de rêve

Inédit

Après l'incendie qui a détruit une partie du manoir familial, Winfield se charge de recruter une entreprise pour effectuer les travaux de rénovation. C'est une femme qui se présente, une femme au charme irrésistible. Et pour la première fois, Winfield, fiancé à trois reprises, tombe enfin amoureux.

✦

Sabrina Jeffries

Les demoiselles de Swan Park - 1 - Le bâtard

Griffith Knighton est directeur de la Knighton & Co. Malheureusement, ses ambitions se heurtent à son statut de bâtard. Le comte de Swanlea, un cousin éloigné sur le point de mourir, lui propose de lui fournir le certificat de mariage de ses parents, s'il épouse une de ses filles. Griffith se rend donc à Swan Park toutes affaires cessantes. Pour autant, il n'a pas l'intention de céder au chantage du vieux filou. C'était ce qu'il envisageait avant de croiser le regard de lady Rosalind.

✦

Leda Swann

Les sœurs Clemens - 4 - Passion épistolaire

Inédit

Beatrice Clemens est infirmière et envisage de se marier. Elle correspond avec le capitaine Perceval Carterton, qu'elle n'a jamais rencontré. Les lettres qu'elle lui envoie, courtoises au début, deviennent peu à peu plus tendres et même érotiques. À dix mille kilomètres l'un de l'autre, c'est sans risques. Jusqu'au jour où il rentre à Londres et vient la voir.

21 octobre

Brenda Joyce

Une enquête de Francesca Cahill - 8 - Un suspect si proche

Inédit

Une enquête plus personnelle attend Francesca Cahill. Daisy Jones, l'ancienne maîtresse de son fiancé Calder Hart, est retrouvée assassinée. Tout porte à croire qu'il est le meurtrier. Pourtant, Francesca le sait innocent, même si elle se doute qu'il lui cache quelque chose. Mais elle ne reculera devant rien pour retrouver le vrai tueur.

✦

Mary Wine

Terres d'Écosse - 3 - La fierté d'une femme

Inédit

Dès l'instant où il l'a vue, Quinton Cameron est tombé amoureux de la fière Deirdre Chattan qui, déshonorée, s'est réfugiée dans un couvent. Ni l'un ni l'autre n'ont rien à perdre. Ensemble, ils vont s'unir pour protéger leur pays et leur roi.

✦

Julie Garwood

Le maître chanteur

Si lady Gillian veut libérer son oncle du félon Alford, il lui faut retrouver le trésor qu'il convoite et aller en Écosse où une guerre oppose Anglais et Highlanders. Brodick, chef du clan Buchanan, admire le courage de Gillian et veut qu'elle soit sienne. Mais la jeune fille a une mission à accomplir à tout prix.

BEST FRIEND

21 octobre

Rachel Lacey

Briser les chaines

Inédit

Cara, en rémission d'une leucémie depuis huit ans, a mis sa vie sentimentale entre parenthèses car, pour pouvoir s'estimer « guérie », il lui faut encore attendre deux ans. Elle met toute son énergie à s'occuper de chiens mal heureux qu'elle recueille et soigne dans son jardin. Son voisin, intrigué par ce défilé, frappe un jour à sa porte. Matt, ancien marine, revenu blessé d'Afghanistan, reconverti en détective privé, la soupçonne de les entraîner pour des combats illégaux ! Autour d'animaux en détresse, deux êtres fragilisés par les épreuves vont faire face pour s'ouvrir à la vie et au bonheur.

CRÉPUSCULE

21 octobre

Kresley Cole

Les Daces - 1 - Le prince d'Ombre

Inédit

Connu comme le prince d'Ombre, Trehan Daciano, un être froid et discipliné, a passé sa vie à servir les humains. Il n'a jamais rien désiré pour lui-même, faisant passer sa mission avant tout le reste. Mais tout bascule lorsqu'il rencontre Bettina, une sorcière destinée à devenir la reine d'un royaume voisin. Trehan veut sa main, et pour cela, il va devoir se battre lors d'un tournoi qui opposera tous les prétendants de la belle...

Romantic Suspense

21 octobre

Cindy Gerard

Black OPS - 7 - Impétueuse

Inédit

L'agent spécial Joe Green, des Black OPS, est déterminé à traduire en justice celui qui a causé la mort de Bryan Tompkins. Il est convaincu que l'embuscade qui a tué son ami était préméditée. Joe décide alors de s'éloigner de ses coéquipiers et de Stephanie, la sœur de Bryan. Pourtant lorsqu'il se retrouve soupçonné de meurtre et emprisonné, elle se précipite à sa rescousse. Ensemble, ils vont devoir faire éclater la vérité et retrouver le véritable coupable…

PROMESSES

7 octobre

Tracy Brogan

Magiques remèdes

À Bell Harbor, tout le monde est d'avis qu'Evelyn Rhoades devrait trouver un mari. Evelyn a 35 ans. Elle est chirurgien, sérieuse et rigoureuse. Avec l'aide de deux amies, elle établit une liste des critères requis pour entrer dans la case « mari parfait » et s'inscrit sur un site de rencontres. Hélas, les quelques rendez-vous qui s'ensuivent sont très décevants. Lorsqu'un soir elle est appelée en urgence pour soigner un jeune homme blessé, ses émotions vont entamer une lutte impitoyable avec sa raison. Car Tyler est beau, charmant et séduisant. Oui, mais elle est beaucoup trop âgée pour lui. L'amour l'emportera-t-il sur la logique ?

Passion intense

7 octobre

Maya Blanks - Karin Tabke - Sylvia Day

Avec ou sans uniforme...

Inédit

Jessie a passé une nuit avec deux détectives, qu'elle ne pensait pas revoir. Pourtant, lorsqu'elle devient la cible d'un fou à lier, ces hommes font tout pour la ramener dans leurs bras... saine et sauve.
Engagé comme garde du corps, Colin Daniels doit veiller sur l'épouse d'un chef de la mafia. Or, la présence rapprochée de la sensuelle Sophia le distrait tant qu'il en vient à mettre sa carrière et sa vie en danger...
Témoin sous haute protection, Layla Creed doit aller témoigner au tribunal de San Diego. Elle n'a que trois jours pour s'y rendre, escortée par Brian Simmons, le Shadow Stalker qu'elle désire depuis des années...

21 octobre

Beth Kery

Séquences privées - 3 - Accord secret

Inédit

Maquilleur professionnel pour les studios hollywoodiens, Seth s'est promis de ne jamais sortir avec une actrice. Aussi, après qu'il a passé une nuit auprès d'une certaine Gia Harris, qui se révèle être une star, il ne la rappelle pas. Mais quand Gia doit aller au tribunal pour témoigner d'un meurtre, les talents de Seth sont requis : il va devoir la maquiller afin que les médias ne la reconnaissent pas. Cette soudaine proximité réveillera-t-elle leur désir ?

Et toujours la reine du roman sentimental :

Barbara Cartland

« Les romans de Barbara Cartland nous transportent dans un monde passé, mais si proche de nous en ce qui concerne les sentiments. L'amour y est un protagoniste à part entière : un amour parfois contrarié, qui souvent arrive de façon imprévue.
Grâce à son style, Barbara Cartland nous apprend que les rêves peuvent toujours se réaliser et qu'il ne faut jamais désespérer. »

Angela Fracchiolla, lectrice, Italie

Le 7 octobre
La beauté trahie

10928

Composition
FACOMPO

Achevé d'imprimer en Italie
par GRAFICA VENETA
Le 3 août 2015.

Dépôt légal : août 2015.
EAN 9782290099148
OTP L21EPSN001342N001

ÉDITIONS J'AI LU
87, quai Panhard-et-Levassor, 75013 Paris

Diffusion France et étranger : Flammarion